【作家の書簡と日記シリーズ1】

宇野浩二書簡集

増田周子 編

和泉書院

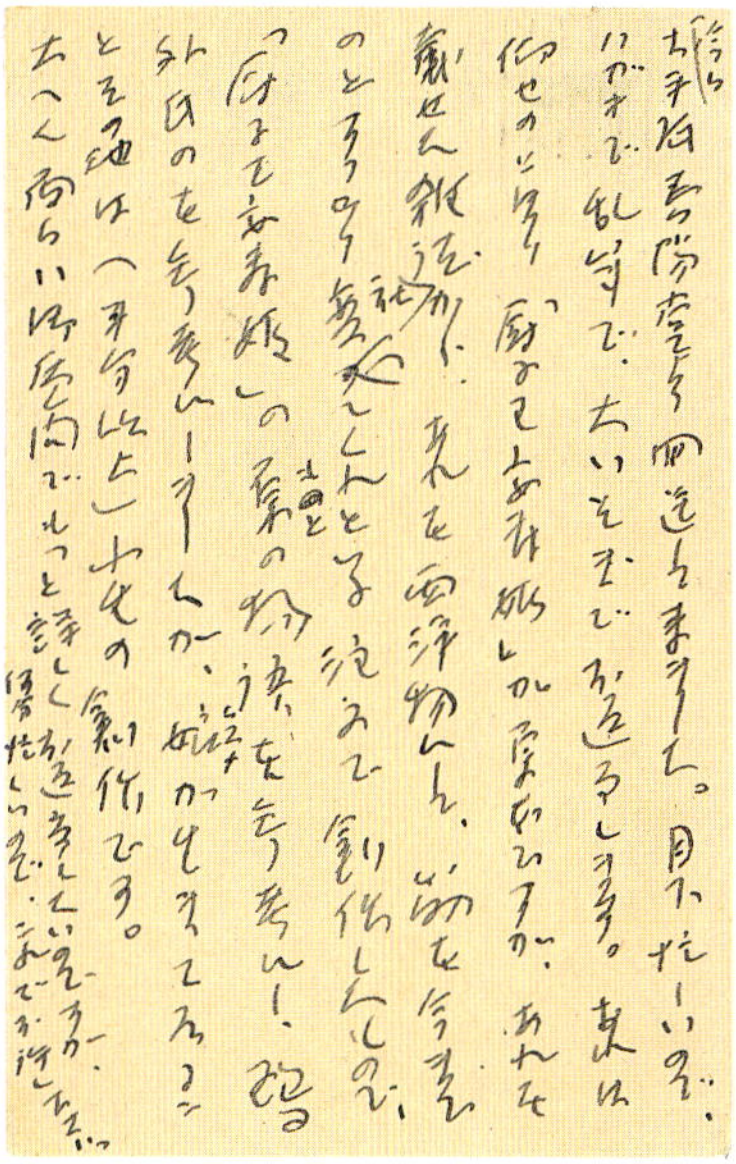

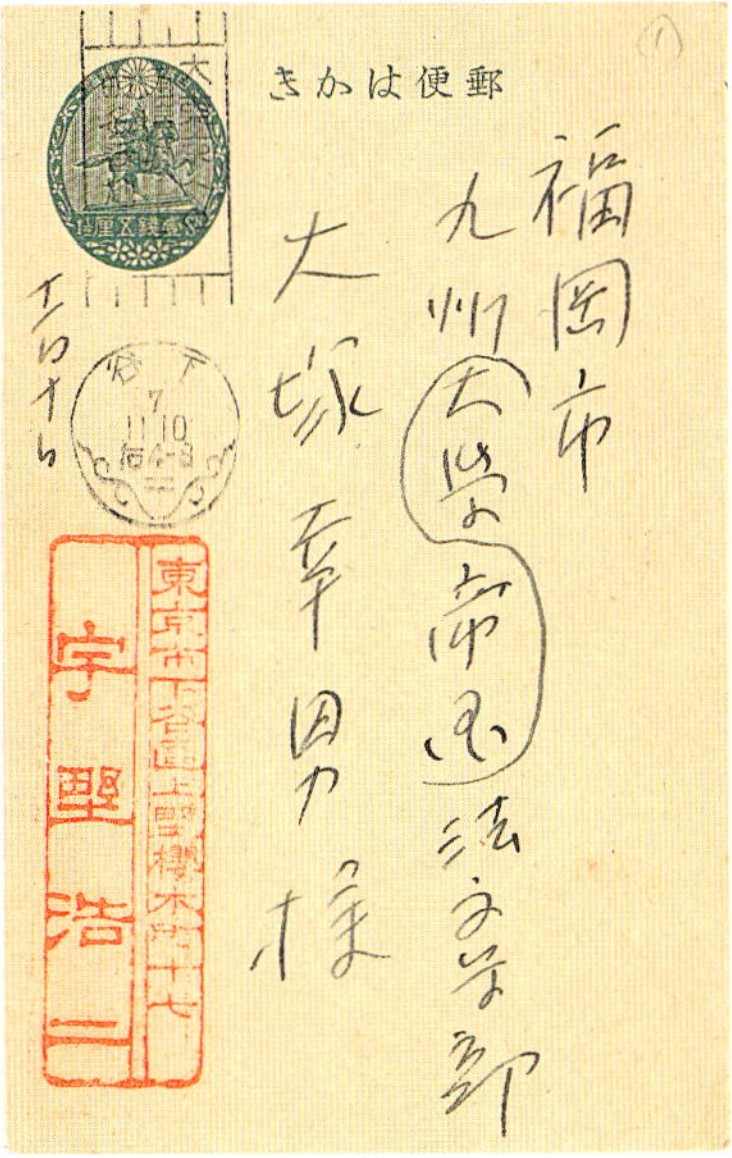
郵便はかき

福岡市
九州帝国大学
法文学部
大塚幸男様

東京市下谷区上野桜木町十七
宇野浩二

書簡番号 10

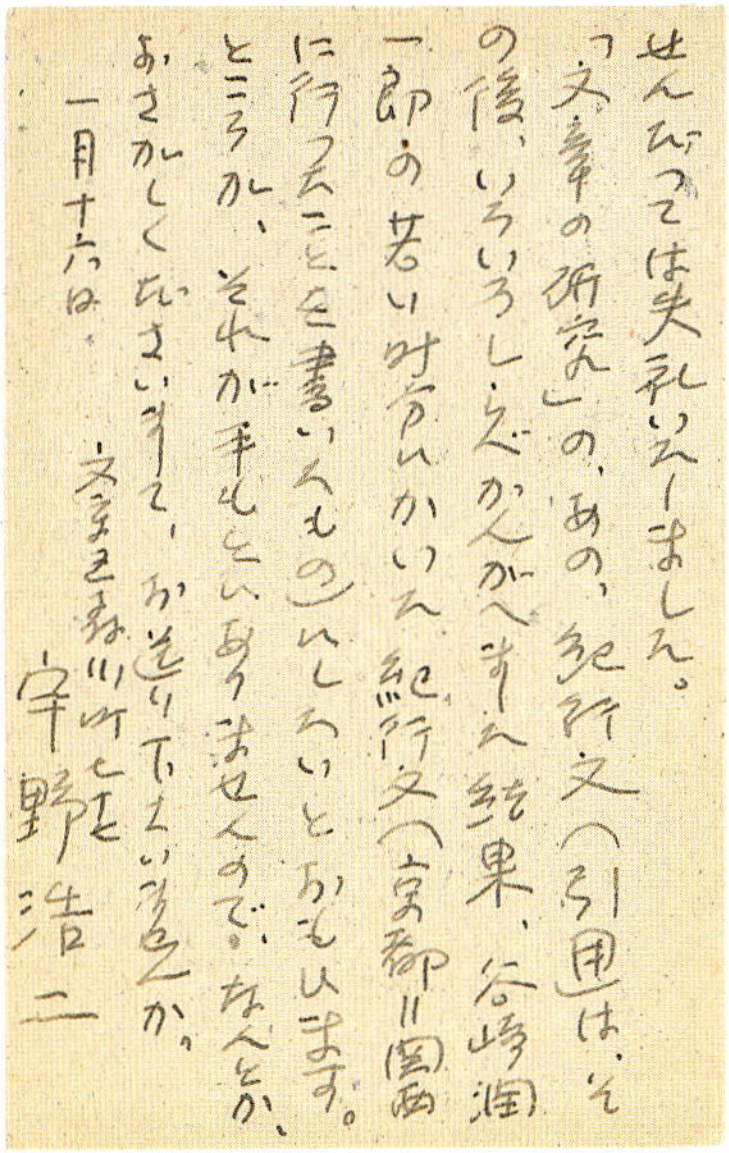
せんだっては失礼いたしました。「文章の研究」の、あの、紀行文（引用は、その後、いろいろしらべかへた結果、谷崎潤一郎の若い時分にかいた紀行文（京都＝岡山に行ったことを書いたもの）にしたいとおもひます。ところが、それが手もとにありませんので、なんとか、おさがしくださいまして、お送り下さいませんか。
一月十六日。
文京区森川町七
宇野浩二

郵便はがき

千代田区丸ノ内
丸ビル九五九二区
中央公論社出版部
長谷川鑛平様

書簡番号 261

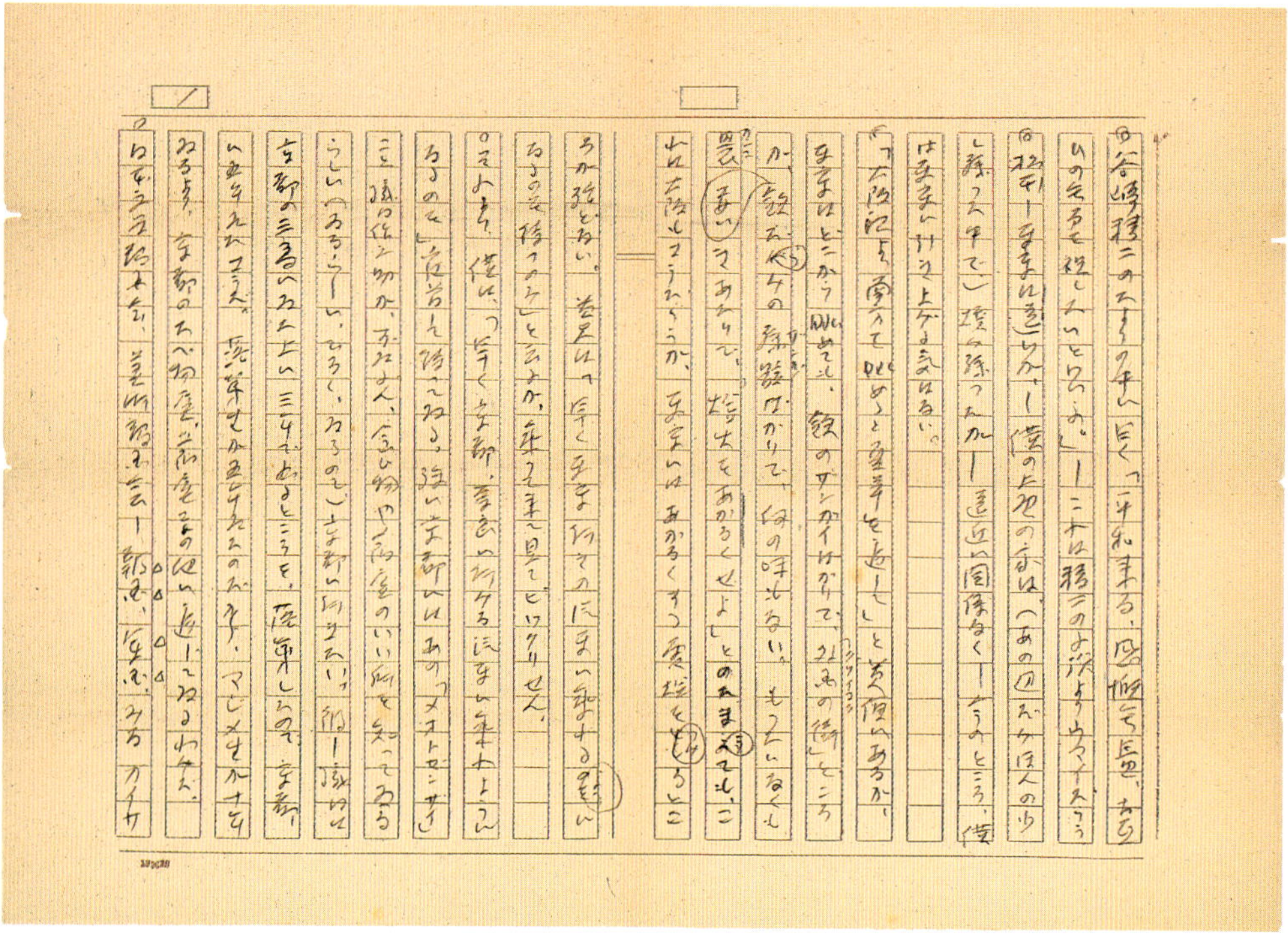

書簡番号 186

キャンバスは三分でやける。

こんなに、二十すんも、グンジン、グンジュ、一ダンの方のつくものはみな消
滅するにちがひないから、君があるだけの絵の具を使ひはたすのの
が早いか、僕があるだけの原稿紙を使ひはたすのが早い
か？そんな心配は、鍋井君、いらないよ、二年も立てば絵の具
も原稿紙も、いくらでも買へるやうになるよ。
文学といへば、横光利一の小説、舟橋聖一の小説、石川達三の小
説も、おそらく中川与一の小説、[illegible]の小説、高村光太郎
の詩も、[illegible]の詩も――と数へてみるより、宇野浩二の方と
豊島与志雄の方と……と残存する方を数へる方がラクだらう。
つまり、文士、画家などの大部分は、倦まれても、捨てられ、八分か九分

出版屋も
いつか焼かれ
かと思ふが
印刷所、製本
屋が八分
方ないので
文学には当
のは、
僕の作品
ばかりだらう。

2

は消えてしまひ、しぜん、教養の（文部の）方も、絵（洋画）描
その他も、文学ものあるものは八九分は灰と化するだらう。十年の
ため、文学の文士画家の大部分は、遠近その他の為に静
止する者は、文学に帰っても、作文がないから、みな焼けてしま
ふ。僕の小説も、（文学の他が残ってゐるので、二月以上その
まゝになるかしら）焼けるかもしれないが、本人の僕が残っても、氷
が残ってゐても、つまらないよ。
文学何かの後世に残れるやうにしてみたら、文学の焼け残り
店を、今年のために、思ひついたのであるが、

八日夜

宇野浩二

鍋井克之兄

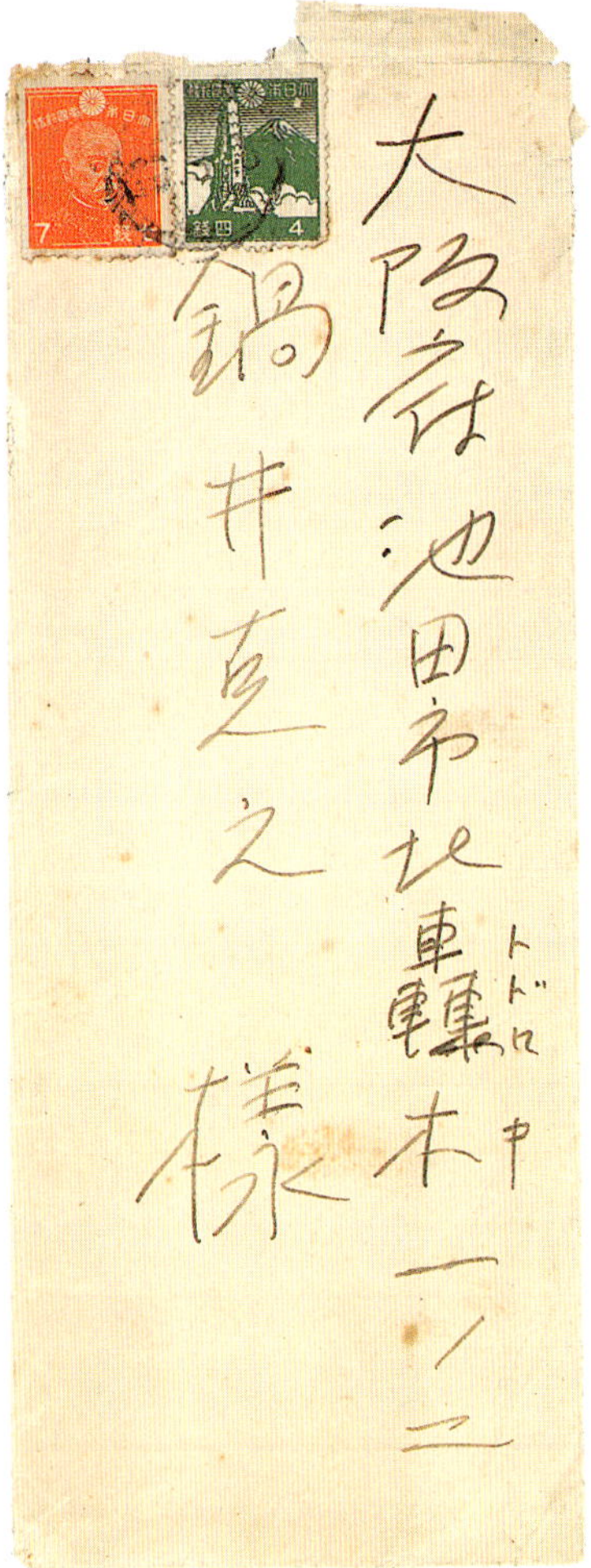
大阪府池田市北轟木一ノ二
トドロ
鍋井克之様

長野県東筑摩郡島立村
九月一日

目次

（行頭の数字は書簡番号を、行末の数字は収録掲載頁を示す。）

昭和二十一年（一九四六） 五十五歳

昭和二十二年(一九四七)　五十六歳

昭和三十二年（一九五七）　六十六歳

昭和三十三年（一九五八）　六十七歳

昭和三十四年（一九五九）　六十八歳

昭和三十五年（一九六〇）　六十九歳

昭和三十六年（一九六一）　七十歳

（差出し年不明）

1

大正七年十一月十一日（消印　本郷／□・11・12／后0－1　下谷／7・11・12／后3－4）／／本郷区弓町二ノ三　三陽館内より／／下谷区谷中清水町一／／**江口　渙**宛（封書　原稿用紙〈20×20〉二枚）

この間は失敬。

昨日、広津と君のところへ行かうかと言つてるところへ、鎌倉から電報が来て、早々彼は帰つて行つた。今度は一週間以上の滞在になるかも知れぬ。新潮の例の合評(注1)は君と菊地寛と、谷崎と田中純とださうだ。

僕は昨日の午後から病気で寝てゐる。但し、流行寒冒ではない。おへその左下のところが痛くて、大袈裟に言ふと歩行が困難なのだ。和郎の診断に依ると、おへその右なら盲腸だから悪いが、左なら肝臓か脾臓だらう平気だとのことだ。肝臓か脾臓か知らないが、エタイが知れなくて気味が悪く、且苦しい。

今朝、実業之日本から送つて来た「日本少年(注2)」の原稿料が余り安かつたから、和郎の例にならつて、病中を押して、有本芳水に大いに奮慨の手紙を出した。勘定の間違ひなら兎も角、さうでないなら、僕はあなたの御返事次第で、増田社長に会つて、将来の真面目な少年小説作者のために、訴へるからと嚇してやつた。病中ゆゑに、無暗に腹を立てたわけでもないが、何と返事をして来ることか、いづれ結果は報告しよう、（いらぬ事だが。）

さて、無駄話を先にしてしまつたが、この間の僕の小説、大変お粗末過ぎて恐れ入る。何かもう少し見られるものを書かうと思ふのだが、どうも出来さうにない。そこへ昨日わざ〳〵これから長江のところへ僕の原稿を持つて行つてくれようとした和郎が、電報で飛んで帰つて、一週間ばかり帰京の望みはなし、それに目下大阪へ旅行中の同宿人から、手紙で十五日に帰つて十六日に引越すから、それ迄に下宿を出る都合にしてくれと迫つて来られたので、病床で呻吟してゐる。あれが何とかなるまいか。もつともあんな小説だから、都合に依つては線と線との間の一区切を適宜に取りのぞいて、少し短くしてもい丶。（甚だ不真面目、不見識な作者の考へだが。）御迷惑だらうが、何とかお願ひしたい。

ゴーゴリはやつぱり面白かつた。あれはやつぱり傑作に違ひない。この間の失言を取消しておく。貸主に借主が言ふのは変だが、是非君の御一読を望む。病気が少しでもよくなり次第伺ふ。（但し売薬にも肝臓脾臓の病気の薬といふものが見当らないので困る。自然の治癒を待つ外ない。）

　末筆ながら御令閨によろしく。

　　十一日夜　　　　　　宇野　浩二

江口　渙兄

（注1）「広津和郎氏の『二人の不幸者』を批評す」（「新潮」大正七年十二月一日発行、第二十九巻六号）を指す。田中純「弱き心について」、菊池寛「小説観の相違」、谷崎精二「性格描写の成功」が掲載されているが、江口渙の文章は掲載されていない。

（注2）童話「悲しき兄弟」（「日本少年」大正七年十二月一日発行、第十三巻十四号）のことか。

2

大正八年七月（日不明）（消印　水戸／8・7・□）⫽神奈川県鎌倉町材木座三五五　進藤兵蔵様方⫽**舟木重信**宛（絵ハガキ—常陸那珂湊　海門橋）一銭五厘

今朝藤森が、こちらへ来るが都合はどうかと言ふ電報をうつた。今、その返事をうつべく町へ来た。麻布六本木から電報がうつてあるから、君の家を訪ねたもどりかもしれない。一緒に君を鎌倉にたづねてもいゝと思ふので、僕から出かけようとも思つたが、それ程までに気が進まないので、やはりこちらへ来て貰ふことにした。会つた上で、君とも会ふ様になるかも知れない。だが、それは判然しない。

　島木氏が、国から子供衆上京して、一緒に鎌倉へ行くのだと云ふハガキを二、三日前くれた。今日あたり行かれたかも知れない。鎌倉では偶然あふ事が、まあ不可能か知らん？　皆さんに宜しくお伝へ下さい。兄さん御夫婦もまだご滞在か？　僕の仕事は未完、暑くて少し弱つた。君の「新小説」の作[注1]、拝見した。作としては、先月の方から特殊の力を感じる様に思つた。今月のは大きな問題のわりに、どこかで力が抜けてる気がした。

（注1）舟木重信「ある日の夢」（「新小説」昭和八年七月一日発行、第二十四年七号）

3

大正九年八月十一日（消印　長野・別所／9・8・12／后0—3）⫽信州別所　花屋ホテル

内より／／栃木県烏山町／／**江口　渙**宛（絵ハガキ）

この間はお葉書ありがたう、一昨日奥様に公園でお目にかゝつた、聞くところに依るとそちらは雷が多いさうだが、今年は東京も多くて困る。こゝは少ないといふ土地の人の話しだ、もし嘘なら関西に逃げ出すつもりだ、今の所蛇を遠目に見るより雷の方が尚こわい。

小説書けるか。　十一日

4

大正十一年八月（日不明）（消印不明）／／飯阪より／／福島県耶麻郡翁島村　会津屋内／／**江口　渙**宛（絵ハガキ）

精二と飯阪に来た。三四日中に、そちらへ廻るかも知れない。
未だそこにゐるなら、
秋田県湯沢町　田中宣助（センスケ）方あてに、
「マダイルカラコイ」とでもいふ電報を打つておいてくれないか。
湯沢に二十四日頃行くから、そして君がもしそこにゐるなら、二十五六日頃行くから

5

大正十一年八月二十六日（消印　塩釜／□・8・26／□□―9）／／塩釜より／／神奈川県鵠沼海岸通／／**江口　渙**宛（絵ハガキ）

君の旅行先へ廻らうと思つて手紙を出したのだが返事がない。で、廻らぬことにした。昨日松島に行つて、それからずつと東京に帰る。奥様によろしく、
塩釜にて
宇野　浩二

6

大正十五年三月二十四日（年推定）（使持参便）／／小説家協会／／**沖本常吉**宛（封書　便箋一枚）〈会費八円在中〉

先程は失礼。
入れ違ひに文藝春秋の原稿料がとゞきましたから金八円也おとゞけします。

三月二十四日
宇野　浩二
沖野様

7

昭和三年九月四日（消印　箱根／3・9・5／前9―12）／／箱根、湯ノ沢一ノ湯内より／／東京市本郷区菊阪八二　菊不二ホテル内／／**広津和郎**宛（絵ハガキ―　Hakone Tonosawa）

御無沙汰。東京は暑いと聞くから、当分ここにゐる。三十一日晩こゝへ来た。都合して来ないか。その夜、小説を書くつもりで、その題を「ソドムの家」又は『水際の家』とし、傍に、「古しへソドムといふ古き都あり邪陰の人、サデイスト、マゾヒスト等々栄えたり」云々と書いてゐる中に、知らず〳〵戯曲の形になつてしまつて、十四枚一気に書いたら、それがたたつて、昨日まで、病気（といつても氷とアスピリンで、冷やしたが、三十七度内外で喰ひ止めたとはいへ）の為、昨日まで遊んでゐた。明日あたりから、先にいつた処女脚本をつゞけて見ようと思ふ。

同時に、パステルで画をかいてゐる。この次に会ふ時見せる。

九月四日

（注）絵はがきの写真に「これは芦ノ湖ナリ」という宇野の添え書きがある。

8

昭和三年九月十三日（消印　箱根湯本／3・9・14／前9―12）／／湯の沢湯本より／／東京市内本郷区菊阪八十二　菊富士ホテル内／／**広津和郎**宛（絵ハガキ―箱根千条の瀧）　一銭五厘

昨日は失敬。

あれから、君の出版のことをいろ〳〵考へた末、やはり「その頃を語る」は好出版だと思ふ。

それから、空の旅に、要所々々の地図を附けて、僕が編纂してもよい。鈴木氏に君から頼んでくれないか。

それも、出版したら、いいと思ふ。一寸、君を元気づける為に一言。

「改造」も「文藝春秋」も、「新潮」も間に会は（ママ）なかつた。少しのろ〳〵した。

君のオクサン、来られたらどうか。尚、牧野の小説、千七百枚ある。出来のいゝものだけで。

それを、何とかして、改造社の普及版（一円本）で出せたらと思ふ。僕も山本にたのまうと思ふ。君の御援助を乞ふ。
　十三、午後　　　　　　　　宇野生

9　昭和五年十月二十六日（消印その他なし　手渡し）／／**広津和郎**宛（封書　便箋四枚）

御無沙汰。

昨日、文藝春秋社で島田君に会つて、君の近況を聞いた。それから、直木がやつて来て、君に会つたといふことも聞いた。

　直木が銀座キネマへ行かうといふので、入ると、彼の第二夫人が待つてゐた。

　直木は最近村上に会つたことをいつて、彼女が今度は余程根深く怒つてゐるといふ話をしてくれた。

　君も大凡そのことを耳にしてくれてゐると推察するが、彼女のいふことに大体無理がないと、僕は思つてゐる。

　彼女は僕のワイフは勿論、僕の母も彼女の味方で、僕が、文学第一、母第二、彼女第三といつたことや、僕の方が妻より生残つたらもう誰とも結婚しないといつたことや、（これは僕として、今考へると、一種の誇張、或はその場限りの放言であつたのではないかと反省してゐる。）等、々、みな彼女の気に入らない。さうなると、彼女は、――僕のことの外何も考へないといふ彼女は、孤独であるといふことを、直木にいつたさうだ。

　僕はいつか君の父上の御病気を御見舞旁た君を訪ねた時、君から彼女の手紙を受取つたが、そのまま未だ開封しないで持つてゐる。

　気をまぎらす為に、他所（よそ）の土地へ行つて、老若二人の妓と友達になり、時々そこへ出かける。それは僕のワイフの少しも気にさわらない。が、僕は昨日、直木に会つた時、否、君に会つて、君から、彼女の手紙をもらつた時以来、甚だ心が動揺するのを感じる。――といふと、少し言葉が違ふが、だん／＼心が憂鬱になつて来るのを感じた。第一、家に毎日ゐることも、それの一つの原因に違いない。又、フラウをまぎらかせる為に、大石蔵之助の真似事のやうなことをして、二時間位の放蕩（といつて、僕のことだから、無論、新しい情人を見つけた訳ではない）をしてゐるのも、憂鬱になつて来た。

そして、一度女史と会ひたいと思ひながら、こんなに双方の感情がもつれ、こんがらがり、又暫く離れてゐた関係から、一人で彼女の家の敷居が跨げなくなり、一層僕の気の弱さは、未だ彼女の手紙をさへ開封してゐない。

こんな僕自身のハンモンを君に書いたところで、仕様がない訳だが、少しイキ苦しい日を送つてゐるので、君に心持だけ打明けたかつたのだ。

僕は君が君のお父様の神経に苦しめられたやうに、母とフラウの神経に苦しめられてゐる。

例の幼年倶楽部の新年からの連載物(注1)をみんな書いてしまつた。九冊か十冊かだ。書いても書いても金の足りないことは、ロシアのリルイにつの童話の、出しても出しても出し切れない財布を持つて当惑する男に似てゐる。

改造の十二月に、出来たら小説を書かうと思つてゐる。多分書けるだらうと思つてゐる。そして、以前書きかけた脚本は新年号の雑誌に書かうと思つてゐる。幼年倶楽部のつゞきものも、僕を憂鬱にさせたのだ。思ひ切つて一人で旅して来ようかとも思つてゐる。

又、菊富士へ帰らうかとも思つてゐる。

いづれお目にかゝつていろ〳〵。

十月二十六日　　　宇野　浩二

広津　和郎兄

（注1）「なつかしき故郷」（「幼年倶楽部」昭和六年一月一日〜昭和七年八月一日発行、第六巻一号〜七巻八号）

10

昭和七年十一月十日（消印　下谷／7・11・10／后4―8）／／東京市下谷区上野桜木町十七より／／福岡市九州帝国大学法文学部／／**大塚幸男**宛（官製ハガキ）　一銭五厘

今日お手紙春陽堂より回送してきました。目下忙しいので、ハガキで乱筆で、大いそぎでお返事します。あれは仰せのとほり「厨子王安寿姫」が原本ですが、あれを載せん雑誌社から、あれを西洋物にして、筋を今までのとすつかり変へてくれといふ注文で創作したもので、「厨子王安寿姫」の原(もと)の物語を参考にし、鷗外氏のを参考にしましたが、娘(ムスメ)が生きてゐることその他は（半分以上）小生の創作です。大へん面白い御質問でもつと詳しくお返事したいのですが、何分忙しいので、これでお許し下さい。

11　昭和八年一月五日（年推定）（消印不明）／／東京市下谷区上野桜木町十七より／／淀橋区西大久保一ノ四四五／／**広津和郎**宛（封書　便箋三枚）三銭

昨日はわざわざ奥様御来訪下すつて、僕には何よりの物ありがたう。

昨夜、谷崎を訪問して、一緒にお伺ひしようと思つたところ、彼は外に用事があるといふので、少しぐづぐづしてゐるうちに、時間が遅くなつたので、かねて保高と約束した「文藝首都」の会があつたので、その方へ廻つた。谷崎は十日までは忙しいと云つてゐる。

ところで、御承知のことと思ふが、博物館に、「応挙館」といふのと、『九條公記念館』といふ、両方とも献上されたものが、去年の十二月二十五日に落成した由。これも御承知のことと思ふが、前者は応挙が名古屋の何とかいふ寺で目の治療をしてもらつたお礼にその寺の庫裡に、床の間の壁から、襖、松戸など、殆ど部屋一ぱいに、松竹梅（？）とか、鳥とか、龍とかを描いたもので、応挙の絵としてもいいものださうだし、その上、その建物が大変いいと云ふ。後者は、たしか九条家の奥の書院を移したもので、これは嬉しくも山岳の絵が、これも、襖、障子の腰（？）、床の壁などに、これは山水画が描いてある由。

この二つの記念館を特別の人にだけ見せてくれる、といふ事を、たしか去年の暮の新聞で読んだ。もし、仕事のお暇と、気持のいい時があつたら、僕は大抵家にゐるから、出かけて来ないか。今のところ、十一日か十三日かの午後のほかは九分通り在宅する。

八日に何処かに君だけ越されるさうだが、もし越されたら御一報をして乞ふ。

一月五日　　　　宇野　浩二

広津　和郎様

12　昭和八年四月八日（消印　下谷／8・□・□／后4―8）／／東京市下谷上野桜木町十七より／／芝区片門前町二ノ六　文化公論社／／**田中**

直樹宛（ハガキ）　一銭五厘

倉島君より小説
嘉村君より随筆
承諾して来ました。
倉島君は　千葉県市川市砂河原九一〇
嘉村君は　牛込区南榎町二十三　中村方

13

昭和八年七月二十五日（消印　下谷／8・7・25）／東京市上野桜木町より／芝区片門前町二ノ六　文化公論社／**田中直樹**宛（ハガキ）
一銭五厘

先達ては失礼しました。「文学界」二号の小説、牧野信一君（注1）と古木鉄太郎君から小説の手紙がきました。
古木君は中野区池袋北二丁目七十八
牧野君は芝区三田南寺町三十八
それから「文学界」一号に一頁の広告をしたいのですが、いくら位か、〆切いつかお知らせ下さい。広告は小生の本（注2）です。

七月二十五日

（注1）牧野信一「船の中の鼠」（「文学界」昭和八年十一月一日発行、第一巻二号）
（注2）宇野浩二著『子の来歴』（アルルカン書房）の広告が「文学界」昭和八年十月一日発行、創刊号の表紙裏に掲載されている。

14

昭和八年七月二十六日（消印　下谷／8・7・26）／東京市下谷区上野桜木町十七より／芝区片門前町二ノ六　文化公論社／**田中直樹**宛（封書　便箋二枚）　三銭

前略
今日、鍋井克之君から「『文学界』の表紙カット等御指定の〆切日までにお送りする。目下二科の製作その他講習会などあつて一寸多忙、（中略）僕も近々四五日どこかへ出かけたいと思つてゐるところ」と云つて来ました。
鍋井君の表紙とカットは雑誌のつづく限りつかへるものですから、お礼の方はなるべく特別にお出し下さいませんか。

それから、創刊号に僕の限定版の本の広告を一頁出していたゞきたいのですが、「三田文学」も「文藝首都」も「作品」もみな拾円でやつてもらつて居りますから、これも拾円で載せて下さいませんか。
この広告は紙型が今月中に出来ますから、創刊号広告の〆切までに間に合ひますから宜しくお願ひします。
以上乱筆御判読下さい。
七月二十六日　　宇野　浩二
田中　直樹様
二伸　小生の本を出す本屋は今度が処女出版でアルルカン書房と申します。その本屋の主人江口栄一氏が参りましたら、よろしく御引見おねがひいたします。

15

昭和八年七月二十八日（消印　下谷／8・7・28／后0―4）／／東京市下谷区上野桜木町十七より／／麹町区丸ノ内　時事新報社編輯部／／**笹本　寅**宛（ハガキ）

去ル二十五日に僕の「湯河原たより」の出てゐる新聞二部お送り下さいとお願ひしましたが、まだ着きません、ぜひお願ひいたします。
二十八日
東京市下谷区上野桜木町十七
宇野浩二［住所印］

16

昭和八年七月三十日（消印　下谷／8・7・30／0―4）／／東京市下谷区上野桜木町十七より／／芝区片門前町二ノ六　文化公論社／／**田中直樹**宛（ハガキ）一銭五厘

前略
先達てうつかり今月一ぱい或ひは来月五日までの「文学界」の小説引受けましたが、「文藝春秋」の九月号[注1]を引受けてゐたことを忘れてゐました。それで、創刊号の[注2]はカンベンしていただきたく存じます。
七月三十日

（注1）「湯河原三界」（「文藝春秋」昭和八年九月一日発行、第十一巻九号）
（注2）宇野浩二は「文学界」（昭和八年十月一日発行、創刊

号）に「一週間」を掲載。

17

昭和八年八月一日（消印　下谷／８・８・１／后４―８）／東京市下谷区上野桜木町十七より／芝区片門前町二ノ六　文化公論社／**田中直樹**宛（封書　便箋二枚）　三銭

昨夜は失礼しました。

先達ての二度の会（二度目は広津と貴下を除いた会）でも、昨日も、肝腎（？）のことを相談（或ひは聞くこと）を忘れてゐましたが、会員外の人に依頼する小説の稿料、随筆の稿料等のことです。無論、人に依つて差違はあるでせうが、大体の評準をお聞かせ下さいませんか。

まだ依頼の場合は手紙だけで、本人には会つてゐませんから、（稿料はたくさん出せませんが）とだけの断り書きで通してきましたが、もし直接作家に会つた時とか、稿料を聞いて来た時の為めにお知らせ下さいませんか。

第二号には鍋井君の随筆をたのむ予定になつて居り、それには絵を入れてもらひたいと思ひますので、さういふ時の画料等のことも、他の人達の稿料も、初めのうちは安くてもガマンしてもらふことにしても、後にはもう少し出すとか、という風に――

八月一日　　　　宇野　浩二

田中　直樹様

二伸　忙しいので、まだ両氏のものは読んでゐません。

三伸　先達て申上げました通り、鍋井君の表紙とカットは雑誌のつづくかぎり使へるものですから、この方は少しフンパツしてお払ひ下さるようお願ひいたします。

18

昭和八年八月十三日（消印　下谷／８・８・14／８―12）／東京市下谷区上野桜木町十七より／芝区片門前町二ノ六　文化公論社／**田中直樹**宛（ハガキ）　一銭五厘

お手紙拝見―一昨日共同印刷の工場で小林君に会ひました。鍋井君から十二日附で「文学界のカットは注文の数だけ八分通り出来たが、表紙まだ出来ない。十二、十三日江州へ行き十三日夜帰る。十四日頃発送する」と云つて来ました。右お返事まで

十三日

19

昭和八年八月十五日（手渡し）／／**田中直樹**宛
（封書　便箋一枚）

鍋井君の住所は大阪市外石橋轟木（とどろぎ）十五です。
今日あたり鍋井君から、「文学界」のカットと表紙を送つて来ると思ひますが、昨夜アルルカン書房からこの紙型を送つて来ました。
広告料は少し安過ぎますが、僕が埋合せしますから、目次の前後か、なるべくよい所へお載せ下さいませんか。
八月十五日朝　　宇野　浩二
田中　直樹様
二伸　鍋井君から表紙とカツトつきましたら直ぐ速達でお送りしますから。この方は画料すぐお送り下さいませんか。

20

昭和八年八月十八日（消印　下谷／8・8・18）／／東京市下谷区上野桜木町十七より／／芝区片門前町二ノ六　文化公論社／／**田中直樹**宛
（ハガキ）　一銭五厘

昨夜は御馳走さま。
さて、武田麟太郎君の住所をお知らせ下さいませんか。
鍋井君の装幀カツト着次第速達でお送りします。
十八日朝

21

昭和八年八月二十三日（消印　下谷／8・8・23／后4—8）／／東京市下谷区上野桜木町十七より／／芝区片門前町二ノ六　文化公論社／／**田中直樹**宛（封書　便箋二枚）　三銭　至急

追伸
先程鍋井君の表紙速達でお送りしました。あの表紙は鍋井君の指定では今年一ぱいとなつてゐたやうですが、一両日後に彼は二科会の会員として審査の為めに上京しますから、そのとき彼に頼み且つ相談して、あの表紙を永久に使ふことにしてもらつた方がいいかと思ひます。
それで画稿料のことですが、（画稿料ばかり気にするやうですが、）表紙は家、カツトは建具その他のやうなもので、原稿と違つて、一度で済むものですから、五十円ぐらゐが相当かと思ひます。一冊分の（原稿料）が百五十円で表紙とカツトの五十円は高過ぎるやうですが、繰返し申すますが、表紙は十回でも二十回でも永久に、カツトも永久に使へるものですから決して高くないと思ひます。そしてこれは、鍋井君が一両日中上京するものと見て、四五日以内に僕の方へお送り下さるかお届け下さいませんか。

次ぎに、原稿のことですが、二十日千葉で川端君に会つた時、彼は半分できてゐると云つてゐました。かく云ふ小生はまだ一枚も出来てゐません。自分のことを棚に上げるやうですが、原稿催促センモンの係を置いて、毎日、サイソクに廻らせるやうにしなければ、むつかしいかと思ひます。――この事はぜひお進めいたします。

八月二十三日　　宇野　浩二

田中　直樹様

22

昭和八年八月二十三日（年月推定）〃**田中直樹**宛（封書　便箋一枚）封筒なし

鍋井君は明日か明後日上京すると思ひますから、表紙とカツトの画稿料僕の方へなるべく早くおとどけ下さいませんか。

二十三日　　宇　野　生

田中　直樹様

23

昭和八年八月二十五日（消印　下谷桜木／8・8・25／后０―４　芝／8・8・25／后４―8）〃下谷区上野桜木町十七より〃芝区片門前町二ノ六　文化公論社〃**田中直樹**宛（ハガキ）速達　九銭五厘

今日、倉島竹二郎君から今月中に四五十枚の小説をとどけると云つて来ました。一体「文学界」の一号の編輯はどうなつてゐるのですか？（さういふ僕がまだ二三日かかつて小説やつと一枚しか出来てゐませんが。）それにしても誰が編輯し、誰が催促（原稿の）に廻るのですか。これで雑誌が出るのですか???

24

昭和八年八月二十六日（消印　下谷桜木町／8・8・26／前8―12　芝／8・8・26／后0―4）／／東京市下谷区上野桜木町十七より／／芝区片門前町二ノ六　文化公論社／／**田中直樹**宛（封書　便箋二枚）速達　十一銭

昨日はいろ〳〵な苦情と忠告を致しましたが、小生受持の小説[注1]二十三日から始めて居りますが、昨日の晩になつても三四枚で、それも気に入りません。感激のない小説（自信のない小説）を無理に作り上げることは嫌ですから、今年一ぱいだけお許し下さいませんか。その他のものは書きますから。

あの第一回の相談会の時に「文藝春秋」に小説の約束があつたことをすつかり忘れてゐましたので、うつかり承諾したのです。その上、「文藝春秋」が九月号が未完[注2]で十月にその後を書くことになつてゐます。その外に「改造」の十一月号[注3]にも小説の約束がありますので、くり返しお願ひします。来年の二月号位にして下さいませんか。

同人諸氏にも誠に済まないのですが、お許し願ひます。（それから、肝心のことになると、いつもお返事下さいませんが、困ります。鍋井君は今日来ますから、（将来随筆などを頼まねばなりませんから）画稿料のことなども、お返事ぐらゐは頂きたいと思ひます。）

以上、気が急ぎますので、乱文乱筆御判読下さい。

八月二十六日　宇野　浩二

田中　直樹様

（注1）「一週間」（「文学界」昭和八年十月一日発行、第一巻一号）

（注2）「湯河原三界」（「文藝春秋」昭和八年九月一日発行、第十一巻九号）

（注3）「人さまざま」（「改造」昭和八年十一月一日発行、第十五巻十一号）

25

昭和八年八月二十八日（消印　下谷桜木町／8・8・28／前8―12　芝／8・8・28／前8―12）／／下谷区上野桜木町十七より／／芝区片門前町二ノ六　文化公論社／／**田中直樹**宛（ハガキ）速達　九銭五厘

昨日は失礼しました。あれを小説にするのはやはり無理ですから、「小説私考」といふ題で感想を、林君の「青い花束」と『「改造」その他の批評』とこの三つにしてもらひます。その代り口述筆記でなく、二十九日一ぱい位でやるつもりですから、それで御勘弁下さい。

鍋井君には画稿料雑誌出来と共に送ると云つておきました。

26

昭和八年八月二十九日（消印不明）／／東京市下谷区上野桜木町十七より／／芝区片門前町二ノ六　文化公論社／／**田中直樹**宛（ハガキ）　一銭五厘

前略――昨日鍋井君が見え、「文学界」の目次の上のカツトを忘れたやうに思ふが、社長に聞いてくれ、といふ話でした。「もし忘れてゐたら、滞京中に描くから」と云つてゐました。至急お調べ下さいませんか。
八月二十九日朝

27

昭和八年九月二日（消印　下谷／8・9・2／8―12）／／東京市下谷区上野桜木町十七より／／芝区片門前町二ノ六　文化公論社／／**田中直樹**宛（ハガキ）　一銭五厘

先程は失礼しました。その時お話しました林氏の「青い花束」の批評の箇條書みたいなものと荒筋を書いた原稿五枚ほど出てきましたが、今の疲労した気持はそれを土台にして書いてもましなものが出来さうにありませんから、見合せさしていたゞきます。折角お約束した林氏に悪いですから、林氏にお会ひの節、このハガキを林氏に見せてあなたからあやまつて下さい。

二日夕

28

昭和八年九月六日（消印　下谷／8・9・6／前8―12）／／東京市下谷区上野桜木町十七より／／芝区片門前町二ノ六　文化公論社／／**田中直樹**宛（ハガキ）　一銭五厘

前略。原稿とる迄は矢の催促で、とつてからは音沙汰なし。表紙と校正もどうなつたのです。鍋井君の画料ぐらゐは、雑誌の発刊が後れるとしたら、鍋井君の帰阪前にお払ひ下さいませんか。断食も結構ですが、他に対してももう少し誠意を出して下さいませんか。

六日朝

29

昭和八年九月九日（消印不明）／／東京市下谷区上野桜木町十七より／／芝区片門前町二ノ六　文化公論社／／**田中直樹**宛（ハガキ）一銭五厘

拝復

一冊で（小説随筆感想）全部で百五十円といふ勘定は僕には分りませんが、かういふ分け方は他の人にお任し下さい。併し余り少な過ぎると思ひます。その事に就いては武田君と林君に御相談下さい。僕は御免蒙ります。それから僕は一両日中に旅行いたしますから、御用事の節はお手紙下さいましたら、内の者が旅先に回送してくれますからそのおつもりで――

30

昭和八年九月九日（手渡し）／／東京市下谷区上野桜木町十七より／／文化公論社／／**田中直樹**宛（封書　無地便箋一枚）〈校正と原稿在中〉

雑誌何日頃に出ますか。

人に聞かれて困りますので、その日をお知らせ下さいませんか。どこかの新聞の□□欄に雑誌の発行日が後（おく）れると出てゐたさうですが……。

九月九日朝　　宇野　浩二

田中　直樹様

31

昭和八年九月十日（消印　下谷／8・9・10／后0―4）／／東京市下谷区上野桜木町十七より／／芝区片門前町二ノ六　文化公論社／／**田中直樹**宛（ハガキ）一銭五厘

十五日〆切の原稿がありますので、今度は欠席さして頂きます。

九月十日朝

32

昭和八年九月十三日（消印　下谷／8・9・13／前8―12）／／東京市下谷区上野桜木町十

七より／／芝区片門前町二ノ六　文化公論社／／**田中直樹**宛（ハガキ）

前略
「文学界」毎号左の所へお送り下さいませんか。
本郷区上富士前町七十三　高鳥　正
麹町区九段三丁目十一ノ一　三楽内　山本東三
北海道室蘭中学校　坂東三百
それから鍋井君の所へ雑誌と一緒に画稿料お送り下さいませんか。身びゐきするやうですが、今日の雑誌にあれほど前衛的なカツトを出してゐる雑誌はないと思ひますから。
（鍋井氏の住所
大阪市外石橋轟木十五）

33

昭和八年九月十三日（消印　下谷／8・9・13／后0―4）／／東京市上野桜木町十七より／／芝区片門前町二ノ六　文化公論社／／**田中直樹**宛（ハガキ）　一銭五厘

追伸
「文学界」を毎号送るところの追加――
豊島区長崎南町三ノ三八八五　原久一郎
赤阪区青山南町五ノ八十一　斎藤茂吉
中野区上高田町一ノ三四七　遠藤豊馬
中野区宮園五ノ十三　江口栄一
一昨日倉島竹二郎君が三十七枚の原稿を持参されました。いいものらしいです。
それから鍋井君に早く画稿料送つて下さらないと、随筆たのみにくいです。お願ひします。十四日午後川端君の家の会合はあるのですか。

34

昭和八年九月十五日（消印　下谷／8・9・15／前8―12）／／東京市下谷区上野桜木町十七より／／芝区片門前町二ノ六　文化公論社／／**田中直樹**宛（ハガキ）　一銭五厘

昨夜は失礼。中山君から「ゴオゴリの死とツルゲエネフ」といふ評論十枚（二十五日迄）に送つて来るといつて来られました。鍋井君にも随筆たのみました。僕は中山君の本の批評をしますから、二号のヨテイ入れて下さい。それから、今日嘉村君と牧野君にサイソク出します。中山省三郎君の所は杉並区阿佐ケ谷一ノ六八七です。雑誌送つて下さい。他に杉並区鳥橋三ノ三二　辻野久憲君にもお送り下さい。鍋井君には今日おくります。
　九月十五日朝

35

昭和八年九月十五日（消印　下谷／8・9・15／后0—4）／／東京市下谷区上野桜木町十七より／／芝区片門前町二ノ六　文化公論社／／**田中直樹**宛（ハガキ）　一銭五厘

追伸
「文学界」月々　市外吉祥寺八七五、田畑修一郎君、にお送り下さいませんか。それから、中山（評）、辻野（評）、嘉村（随）、牧野（小）、鍋井（随）諸君には皆二十五日〆切といつてありますから、あなたの方から催促して下さいませんか。

36

昭和八年九月十六日（消印　下谷／8・9・16／4—8）／／東京市下谷区上野桜木町十七より／／芝区片門前町二ノ六　文化公論社／／**田中直樹**宛（ハガキ）　一銭五厘

前略
古い知人で正直この上なしの野呂といふ人が小生の名刺を持つて伺ひます。どうぞ相談に乗つて上げて下さい。それから北海道の坂東三百といふ人は「室蘭市舟見町十八、荒井方」に越しましたから、「文学界」二号からそこへお送り下さい。

十八日出席します

嘉村君は病気の為め随筆延ばしてくれといつてきましたが、牧野君から承諾してきました。そして、嘉村君の代りになる人が二人ありますから御安心（アン）下さい。

37

昭和八年九月十九日（消印　下谷桜木町／8・9・19／□8—12）／／下谷区上野桜木町十七より／／芝区片門前町二ノ六　文化公論社／／**田中直樹**宛（ハガキ）　速達　九銭五厘

昨夜は失礼―倉島君の原稿、もう一度川端君に見てもらひ、もし那須君の小説のよくなかつた場合に使ふやうに補欠にとつておいたらどうでせうか。それにはあなたから倉島君に会があつて、同人が廻読したとき二三人の反対（といふ程強く書かないで）があつたので、二号に載せられなくなつた。（折角御寄稿いただいたが、と断書をして）と云つてやり、川端君、林君あたりに見てもらつてから返しても遅くはないと思ひます。これは小生がたのんだ原稿といふ意味でなく、今日大かたの作といへる新人はなかなかないと思ひますから。（忠井君のところへ雑誌が行つてないそうです）

38

昭和八年九月十九日（消印　下谷桜木町／8・9・19／0―4）／東京市下谷区上野桜木町十七より／芝区片門前町二ノ六　文化公論社／**田中直樹**宛（ハガキ）　一銭五厘

追伸

「文学界」の二号(注1)は小説その他一切休まして下さいませんか。「改造」の十一月号(注2)の小説が九月からあつて、十月号のを延ばしてもらひましたので。

それから毎号下記の人々に雑誌送つて下さいませんか。

本郷区曙町二十一　高野敬餘

秋田県湯沢町　田中　宣

京橋区京橋三ノ四

日本評論社　下村亮一

北海道室蘭市舟見町十八

荒井方　坂東三百

（注1）「一週間」（「文学界」昭和八年十一月一日発行、第一巻二号）

（注2）「人さまざま」（「改造」昭和八年十一月一日、第十五巻十一号）

39

昭和八年九月二十日（消印　下谷／8・9・20／前8―12）／東京市下谷区上野桜木町十七より／芝区片門前町二ノ六　文化公論社／**田中直樹**宛（ハガキ）　一銭五厘

前略

寄稿依頼の関係もありますから、佐藤春夫、堀口大学、舟木重信諸君にも雑誌を送つた方がいいと思ひます。その他、寄稿依頼したい人にはそれぞれ送つた方がいいと思ひます。あの送り先を極める会に間に合はなかつたのを残念に思ひます。

40

昭和八年九月二十日（消印　下谷／8・9・20／后4―8）∥下谷区より∥芝区片門前町二ノ六　文化公論社∥**田中直樹**宛（ハガキ）
一銭五厘

追伸

下谷区谷中天王寺町三十四　中山議秀

この人は英語の達者な人ですから、毎号（一号から）雑誌お送り下さいませんか。

その他、今度武田君とお会ひになりましたら、今朝申し上げました通り、寄稿してもらふ為に、適当な人を御相談下され、お送り下さいませんか。僕の方は前にお願ひしました、田中宣、高野敬餘、坂東三百、その他を改めてお願ひしておきます。

・倉島君はなるべく三号か四号にでも載せていただきたく思ひます。「三田文学」では評判のいい人ですから。

41

昭和八年九月二十三日（消印　下谷／8・9・24／前8―12）∥東京市下谷区上野桜木町十七より∥芝区片門前町二ノ六　文化公論社∥**田中直樹**宛（ハガキ）　一銭五厘

前略、―先達て報告しました通り、小生は二号に書けないから知れませんが、小生の依頼したのは二十五日になつてゐますから、ぼつぼつ催促して下さい。それから、誰に聞いても堀口君のものは非常にまづいさうですし、古木のも余り評判がよくありません。ひどいのは全体に創作欄らしくないと云ひます。とすれば、倉島君は二号（注1）に載せてもいいかと思ひます。――小生例に依つて多忙ですから御用事はお手紙でお願ひします。

｛ひよつとしたら、
旅行します。

◎鍋井君が表紙の色の濃過ぎることを不満に云つて来ました。
二十三日夕
（注1）倉島竹二郎「子は育つ」（「文学界」昭和八年十一月一日発行、第一巻二号）

42
昭和八年九月二十八日（消印　下谷／8・9・28／后4―8）／／東京市下谷区上野桜木町十七より／／芝区片門前町二ノ六　文化公論社／／**田中直樹**宛（ハガキ）　一銭五厘

「文学界」近松秋江氏にもお送りねがいます。小生ヅボラしますが、小生のたのんだ人にどし〳〵催促ねがいます。もしかしたら来月十日頃迄旅行します。

九月二十八日

43
昭和八年十月三日（消印　下谷／8・10・3／后4―8）／／東京市下谷区上野桜木町十七より／／芝区片門前町二ノ六　文化公論社／／**田中直樹**宛（ハガキ）　一銭五厘

一昨日は失礼。
次ぎの仕事を急ぎますので、六号雑記もお許し下さい。辻野君[(注1)]のも急いだので読み返してないさうですから小生が校正しませう。随筆を斎藤茂吉氏にたのんだらどうですか。急ぎますので乱筆です。
十月三日
小説の校正の出る日と時間をお知らせ下さいませんか。旅に出ますが、その頃に一度帰りますから。
（注1）辻野久憲「文学への懐疑―二葉亭四迷について―」（「文学界」昭和八年十一月一日発行、第一巻二号）

44
昭和八年十月六日（消印　下谷／8・10・6／后0―4）／／東京市下谷区上野桜木町十七より／／芝区片門前町二ノ六　文化公論社／／**田中直樹**宛（ハガキ）　一銭五厘

前略。「文学界」二号から次ぎの人にお送り下さいませんか。
大阪市南区千年(ネン)町十六　中本弥三郎

小生の校正いつ頃出ますか。

十月六日朝

45
昭和八年十月九日（消印　上野桜木町／8・10・9／后0－4　芝／8・10・9／后0－4）／／東京市下谷区上野桜木町十七より／／芝区片門前町二ノ六　文化公論社／／**田中直樹**宛（ハガキ）　速達　九銭五厘

婦人記者の方が持参されました校正、仕事の合間にちよつとしかけて見ましたが、原稿がないので出来ません。至急原稿をお送り下さるか、お使にお持たせ下さいませんか。

十月九日

46
昭和八年十月十八日（消印　下谷／8・10・18／后4－8）／／東京市下谷区上野桜木町十七より／／芝区片門前町二ノ六　文化公論社／／**田中直樹**宛（ハガキ）　一銭五厘

二十一日朝九時発の汽車で大阪に立ちます。一週間か十日京阪その他を廻つて来ようと思ひます。その為め二十一日の会出席出来ません。諸兄によろしく。

47
昭和八年十月二十一日（消印　下谷／8・10・21／前8－12）／／東京市下谷区上野桜木町十七より／／芝区片門前町二ノ六　文化公論社／／**田中直樹**宛（ハガキ）　一銭五厘

これから旅に出ます。「文学界」二号遅いですね。「空しい春」お返し下さいませんか。

二十一日朝

48
昭和八年十月二十五日（消印　大阪天満／8・10・25／后0－4）／／大阪より／／東京市芝区片門前町二ノ六　文化公論社／／**田中直樹**宛（絵ハガキ―大阪阿弥陀池）　一銭五厘

待望の「文学界」第二号どうしたのですか。余り遅いと、よからぬ流言があるやうですから心配してゐます。

大阪にて
二十五日

49
昭和八年十月三十一日（消印　大阪中央／8・10・31／前8―12）／／大阪より／／東京市芝区片門前町二ノ六　文化公論社内／／**田中直樹**宛（ハガキ）　一銭五厘

「文学界」の会御迷惑かけました。今日の汽車で帰京いたします。川端君からの便（たより）に小生が帰つたら「文学界」の会が開かれるとありましたので、お知らせします。こんな時に催促して恐縮ですが、「空しい春」留守宅へお送り下さいましたか。

十月三十一日
大阪にて
宇野　浩二

50
昭和八年十一月三日（消印　下谷／8・11・4／前8―12）／／東京市下谷区上野桜木町十七より／／芝区片門前町二ノ六　文化公論社／／**田中直樹**宛（ハガキ）　一銭五厘

留守に「空しい春」いただきました。倉島君の住所お知らせ下さいませんか。

十一月三日

51
昭和八年十一月四日（消印　下谷／8・11・4／后4―8）／／東京市下谷区上野桜木町十七より／／芝区片門前町二ノ六　文化公論社／／**田中直樹**宛（ハガキ）　一銭五厘

拝復
倉島君の住所わかりました。
改造社で許してくれましたら泡鳴論出します。併し、十五日頃になると思ひます。

十一月四日

52
昭和八年十一月八日（消印　下谷／8・11・8／后4―8）／／東京市下谷区上野桜木町十七より／／芝区片門前町二ノ六　文化公論社／／**田中直樹**宛（ハガキ）　一銭五厘

昨日は失礼しました。出来る限りやるつもりですが、もしかしたら「泡鳴」一月号にして頂きたく、万一の用意に、その手筈をしておいて下さいませんか。

「文学界」の二号は牧野君と川崎君（他は読んでゐませんが）の創作がいいので安心しました。一号よりそれだけでもいいと思ひます。

十一月八日　　宇野　浩二

53

昭和八年十一月九日（消印　下谷／8・11・9／后0―4）／東京市下谷区上野桜木町十七より／芝区片門前町二ノ六　文化公論社／**田中直樹**宛（ハガキ）一銭五厘

前略
「岩野泡鳴」を延ばして頂く代りに、今年の三四月頃「尺牘」といふ二百部ぐらゐしか刷つてゐない雑誌に発表しました「思出話」（二十年程前の思出話でちよつと面白い物）＝（十枚位）に新しく近松秋江との交際二十年程前の思出話（七枚位）附足して全体で三節十六七枚のものよかつたら、十二日迄に書きます。折返しおたづねのお返事速達で下さいませんか。
十一月九日

54

昭和八年十一月十二日／**田中直樹**宛（封書便箋一枚）封筒なし

読み返してゐませんから校正ぜひお見せ下さい。いつ頃出ますか、折返しお返事下さい。
原稿中に書いておきましたが、雑誌の切抜いたのはできれば写して工場へお廻し下さいませんか。汚したくないからです。
十一月十二日　　宇野　浩二
田中　直樹様

55

昭和八年十一月十五日（手渡し）／東京市下谷区桜木町十七より／文化公論社御中／**田中直樹**宛〈校正刷と手紙在中〉

明日の会に出ます。

「文学界」一号と二号（それからずつと）中野区川添町四十六百田宗治君宅にお送り下さいませんか。
十一月十五日　　宇野　浩二
田中　直樹様

56

昭和八年十一月十七日（消印　下谷／8・11・17／后4―8）／東京市下谷区上野桜木町十七より／芝区片門前町二ノ六　文化公論社／**田中直樹**宛（封書　便箋二枚）　三銭

昨夜は失礼しました。広津と話がはづんで他の同人諸君と、あの家を出ると一緒に、「さよなら」の言葉も交さずに別れてしまひました。同人諸君の誰かにお会ひになりましたら、よろしくお伝え下さい。

さて、一案ですが、「犯罪公論」が「文化公論」になり、兄弟（?）雑誌「文学界」が刊行されることになつた訳ですから、来年あたりから、「文学界」叢書などといふ名でなく、そのつもりで、同人の創作集や、同人が認めた人の創作集を、成功すれば、だんだんに、先づ最初に三冊位出して、順に出すやうな計画はどうですか。するど「文化公論」と「文学界」にその広告が殆どタダで出来ること、文学物なら新聞は読売新聞の広告一つでいいこと等のいい条件がありますから、そのうち林君などとお会ひになりました時、御相談なすつたら如何ですか。

十一月十七日　　宇野　浩二
田中　直樹様

57

昭和八年十一月二十日（消印　下谷／8・11・21／8―12）／東京市下谷区上野桜木町十七より／芝区片門前町二ノ六　文化公論社／**田中直樹**宛（封書　便箋三枚）　三銭　至急

前略

◎小生の「子の来歴」を出版する本屋アルルカン書房はいろいろの事情で出版がおくれ、その為めに、「文学界」の広告料が支払へないのですが、あなたの方から大変きびしい催促をされました由、今のところあの本の出版は、あの本屋と小生とが共同で出版してゐるやうなものですから、あの広告料は小生が払ふものとして、その広告費は、小生を信じて、少し延ばして下さいませんか。
◎それから、新年号にも、あの広告を載せてほしいのですが、新年号のは、紙型を代へるつもりです。それは小生から二十六七日頃にお送りしますから、よろしくお願ひいたします。
それから、小生から、お願ひしましたと思ひますが、「文学界」を

中野区宮園五ノ十三　江口栄一

それから

麹町区下六番町十　里見弴

神奈川県鎌倉町雪ノ下六四四　崎山正毅

◎この三人は創刊号からお送り下さい。そして此後ずつとお送り下さい。その代り小生には今後は毎号二冊で結構です。
◎それから「子の来歴」が今日中に本になり、その前に「子を貸し屋」の訂正したのを二三日中に武田君のところに送ります。それで小生から武田君にたのみ、新年号に「子を貸し屋」の訂正前と訂正後をしらべて「宇野浩二小論」(注1)を書いてもらふつもりですから、それを新年号のヨテイに入れて下さい。
◎田畑修一郎君の小説は来月五日に出来ます。田畑君の住所は

市外吉祥寺八七五です。

十一月二十日夜　宇野浩二

田中直樹様

（注1）武田麟太郎「『子を貸し屋』の改訂」（「文学界」昭和九年一月一日発行、第二巻一号）

58

昭和八年十一月二十六日（消印　下谷／8・11・26／后0－4）／／東京市下谷区上野桜木町十七より／／芝区片門前町二ノ六　文化公論社／／**田中直樹**宛（ハガキ）

「文学界」十二月号
本郷区上富士前町七十三
高島正氏と里見弴氏（これは送つてなかつたら、創刊号からずつと）とにお送り下さいませんか。

十一月二十六日　宇野浩二

59

昭和八年十一月二十八日（消印　芝／8・11・28／4―8）／／東京市下谷区上野桜木町十七より／／芝区片門前町二ノ六　文化公論社／／**田中直樹**宛（ハガキ）　一銭五厘

いつも同じお願ひばかりしますが、「文学界」一号からつづけて、僕の名を上書きに書いて、次ぎの人にお送り下さいませんか、毎号。

芝区車町八　平井太郎

これは江戸川乱歩君の本名です。

明日川端君の会に出ます。

60

昭和八年十二月二日（消印　下谷／8・12・2／前8―12）／／東京市下谷区上野桜木町より／／芝区片門前町二ノ六　文化公論社／／**田中直樹**宛（ハガキ）　一銭五厘

今日田畑君が小説原稿を持つて来られました。五十七枚（正味五十五枚）です。お使の方を下さいませんか。

十二月二日

61

昭和八年十二月二日（消印　下谷桜木町／8・12・2／后0―4　芝／8・12・2／后0―4）／／東京市下谷区上野桜木町十七より／／芝区片門前町二ノ六　文化公論社／／**田中直樹**宛（ハガキ）　速達　九銭五厘

鍋井君から「ヨミウリ紙で「文学界」の表紙は中学校のリーダのやうだと云ふ評を見、まつたくと感服、あれは少々気になつてゐるので、万一やり直しをしてもらへるものならやらしてもらへれば気がスッとする」と云つて来ましたので、早速たのんでおきました。あなたの方よりもおたのみ下さい。

それからアルカン書房の「子の来歴」の紙型間に合ひませんから、「文学界」新年号は前の紙型をお出し下さい。

62

昭和八年十二月三日（消印不明）／／東京市下谷区上野桜木町十七より／／芝区片門前町二ノ六　文化公論社／／**田中直樹**宛（ハガキ）　一銭

五厘

田畑君の原稿と鍋井君から寄贈のカツトが着きましたので、それを取りに来られるよう電話をかけさせましたら、「ダレモヰマセン!」と電話をガチヤンと切られた由、こんなことは困ります。

百田宗治君に十二月号からお送り下さいませんか。

十二月三日

63

昭和八年十二月三日（手渡し）／／東京市下谷区上野桜木町十七より／／文化公論社／／**田中直樹**宛（封書　便箋一枚）

この鍋井君のカツトは寄贈となつて居りますから、そのまま受けることにし、新しい表紙を一枚描いてもらつた時はこの前より少なくて結構ですから、画稿料お送り下さいませんか。今度は鍋井君もああ云つて来たのですから、屹度いい表紙が出来、一年間使へるのですから。

十二月三日　　宇野　浩二

田中　直樹様

辻野君は芝区新銭座の何とかアパートに越しましたから第一書房に電話でお問合せ下さい。

64

昭和八年十二月四日（手渡し）／／東京市下谷区上野桜木町十七より／／**田中直樹**宛（封書　便箋二枚）

今日、鍋井さんからハガキが来まして、『今日「文学界」の田中氏より手紙をもらひ表紙の色校正、且つカツトに書き改め下さるもよろしと云ふ次第だつたので、大いにいさみたち直ちにすぐ表紙カツトをかき改めた。田中氏へは十日迄に送ると云つたが、明五日夕刻貴宅迄（まで）発送する故、受取次第すぐお知らせを乞ふ。

上下の色の部分は今度も大体あの調子にして置いた。これは新工夫のつもりでやつたので、別にいい効果もないが、あまりがらりと変るのも定見がないやうで雑誌そのものにも御迷惑故、カツトや何月号のところを改良してみた。感じはすつかり変つたが、さて今度は何の感じかしらん』といつて来ました。三日附のハガキです。

くり返しお願ひします。こんなに心配してくれてますから、表紙変への礼として、（それにカット寄贈を合はして）三十円、鍋井君に画稿料お送り下さいませんか。

十二月四日　　宇野　浩二

田中　直樹様

65

昭和八年十二月五日（消印　下谷／８・12・5／前８―12）／／東京市下谷区上野桜木町十七より／／芝区片門前町二ノ六　文化公論社／／**田中直樹**宛（ハガキ）　一銭五厘

「文学界」新年号の「子の来歴」の広告紙型に（あのままで）十二月十五日発売と入れて下さいませんか。

今度からお留守中にも電話の係の方、分るやうにして下さい。

十二月五日

66

昭和八年十二月七日（消印　下谷／８・12・7／后８―12）／／東京市下谷区上野桜木町十七より／／芝区片門前町二ノ六　文化公論社／／**田中直樹**宛（ハガキ）　一銭五厘　至急

辻野久憲氏の「宇野浩二論」三十枚、明日午後取りに来て下さい。（使をお出し下さい）小生の「泡鳴」は明後日朝にして下さい。

十二月七日　　宇野　浩二

67

昭和八年十二月八日（年推定）／／**田中直樹**宛

（封書　便箋一枚）封筒なし

この辻野君の原稿は小生のことを少し褒め過ぎてありますが、可なりいいものだと思ひます。

尚、小生の「泡鳴」は、多事多忙の為めにこれからかかります。バリキをかけて、明日一ぱいお待ち下さいませんか。その代り六号用の中山省三郎君の「猟人日記」と「散文詩」の批評も書きますから。

尚、明日は土曜ですから、六号の方は月曜日まで待てるのですか。

十二月八日　　宇野　浩二

田中　直樹様

辻野君の今の住所は
　芝区新銭座町二〇工人荘205号です。

鍋井君のお礼おねがひします。

辻野君の評論題は同人の方と相談し、辻野君の了解を得た上で変へた方がいいかと思ひます。辻野君もさういつてましたから。

その代り六号雑記御免下さい。

辻野君の原稿は二段に組んだ方がいいと思ひます。原稿書きましたが、急スピードで書きましたから、誤字脱字があるでせうから、校正ぜひお見せ下さい。

いつ頃出るか折返し御返事下さい。

68

昭和八年十二月九日（消印なし）／／東京市下谷区上野桜木町十七より／／芝区片門前町二ノ六　文化公論社／／**田中直樹**宛（ハガキ）一銭五厘

「岩野泡鳴論」明日午後とりに来て下さい。

十二月九日

69

昭和八年十二月十二日（消印不明）／／東京市下谷区上野桜木町十七より／／本郷区菊阪町八十二　菊富士ホテル内／／**広津和郎**宛（封書便箋二枚）三銭

前略
ちよつと伺はうと思つて電話をかけたら、お留守、いつお帰りになるか分らぬと云ふ。用事は例の白水社の話で、君も聞かれたらうと思ふが、来春、白水社で、君の評論随想集と、嘉村君の全集（三冊の予定）と、僕の「枯木のある風景」（他に「枯野の夢」と「人さまざま」を入れたの）を一緒に出さしてほしいといふのだ。
嘉村君の方は極まつた。君の御事情を聞けば、出版者にはまだ会はれない由、原稿の枚数が足りなくて返つてゐる由、君と出版社の間に立つてゐる人に悪い由、——白水社では、センエツだが、文学書を初めて出す本屋より、どうかして自分の本で出さしてほしい。つまり、三冊一緒に出したい。それには近頃飜訳本（岸田国士の「にんじん」）の外が殆ど売れないから、といふこともあると云ふ。何れにしても君が前に本屋と約束されてゐるのを知りながら白水社から無理を云へないから僕からもう一度たのんでほしいといふのだ。
それだけの用事でちよつとお伺ひしたかつたのだが、もしそのうちお暇なら、一緒に散歩ぐらゐはお供したい。僕の方は十四日の外、いつでもいい。
十二月十二日
宇野　浩二
広津　和郎様

70
昭和八年十二月十三日（消印　下谷／8・12・14／后4―8）／／東京市下谷区上野桜木町十七より／／芝区片門前町二ノ六　文化公論社／／**田中直樹**宛（ハガキ）　一銭五厘

二月号に、小生の方に寄稿してもらひたい人のこと、寄稿したいといふ人のことなどかなりありますので、その相談の会なるべく早くされたらどうですか。

十二月十三日

71
昭和八年十二月（年月推定）／／**田中直樹**宛（封書　便箋一枚）　封筒なし

この一文は六号雑記のつもりで書いたのですが、こんなに長くなり、又、六号雑記には少し惜しい（?）と思はれますので、同人諸兄の誰かと御相談下され、適当な場所に載せて下さいませんか。

読み通してゐませんから、校正見せて下さい。「岩野泡鳴」と一諸に――

72
昭和八年十二月十九日（消印　下谷／8・12・19／后8―12）／／東京市下谷区上野桜木町十七より／／芝区片門前町二ノ六　文化公論社／／**田中直樹**宛（ハガキ）　一銭五厘

向島須崎町下車といふのは、市電ですか、バスですか、詳しくお知らせ下さいませんか。

十二月十九日

73

昭和八年十二月二十日（消印　上野桜木町／8・12・20／前8－12／8・12・20／后0－4）／／東京市下谷区上野桜木町十七より／／芝区片門前町二ノ六　文化公論社／／**田中直樹**宛（ハガキ）　速達　九銭五厘

辻野君の原稿の題名
「作家の内省――宇野浩二氏の近業――」と改題して下さい。

十二月二十日

74

昭和八年十二月二十五日（消印　下谷／8・12・25／后4－8）／／東京市下谷区上野桜木町十七より／／芝区片門前町二ノ六　文化公論社／／**田中直樹**宛（ハガキ）　一銭五厘

昨晩は失礼しました。これまでの「文学界」全部そへて左記にお送り下さい。
杉並区荻窪町二丁目六十四　本多謙三
坂口安吾の小説九十一枚まで二月号にぜひお出し下さい。

75

昭和八年十二月二十六日（消印　下谷桜木町／8・12・26／后0－4　芝／8・12・26／后4－8）／／東京市下谷区上野桜木町十七より／／芝区片門前町二ノ六　文化公論社／／**田中直樹**宛（ハガキ）　速達　九銭五厘

「文学界」新年号の稿料いつお送りになりますか。これは小生のことだけでなく、田畑、辻野君など小生の手からのものもありますので、――この事この間の会でませんでしたので。
やっぱり会合はあんな花やかな所よりジミな所の方がコウノウがあると思ひます。

十二月二十六日

76

昭和八年十二月二十八日（消印　下谷桜木町／8・12・28／后0－4　芝／8・12・28／后4－8）／／東京市下谷区上野桜木町十七より／／芝区片門前町二ノ六　文化公論社／／**田中直樹**

宛（ハガキ）　速達　九銭五厘

「文学界」新年号の稿料早くみなに払つて下さいませんか。

変なゴシツプが飛ぶとお互に困りますから。

十二月二十八日

77

昭和八年十二月三十日（消印　8・12・30／后0—4）／東京市下谷区上野桜木町十七より／芝区片門前町二ノ六　文化公論社／**田中直樹**宛（ハガキ）　一銭五厘

嘉村磯多君の書簡お持ちの方は、決して粗末にしません。写し取つて、直ぐ御返送いたしますから、誠に勝手ですが、小生宛にお送り下さいませんか。

東京市下谷区上野桜木町十七　宇野浩二

この文句を出来るだけ目に立つところへ、目に立つよう、「文学界」の二月号に御掲載下さいませんか。

十二月三十日

78

昭和九年一月六日（消印　下谷／9・1・6／后0—4）／東京市下谷区上野桜木町十七より／芝区片門前町二ノ六　文化公論社／**田中直樹**宛（ハガキ）　一銭五厘

二月号に辻野久憲君の「嘉村磯多と私小説」といふ論評出して下さいませんか。原稿は今日あたり来るかと思ひます。新年の「文学界」のより合ひなるべく早くしたらどうですか。

一月六日

79

昭和九年一月八日（消印　9・1・8／后4—8）／下谷区桜木町十七より／芝区片前町二の六　文化公論社／**田中直樹**宛（ハガキ）　一銭五厘　代筆

私儀二三日前から感冒にかかりまだ床についております上に、三八度九度となつてます〳〵熱も下りませんのです。残念ながら御伺ひ出来ません。私の方の三月号に推薦する作家は中山儀秀氏でその原稿は来月三日に出来る予定でございます。尚私は三月号は休ませて頂きたいと存じます。

　代筆失礼いたします。

80

昭和九年一月十二日（消印　芝／9・1・12／后4－8）／／東京市下谷区上野桜木町より／／芝区片門前町二ノ六　文化公論社／／**田中直樹**宛（封書）

一九三四年文壇への待望の校正　1～2ページのみ在中

81

昭和九年一月二十九日（消印　下谷／9・1・29／前8－12）／／東京市下谷区上野桜木町十七より／／芝区片門前町二ノ六　文化公論社／／**田中直樹**宛（ハガキ）　一銭五厘

前略

小生の今度の病気は感冒でなく他の病気ですが、大事を取って来月十日頃まで休養するつもりで居ります。併し、中山議秀君の小説は遅くも来月五日まで出来る筈ですから、出来次第小生からお送り申し上げます。

一月二十九日

82

昭和九年二月二日（消印　下谷／9・2・2／前8－12）／／東京市下谷区上野桜木町十七より／／芝区片門前町二ノ六　文化公論社／／**田中直樹**宛（ハガキ）　一銭五厘

又々残念ですが、医師の許しが出ませんので、六日の会に出席できないかと思ひます。同人諸氏によろしく。

二月二日

83

昭和九年九月六日（消印　下谷／9・9・6／前8－12）／／東京市下谷区上野桜木町十七より／／市外吉祥寺六一五／／**江口　渙**宛（ハガキ）

御無沙汰。「火山の下に（注1）」ありがたう。あれは前に君から、その来歴を聞かされてゐたものだから、懐しい。十二三日まで一寸忙しいが、それまでに読了して、どこかに感慨述べさしてもらふ。取敢ずお礼まで。十四五日に、いつか見てもらつた「海戦奇譚」の出てゐる本お送りする。忘れてゐたらサイソクしてくれ給へ。

（注1）　江口渙著『火山の下に』昭和九年七月二十七日発行、文化集団社。

84

昭和九年九月二十八日（消印不明）／東京市下谷区上野桜木町十七より／京橋区銀座西七丁目五　タイムスビル　日本新聞聯盟社／**笹本　寅**宛（封書　便箋二枚）

先程は失礼いたしました。あの中で、自分の部屋のことで間違つてゐたことを、部屋に帰つてから、発見しました。今、その部屋でこの手紙を書いてゐます。

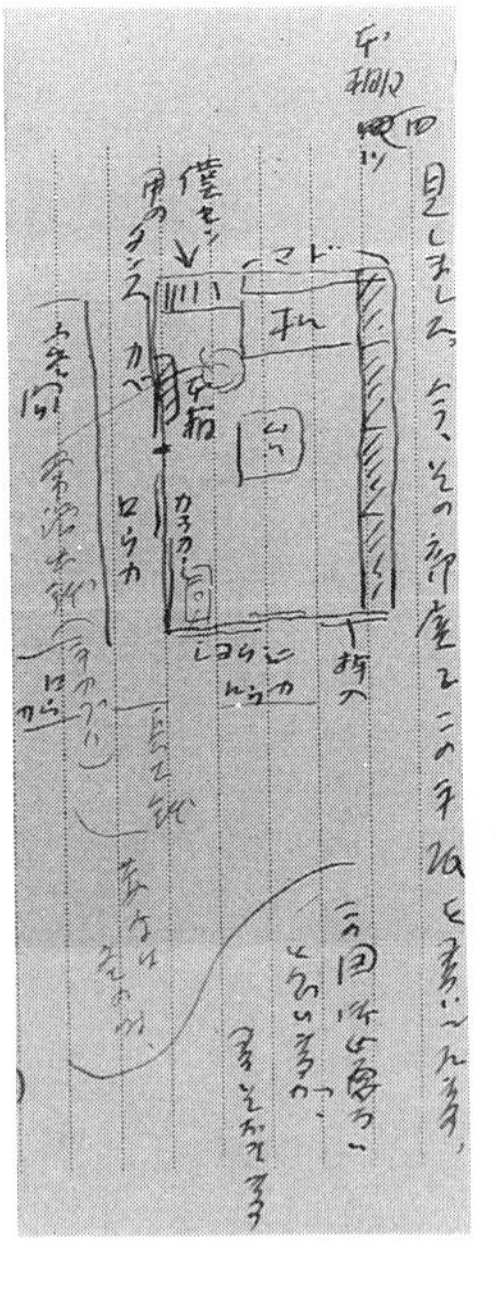

この図御必要ないと思ひますが、書いておきます

あなたとか報知の片岡君などに会ふと、新聞の記者とか雑誌の記者とかいふ事を忘れて、友達に話をするやうな話をしますので、今日の話のうち、六日六晩徹夜とか、三四日徹夜とか、蚊帳の中に入る話とか、又は小説に対する心得の進歩とか、さういふ知らぬ人が聞いたら、自慢らしう聞える話は、お払へ下すつて、（お帰りになつてから十月の「新潮」のあなたの御文を拝見しましたが、）—あの程度の文章にお書き下さいませんか。後で考へますと、少しお話し過ぎた感じがしますので、その辺のこと、あなたにお任せしますから、程よくお書き下さるよう、お願ひいたします。

もし、下書をお見せ下さいましたら、（速達で）、折返し（速達で）お返してもよろしいです。

三月二十八日　　　　宇野　浩二

笹本　寅様

85

昭和十年四月十七日（消印　下谷／10・4・17／后8―12）／／東京市下谷区上野桜木町十七より／／福岡県福岡市外箱崎町塔ノ本三七八五／／**大塚幸男**宛（官製ハガキ）　一銭五厘

いつも御訳著ありがたう存じます。別便で、いづれも十年余り前の旧作集ですが、拙著一部お送りいたしました。御笑覧下さい。いつか申上げましたが、福岡には亡父の墓がございます。僕が四歳の年に死に別れましたので、一度も展墓したことがありません。そのうち、福岡に行きたいと思つて居ります。その節、お伺ひいたしたいと思ひます。

86

昭和十年四月三十日（消印　下谷／10・5・1／前8―12）／／東京市下谷区上野桜木町十七より／／神奈川県鎌倉町二階堂／／**久米正雄**宛（官製ハガキ）　一銭五厘

大金の会の御案内状、君の手らしいと思つたので消印を見ると矢張り鎌倉とあつた。それで、大金と云へば今から十三四年前の昔のことだから、それこそ是非々々出席したいのだが、六月の雑誌の小説を持つてゐるので、どうにもかうにもならぬ。それで、出席ならば、往復ハガキの返信を利用して徳田先生に出すのだが、かういふ事情は君の方へ出す方がいいと思つて、君宛てにした。オクラんつもりではない。どうか今度また大金の会をするなら十三―十七日ぐらゐの間にしてほしい。断つてこんなことを云ふのは図々しいが。

87

昭和十年六月二十九日（消印　下谷／10・6・29／前8―12）／／東京市下谷区上野桜木町十七より／／福岡市外箱崎塔之本三七八五／／**大塚幸男**宛（官製ハガキ）　一銭五厘

新聞で見ますと、御地は大洪水に罹災された由、僕は震災に遭つたことはありますが、水害には幸ひ遭つたことがありません。取敢ずお見舞申上げます。

六月二十九日

88

昭和十年十月八日（消印　下谷桜木町／10・10・8／前8―12　早稲田／10・10・8／后0―4）／／東京市下谷区上野桜木町十七より／／牛込区馬場下町二十二／／**尾崎一雄**宛（官製ハガキ）　速達　九銭五厘

校正待つて居ります。[注1]あれは読み返してゐませんので、校正見ないと、甚だ不安ですから。

十月八日

（注1）「遠方の思出」を昭和十年七月一日から翌年四月一日まで「早稲田文学」に連載。

89

昭和十年十一月二十一日（消印　下谷／10・11・21／前8―12）／／東京市下谷区上野桜木町十七より／／牛込区馬場下町四十一　早稲田文学編輯部／／**尾崎一雄**宛（官製往復ハガキ返信）　一銭五厘

大阪市外石橋轟木二ノ一

鍋井克之

お手紙をお出しになる時、同封の鍋井夫人宛に「もし御旅行なら御旅行先きに郵送していただきたい、」といふハガキを出された方がいいかと思ひます

90

昭和十年十二月三日（消印なし）／／東京市下谷区上野桜木町十七より／／牛込区馬場下町四十一　早稲田文学編輯部／／**尾崎一雄**宛（封書用箋一枚）　切手なし

拙文「遠方の思出」の出てゐる、七月号、八月号、九月号の三冊下さいませんか。でないと、後の方がちよつと書きにくいので―

十二月三日

宇野　浩二

尾崎　一雄様

91

昭和十年十二月三日（消印　下谷／10・12・3）急／／東京市下谷区上野桜木町十七より／／牛込区馬場下町四十一　早稲田文学社／／**尾崎一雄**宛（官製ハガキ）　一銭五厘

「早稲田文学」九月号ありました。七月号、四月号ございましたら御急送下さいませんか。川崎長太郎君がお母さんと導君と導好とその他、小田原の家のことを書いた小説は「早稲田文学」の何月号で何という題でしたか。これも御一報下さいませんか。

92

昭和十年十二月五日（消印　下谷桜木町／10・12・6／前8―2　早稲田／10・12・6／后0―4）／／東京市下谷区上野桜木町十七より／／牛込区馬場下町四十一　早稲田文学編輯部／／**尾崎一雄**宛（官製ハガキ）　速達　九銭五厘

これと一緒に原稿の最後（十九―二十二）ユニオン社に速達で送りました。

十二月五日朝

93

昭和十年十二月六日（消印　下谷桜木町／10・12・6　早稲田／10・12・6／后8―12）／／東京市下谷区上野桜木町十七より／／牛込区馬場下町四十一／／**尾崎一雄**宛（官製ハガキ）　速達　九銭五厘

唯今　鍋井克之君来訪。「早稲田文学」の表紙、これまでにあるもの、「改造」風のものでないのを使ってくれとのことです。ちよつと。

十二月六日

94

昭和十年十二月二十日（消印　下谷桜木町／10・12・20　早稲田／10・12・20／后8―12）／／東京市下谷区上野桜木町十七より／／牛込区馬場下町四十一　早稲田文学編輯部／／**尾崎一雄**宛（官製ハガキ）　速達　九銭五厘

突然ですが、井伏君の評論随筆集「文藝草子」といふ原稿紙一枚半の原稿（僕の評論随筆集の批評文学が）

「早稲田文学」二月号にお載せ下さいませんか。これは読売新聞のブツクレビユウ欄に最近出ることになつてゐたのですが、広津和郎が同新聞の中で「文藝草子」を評してくれることになつたと聞いて、僕が急にとり返したのです。井伏君の原稿ですから、読物風になつてゐますが、如何ですか。もし、いけませんでしたら、直ぐお返事下さいませんか。ヨミウリシンブンの方へ返しますから。いけなくてもよくても御一報下さいませんか。

95

昭和十一年一月二十三日（消印　11・1・23）／東京市下谷区上野桜木町十七より／牛込区馬場下町四十一／**尾崎一雄**宛（官製ハガキ）速達　九銭五厘

二回も休みながらかういうことを云へる訳のものではありませんが、「遠方の思出」何卒三月号休載、四月号完結として下さいませんでせうか。

一月二十三日朝

96

昭和十一年二月二日（消印　下谷桜木町／11・2・2／前8－12　早稲田／前8－12）／東京市下谷区上野桜木町十七より／牛込区馬場下町四十一　早稲田文学社／**尾崎一雄**宛（官製ハガキ）速達　九銭五厘

昨日まで何とか書くつもりで居りましたところ、三年前から約束のありました、書き下ろしの随筆「大阪」[注1]といふ百余枚の単行本（叢書の一＝佐藤春夫君の「熊野路」と一緒に出るのです）の校正が（先月二十七日に脱稿したのが）昨夕殆ど一度に出ましたのと、昨年夏から約束のある三月号の雑誌の小説、―四月号に延ばしてゐましたのが、昨夜「どうしても」と云はれましたので＝今になつて申訳（これ以上）ありませんが。―もし宜しかつたら四月号に「父母の思出」或ひは「思出の父母」と題した、半随筆半小説のもの書きます。このウメアハセに。―このハガキ谷崎君にお見せ下さいまして、色々おわびおき下さい。

（注1）　宇野浩二著『大阪〈新風土記叢書1〉』昭和十一年四月四日発行、小山書店。

97

昭和十一年二月二十六日（消印　下谷／11・2・26）／／東京市下谷区上野桜木町十七より／／牛込区馬場下町四十一　早稲田文学社／／**尾崎一雄**宛（官製ハガキ）　一銭五厘

拝復―今日は、御承知の如く日が二日或ひは三日のない上に、例に依つて多忙でございますが、御迷惑をかけない程度で、出来るだけ早く書いてお送りいたします。終回ゆゑ二十四五枚になるかも知れません。

二月二十六日朝

98

昭和十一年三月二十三日（消印　下谷／11・3・23／后4―8）／／東京市下谷区上野桜木町十七より／／京橋区銀座二ノ四　昭森社／／**森谷　均**宛（封書　便箋三枚）〈原稿在中〉

鍋井君まだ見えません。
明日ぐらゐかと思ひます。

同封の『旅路の芭蕉』は僕が嘗て一度も書いたことのない時代小説であることと、これの出た雑誌が「浄土」といふ人の知らない雑誌であることと、「遠方の思出」が随筆であるのに比べてこれは小説であることとで、これを入れたいと思ひます。その代り

高い山から　250　大正九年作
旅路の芭蕉　170　昭和十年作
軍港行進曲　167　昭和二年作

これまで僕の書いた作の中で、

「高い山から」は僕の初期の代表作、「軍港行進曲」は僕の中期の代表作、「旅路の芭蕉」は前述の如く、僕の唯一の時代（現代をはる）小説であるばかりでなく、全く人の知らない小説といふ点で、恥づかしからぬ創作集になるつもりです。ところが、枚数が（遠方の思出）より五十枚ふえます。

どうです、思ひ切つてかういふ思ひ切つた中篇小説集（注1）を出してくれませんか。

『旅路の芭蕉』をとられる場合は『遠方の思出』失はない用心に、御返送下さい。

三月二十三日　　宇野　浩二

森谷　均様

（注1）宇野浩二著『軍港行進曲』（昭和十一年五月二十日発行、昭森社）に、「高い山から」「旅路の芭蕉」「軍港行進曲」の三篇収録。

99

昭和十一年三月三十一日（年推定）（手渡し）／／東京市下谷区上野桜木町十七より／／**森谷**　**均**宛（便箋一枚）

では、「遠方の思出」の原稿と「大切な雰囲気」(注1)を此の僕にお渡し下さいませんか。

いつか御恵与にあづかりましたのを、或る本屋に見せましたら、参考に貸してくれ、と云つて、それ切り戻して来ないのです。ところが、昨日、今日夕方、斎藤茂吉氏と会ふ打合せをしました時、あの随筆集の話が出まして、僕が余り褒め過ぎましたので、それでは明日お目にかかる時、本屋からもらつて差上げませう、と云ふことになつたのです。

あの校正いつ頃から出ますか。

三月三十一日　　　宇野　浩二

森谷　均様

（注1）小出楢重著『大切な雰囲気』昭和十一年一月六日発行、昭森社。

100

昭和十一年五月十六日（消印　京橋／11・5・16／前8―12）／／東京市下谷区上野桜木町十七より／／京橋区銀座二ノ四　昭森社／／**森谷**　**均**宛（封書　便箋二枚　他装幀の絵を描いた紙）速達　〈原稿校正在中〉

これで安心しました。

・これで表紙もきまつて安心です。

・最初の予定どほり、扉（前に送つて来た分）と、『高い山から』と『旅路の芭蕉』と『軍港行進曲』前篇、後篇と、みんな揃つたわけです。唯一つ、「軍港行進曲」は本文は前篇後篇となつてゐますから、誰か器用な方に

［その二］を［後篇］　上の字を鍋井氏の字

［その一］を［前篇］　に似せて直して下さいませんでせうか。

さしゑに、（絵の黄色はなるべく強く）とありますこと御注意。

又

表紙　セナカは布又は革になれば同色のものにして、（一見材料が変つてなきよう見えるように工夫されたし。

とありますところ御注意。

又、ゴタゴタ色が多くならぬよう希望する、ともあります。なるほど此の方が金版が引き立つかと思ひます。

＊セナカは布又は革になれば同色のものにして、一見材料変つ（て）なきよう見えるように工夫されたし、表の金版との関係上

ゴタ〳〵色が多くならぬよう希望す。

五月十五日

森谷　均様

（注）　封筒裏日付「五月十六日朝」
＊鍋井克之の絵入り説明紙貼付

101

昭和十一年五月二十五日（年推定）（手渡し）／／東京市下谷区上野桜木町十七より／／**森谷　均**宛（封書　便箋一枚）

お世辞でなく、なるほど鍋井君が（森谷氏なら）と云つただけ、これなら、いい本です。

サインを見返しにしましたのは、無闇に古本屋に売らないよう、にです。

今晩は、田山花袋先生の七回忌の会で留守にします。

明日も文藝懇話会で晩は留守にします。

明日午後も、留守になるかもしれませんが、その時は電話でお知らせいたします。

五月二十五日　　宇野　浩二

森谷　均様

102

昭和十一年六月二日（消印　下谷桜木町／11・6・2／后0―4　早稲田／11・6・2／后4―8）／／東京市下谷区上野桜木町十七より／／牛込区馬場下町四十一／／**尾崎一雄**宛（官製ハガキ）　速達　九銭五厘

左の文章「早稲田文学」にお出し下さいませんか。牧野信一氏の書簡をお持ちの方、一週間程お貸し下さいませんか。

103

昭和十一年六月三日（消印　下谷／11・6・3／后4―8）／／東京市下谷区上野桜木町十七より／／牛込区馬場下町四十一　早稲田文学編輯部／／**尾崎一雄**宛（官製ハガキ）　一銭五厘

承知致しました。二十日頃に気ツケの催促のおハガキ下さいませんか。

六月三日

104

昭和十一年六月二十一日（消印　下谷／11・6・21）／／東京市下谷区上野桜木町十七より／／牛込区馬場下町四十一／／**尾崎一雄**宛（官製ハガキ）　一銭五厘

二十二三日頃もう一度サイソクのお葉書おねがひいたします。

尚、牧野君の「早春のひところ」は「早稲田文学」の何年何月号ですか御教示下さいませんか。

六月二十一日

105

昭和十一年六月三十日（消印　下谷／11・6・30／后0―4）／／東京市下谷区上野桜木町十七より／／牛込区馬場下町四十一／／**尾崎一雄**宛（官製ハガキ）　一銭五厘

牧野全集何もかも僕一人で大変です。

原稿二日の朝の速達で。

六月三十日

106

昭和十一年七月十七日（消印　下谷桜木町／11・7・17／前8―12　早稲田・11・7・17／后0―4）／／東京市下谷区上野桜木町十七より／／牛込区馬場下町四十一／／**尾崎一雄**宛（官製ハガキ）　速達　九銭五厘

大変な失策をいたしました。御注意下さらなかつたら、知らずに居りましたところ、弁解を申しますと急の暑さと超多忙のためであります。で、改めて、―「早稲田文学」の八月号一部お送り下さいませんか。《あれは岩波の人に出すつもりのハガキでした。》―牧野信一君の葉書ぜひお貸し下さいませんか。それから、いつかお願ひしました牧野君の「早春のひととき」といふ作は何月（何年）の「早稲田文学」に出ましたか。―これも御教示下さいませんか。

107

昭和十一年七月十八日（消印　下谷／11・7・18／前8―12）／／東京市下谷区上野桜木町十七より／／牛込区馬場下町四十一／／**尾崎一雄**宛（官製ハガキ）　一銭五厘

お手紙と雑誌と牧野君のハガキ有難う存じました。牧野君の全集は殆ど僕ひとりでやらねばなりません。それを出さす本屋の方も可なり骨を折りましたが、やつと第一書房に極まりほツとしました。発行の折は御援助御指導をお願ひいたします。

108

昭和十一年八月十六日（消印　下谷／11・8・17／前8―12）／／東京市下谷区上野桜木町十七より／／福岡市外箱崎塔ノ下三七八五／／**大塚幸男**宛（官製ハガキ）　一銭五厘

御深切なお手紙ありがたう存じます。福岡は十五六年前一度行つた切りで全く西も東も分らない土地でございますから、お伺ひしました折はよろしくお願ひいたします。別便で拙著二冊お送りいたしました。文字どほり、御笑覧下さい。

八月十六日

109

昭和十一年十月三日（消印不明）／／東京市下谷区上野桜木町十七より／／京橋区木挽町三ノ二　昭森社／／**森谷　均**宛（封書　便箋一枚）

この前、鍋井君と□新事務所を探して分らなかつたのは当然で、まちがつて松坂屋裏を探したのでした。で、鍋井君が先月末から上京して居りますので、昨日会ひまして、昨夜、お訪ねしようと思ひましたところ、資生堂で人に会ひ、そのままになりました。

さて、旅行十日にたたうと思ふのですが、それまでに五十円御都合下さいませんでせうか。

「木□通信」どうなりましたか。

これは、僕のみならず、鍋井君も心配して居りました。

十月三日　　　　宇野　浩二

森谷　均様

一番よまれる本のなかにはひつた林（？）さんの本御恵与下さいませんか。

110

昭和十一年十一月二十四日（消印　大阪中央／11・11・□／前8—12）／／大阪より／／東京市京橋区木挽町二ノ三　昭森社／／**森谷　均**宛（封書　指定旅館ひさごや〈大阪市北区絹笠町〉製便箋一枚）

森谷　均様

いつか「軍港行進曲」ありがたう存じました。書きかけの小説を持つて、十七日の急行券を、十八日、十九日と延ばして、やつと十九日のツバメで大阪へ参りました。

が、書きかけの小説がまだ出来ませんので、それを完成して帰京するつもりです。

来月は久しぶりでお目にかかり、いろいろお話したりお話うかがつたりしたいと思ひます。

尚、来月七日（多分、この日が御都合のいい日かと思ひますが）頃、あの残りの分をいただけるよう御配慮下さいませんか。旅先きからの便りにかういふ事を書くのは、イヤな事ですが、一寸都合がありますので。

十一月二十四日朝　　　　宇野　浩二

111

昭和十一年十二月十八日（消印　下谷／11・12・18／后8—12）／／東京市下谷区上野桜木町十七より／／東京市神田区一ツ橋通町一番地／／**一橋新聞部**宛

拝復

生憎、二十日、二十二日、二十三日、と小さい原稿の〆切が三つも重なつて居りますので、許していただきたう存じます。

十二月十八日

112

昭和十二年一月二十四日（消印　下谷／12・1・25／前8—12）／／東京市下谷区上野桜木町十七より／／小石川区大塚坂下町一〇二　昭森社／／**森谷　均**宛（ハガキ）　一銭五厘

拝復

僕と鍋井君は（僕の知る限り）あなたの出版の栄えることを会ふ毎に話してゐます。来る春を待望いたします。仰せのこと承知いたしました。〆切いつですか。お葉書で結構です、折返し御教示下さいませんか。

武者小路さんの本が出ましたら、喜んで感想書きます。

一月二十四日

113

昭和十二年七月十五日（消印　下谷／12・7・15／后4—8）／／東京市下谷区上野桜木町十七より／／大阪市住吉区千体町十四　石浜様方／／**藤沢桓夫**宛（封書　便箋三枚）　四銭

その後は御無沙汰して居ります。

去年の十一月中旬に十日ほど、今年の三月中旬に二日、大阪に参りましたが、お目にかかる機会なくて残念でした。

さて、諸家の小説に書かれてゐる大阪言葉に就いて少し書いてみたいと思ふのですが、一昨年いただきました『大阪の話』の中の『大阪の話』の外に、あなたが大阪言葉をお使ひになつた『花粉』（これは自分の小説苦心中で、ほんのときどきしか拝見しませんでしたが）と、もう一つ、僕の見てゐない雑誌か新聞かに、大阪言葉をお使ひになつたお作があるやうに思ひますが、御面倒ですが、『花粉』の外に、長短篇に拘らず、大阪言葉をお使ひになつた小説の題名と、それが本になつてゐましたら、本の題名と発行所の名を、おハガキで結構ですから、御教示下さいませんか。

　僕、今年はいろいろ寄路して、（その他の関係で、）小説を一つも書きませんので、これから、今年中に二つ書いてみようと思つて居ります。

　もしかしたら、秋十月頃に大阪へ参りたいと思ひます。その時は、お目にかかりたい、と楽しみにして居ります。自分のことばかり申しましたが、近頃はなかなか御健筆、蔭ながら、お喜びし、敬服して居ります。が、これからは、どうぞ、長篇でなく（長篇もも結構ですが）短篇で大阪を書かれる小説を待望いたします。といふのは、僕のやうに、（武田君などもさうかと思ひます）大阪を離れて居りますと、大阪と大阪の人を書きたいと思ひながら、なかなか書けないからです。もし余裕があつたら、半年ほど大阪に住んでみたい、と思つてゐる程です。

　多忙と暑さのため、次第に乱筆乱文になり、御判読下さい。

御自愛を祈ります。大阪の夏の暑さを思ふと、この「御自愛を祈ります。」は唯のお世辞ではないのです。

　七月十五日　　　　宇野　浩二
藤沢　桓夫様

114

昭和十二年七月十九日（消印　下谷／12・7・19／后4－8）〳〵東京市下谷区上野桜木町十七より〳〵大阪市住吉区千体町十四　石浜様方〳〵**藤沢桓夫**宛（絵ハガキ　東京高林スタヂオ謹製　常岡文亀筆　大日美術院第一回展出品・萌芽）速達　二銭

貴著二冊までありがたう存じます。久しぶりで出しました便りが、結局本をいただく催促のやうなことになりましたが、新潮社や中央公論社なら、ハガキを出しましたら、くれるのですが、あなたがサインして下さいました方が勿論ありがたう存じます。

　いつかは、あんな事で、結局したしくお話をする折がなく残念でしたから、この秋もし伺ひましたら今度は少しゆつくりお目にかかりたいと存じます。いろいろ大阪の話をうかがふのが今からたのしみです。

115

昭和十二年七月二十一日（消印不明）／／東京市下谷区上野桜木町十七より／／大阪市住吉区千体町十四　石浜様方／／**藤沢桓夫**宛（封書便箋三枚）

七月二十日、大阪。―のお手紙大へん興味ぶかく拝読しました。大阪語（大阪弁―死んだ小出と鍋井が最も純粋に近い大阪言葉をつかつてゐました。つかてゐます）と仰せの日々に混乱の大阪語のお話、大阪と大阪言葉を主とした小説＝それ等のお話はお目にかかつた時、ゆつくりお伺ひしたり、ゆつくり僕の愚見もお話ししたり、したいと思ひます。

その前に、今度いただきました本、を拝読し、多忙のためまだ未読の『世話』と『籤』を拝読して、出来れば武田君の『銀座八町』などと並べて長い感想を書きたいと思つて居ります。

僕は一年中で夏が一番苦手（にがて）で、今年は、上半期にいろいろな理由と寄路の仕事で小説を書きませんでしたので、下半期に二つ小説を書きたいと思つて居ります。それには、出来れば、一つの方は大阪の事を（大阪の人々を）書きたいと思つてをります。その「大阪」のことを書くためにはどうしても一度大阪へ行かねばならぬと思ひますので、どうしても十日頃に大阪へ行きたいと思つて居ります。

僕は谷崎潤一郎の『卍』は大阪語で書いた小説（それが主意の小説）としては失敗の作であると考へて居ります。それから思ふと、泡鳴の『ぼんち』の方がずつと大阪的だと思ふのですが、鍋井克之は『ぼんち』にも欠点があると云つて居ります。

すると、結局、上司さんの『鱧の皮』『木像』（これは上司さんの最もいい作品と思ひます）といふのが大阪を書いたものとして一番いい小説ではないかと思ひます。

暑さと多忙のため、乱文乱筆御判読下さい。

七月二十一日　宇野　浩二

藤沢　桓夫様

二伸　右の文章は、出来たら、「改造」の九月号のために書くつもりです。

三伸　お手紙の中に「指定の枚数」といふことがあ

りましたが、小説といふものは一度書いたらなかなか書き直せないものですから、これからは「指定の枚数」を無視してお書きになることをおすすめいたします。

116

昭和十二年八月二十九日（消印　12・8・28／前8－12）／東京市下谷区上野桜木町十七より／大阪市住吉区千体町十四／**藤沢桓夫**宛（官製ハガキ）　速達　二銭

そのつもりでゐて、本までいただきながら、「改造」に、（書く時間が二日よりなくなり、而も十三日に最後は工場へ行つて書いたやうな始末で、）あなたのお作のこと書けず、つづいて東京日日が、十四日〆切で、これも急いで書きましたので、（日日は『新秋文藝観』といふ題）これにも書けませんでした。それで、イヒワケでなく、今度のかく時は必ず書かせていただきます。―お許し下さい。唯、『花粉』だけで申しますと、新聞に書かれたせゐか、僕が知つてゐる限り、あなたのお作として、少し読者といふものを気にかけ過ぎて書かれてゐるところが僕には不満でした。もし秋に大阪へ伺ひましたらお目にかかつて草々。

◎多忙のため、ハガキで失礼いたします。又カンタンな言葉で失礼いたします。

117

昭和十二年十月二十七日（消印　下谷／12・10・27／后8－12）／東京市下谷区上野桜木町十七より／福岡市外箱崎塔之本三七八五／**大塚幸男**宛（官製ハガキ）　二銭

いつも御本ありがたう存じます。二十三日から二十四日まで、（といつて、二十三日の昼頃東京を立ち、二十四日の夕方信州を立つたのですが、）上諏訪から富士見へ行つて来ました。島木赤彦の歌碑が、富士見の伊藤左千夫の歌碑の傍に、建つ式に出かけたのです。自分の事ばかり申しましたが、嘗ていただきました『わが友の書』を愛読しましたので、今度の本は拝読しましてから、何処かに感想を書きませう。多忙のため、お礼とお返事おくれてすみませんでした。

十月二十七日

118

昭和十三年十二月二十四日（消印　下谷／13・12・24／后0－4）／／東京市下谷区上野桜木町十七より／／下谷区上野桜木町二十／／**尾崎一雄**宛（官製ハガキ）二銭

何彼と多忙のためお礼申し後れて申訳ありません。後れながら厚くお礼申上げます。

二十六日の会でお目にかかれますでせうか。

十二月二十四日

119

昭和十四年四月九日（消印　下谷／14・4・9／后0－4）／／東京市下谷区上野桜木町十七より／／品川区大井山中町四三一九／／**宮崎丈二**宛（官製ハガキ）二銭

色紙について御深切なおハガキありがたう存じます。

しかし、残念ですが、明日から一週間ほど旅行いたしますので、色紙あなたのいいとお思ひになつたのを、お送り下さいますと幸甚です。

四月九日

失礼ですが、会費はお送り申上げます。

120

昭和十四年五月三十一日（消印　5・31／0－4）／／東京市下谷区上野桜木町十七より／／麹町区丸ビル五八八区　中央公論社「中央公論」編輯部／／**松下英麿**宛（封書　便箋一枚）四銭

前略

いつか六月号とか七月号とか申したやうに思ひますが、その後、題材を変へまして、『二人の大阪商人』（仮題）といふやうなものを、これも二三年前から考へてゐたものですが、書きたいと思ひます。その下準備だけが先月一ぱいに出来ましたので、今月中頃から二十四日まで大阪へ行つていろいろ調べて来ましたが、完成するのは、早くて来月一ぱい遅くて再来月二十日頃までかかるかと思ひますので、この事ちよつとお知らせいたします。それで、完成してからお目にかけたいと思ひます。

五月三十一日　　宇野　浩二

松下　英麿様

121

昭和十四年九月五日（消印　14・9・5）／／東京市下谷区上野桜木町十七より／／牛込区矢来町七十一　新潮社「新潮」編輯部／／**楢崎勤**宛（封書　便箋二枚）四銭

いひわけは致しません。

唯―後記に書きましたやうに、全体で四十枚を越えるかと思ひます。この二三年書きました数篇の小説とは全く違つたものが出来るかと思つて居ります。

「新潮」と同じやうに九月号に間に合ひませんでした「中央公論」の小説(注1)（十三枚まで書きましたが六十枚ほどの予定）を十一月号に延ばしてもらひましたので、『四日間』はその前に脱稿しなければなりませんから、今度は絶対に御迷惑かけないつもりです。あの小説は、後期に書きましたやうに、同じ題材を十年程前と三四年前とに使ひましたので、しぜん前の作と重複するところがありますから、最初に十七八枚書きましたのを止めまして、今度の書き出しに、ときどき疲れたりその他の事で休みましたが、五六日かかりました。

結局、いひわけになつてしまひました。猶、稿料は脱稿してからで結構です。

九月五日　　　　　　　　宇野　浩二

楢崎　勤様

（注1）「妙な働き者」（「中央公論」昭和十四年十一月一日～十二月一日発行）

122

昭和十四年十一月十八日（消印　14・11・18／后0―4）／／東京市下谷区上野桜木町十七より／／豊島区池袋二ノ一二四三／／**藤森成吉**宛（封書　便箋二枚）四銭

昨夜は失礼いたしました。

無心して御恵与にあづかりました『崋山と為恭』(注1)は御創作かと思ひましたら御研究でしたか。いただいてみると、お世辞でなく、これも誠に結構だと思ひましたので、『崋山と為恭』と、他に、貴兄の歴史を扱はれた小説（或ひは戯曲）がございましたら、御葉書で結構ですが、題名と発行書をお知らせ下さいませんか。

冷泉為恭はたしか長篇小説（読売新聞連載）があつた

のは覚えて居りますが、渡辺崋山も小説か戯曲かになさつたやうに思ひますが、その題名と発行所をお知らせ下さいませんか。新刊批評などでなく、「文藝」にでも、貴兄の歴史物とでも題して、何か書かせていたゞきたいと思つて居ります。

「文藝」の来年二月号に間に合ふやうにしたいと思つて居ります。

近日、別便で愚著（少し旧著ですが）お送りいたします。

十一月十八日　宇野　浩二

藤森　成吉学兄

（注）封筒裏に、次の鉛筆書きがある。
「崋山」「悲恋の為恭」「江戸城明渡し」出来次第贈って下さい。

（注1）藤森成吉著『崋山と為恭』昭和十四年十月五日発行、高見沢木版社。

123

昭和十四年十一月二十八日（消印　下谷／14・11・28）／／東京市下谷区上野桜木町十七より／／豊島区池袋二丁目一一四三／／**藤森成吉**宛

（封書　便箋二枚）四銭

ふと、何気なく、無心しましたのが元で、『渡辺崋山と冷泉為恭』をいただきましたのが始まりで、思ひがけなく四冊も御本を御恵与にあづかりましたが、これを機会に、いつか申し上げました、貴兄の歴史物についての感想を、今かかつて居ります仕事が終りましたら、腰を据ゑて、書く気になりました。

思ふやうには行かないかも知れませんけど、十二月中頃から本式の準備をして今年ぢゆうに書き上げるつもりで居ります。かういふ事を前ぶれしますと、却つて出来ない事がありますが、背水の陣のつもりで、つい書いてしまひました。

御期待くださらないように、書きましたら、御笑読下いますと幸甚です。

年でも変りましたら、御都合のいい時にお伺ひして、御所蔵の絵や画集を見せていたゞきたい、と楽しみに思つて居ります。

十一月二十八日　宇野　浩二

藤森　成吉学兄

二伸　僕としては『礫茂左衛門』を拝読した頃から

書き始めたいと思つてゐます。

124　昭和十五年四月十七日（消印　下谷／15・4・17／后4―8）／／東京市下谷区上野桜木町十七より／／杉並区井荻町二ノ二十五／／**浜本　浩**宛（ハガキ）

長い間、誠に珍しく稀な御本ありがたう存じます。お礼をいふのが下手な性分で、いつお目にかかつた時もお礼申し上げず失礼しました。

四月十七日

別便でお送りいたしました。

125　昭和十五年六月十四日（下谷／15・6・14／后4―8）／／東京市下谷区上野桜木町十七より／／豊島区池袋二ノ一二四三／／**藤森成吉**宛（ハガキ）二銭

御本(注1)ありがたう。早速未読の『幡随院長兵衛』と『母ぎみ』を拝読いたしました。恥かしい話ですが、幡随院長兵衛の話は、うろ覚えにしか知りませんが、そのうろ覚えの記憶のと、貴兄の書かれていることが違つてゐることだけでも面白く拝見致しました。少しヒマが出来ましたので、近いうちに前進座を見るつもりです。『母ぎみ』はお町の出てくるところで涙ぐみました。

『わがいのち』は、「三四分会つて話をしてゐるつもり」を読むのにその三倍ぐらゐかかりました。普通の歌と違ふからです。「明日香」は、雑誌を見てから少しキマリ悪くなりましたが、『まづ……』と思つて、昭森社から送らせました。あのデンセツはボクでない。前進座の歴史物の傑作と思ひます。

（注1）　藤森成吉著『陸奥宗光』（昭和十五年六月七日発行、高見沢木版社）。同書に戯曲「陸奥宗光（三幕十場）」、「幡随院長兵衛（四幕六場）」、「母ぎみ（一幕二場）」が収録されている。

126　昭和十五年十二月十六日（消印不明）／／東京市下谷区上野桜木町十七より／／赤坂区青山南町五ノ八十一／／**斎藤茂吉**宛（封書　便箋三枚）

まづ御高著をいただきましたお礼を申し上げます。

それから、先生のことを、いつか申し上げましたやうに、『斎藤茂吉』といふ題で、ある雑誌に連載をする約束をさせられましたが、どうしても書けないものですから、「文藝」に『文学的散歩』といふ題で、先生や、先生と同時代の人々の事を、散歩的に、書くことにしまして、その第一回を「文藝」の一月号から連載することになりました。先生に御迷惑をかけるかと存じますが、御苦笑読くださいますと幸ひに存じます。

「改造」に不定期の約束で出しました長編小説『善き鬼・悪き鬼』は、既に三回書きましたが、みな小手調べのやうなものばかりになりましたので、来年は、これに、全力（でなくても七分力）を尽すつもりで居ります。それで、新規蒔き直しのつもりで、新年号のために二十枚ほど書きましたが、気に入らず、三月号に載せることにいたしました。さうして、出来れば、三月、六月、九月、十二月、と四回だけ、来年は発表しまして、再来年の終り頃に完結しよう、と思つて居ります。一回五六十枚ですから、四百五六十枚の小説になる予定であります。しかし、これはまだ『取らぬ狸の皮算用』といふところかも知れません。

先達て『念珠集』を再読いたしましたら、154頁の十一行十二字目の

他国文字が他国文字

となつて居りました。固より御存じのことかと思ひますが、ちよつと気がつきましたので…。

それから、これも御存じかと思ひますが、「批評」といふ雑誌に、平野仁啓といふ人が『斎藤茂吉論』として、既に四回にわたつて『赤光』と『あらたま』について書いてゐます。小論ですが、真面目に書いてゐるやうに思ひます。

例のごとく取り止めのないことを書きました。ただ『善き鬼・悪き鬼』のことを書きましたのは、いつか、先生に、「五十になりましたら、…」といひましたことを実行しかかつてゐることを申し上げたかつたからです。

十二月十六日　　宇野　浩二

斎藤　茂吉先生

127　昭和十六年（年月日推定）／／**森谷　均**宛（封書　便箋三枚）封筒なし

森谷様――　　　　　　　　　　　　宇　野　生

昭森社の特長を発揮して、鍋井君に、佐藤君が指原氏に描いてもらつたやうに、この『遠方の思出』(注1)に若干挿絵を描いてもらつたら如何でせうか。

この小出君の手紙の後には

この手紙は昭和三年に私が貰つた手紙の最後のものであるが、「過々報知への小説とその挿絵の事は」云々とあるのは、多分私が、報知の小説は一旦中止したが、改めて書くつもりであるから、その時には是非お願ひするといふ意味の手紙を出したものらしく、その文句に対する返事の文句であらうと思ふ。ところが、昭和三年の暮れ頃から半年ぐらゐ私が可なり大病にかかつたので、報知の小説は、その間に書きつづける気が抜けて、そのままになつたのである。唯、この手紙の中で注意すべきは、「上京してでも貴下のものを描いて見度く思つてゐます」といふ文句で、最後の「描いて見たく思ふ」といふのは、明らかに武者小路実篤口調で、これが小出のやうな人にまでうつつてゐることと、この「描いて見たく思つ」た小出の挿絵は、私が大病にかかり、数年後に小出が死んだ事に依つて、私がよし新聞小説を書いても、結局、世に現れる機縁がなかつたといふ事である。もう一つは、小出が上京の気持があつたといふ事の一つの証拠になるといふ事である。

多忙のため、原稿に書くのをブシヤウしました。原稿紙に書き直して下さいませんか。

（注1）宇野浩二著『遠方の思出』昭和十六年五月二十日発行、昭和書房。

128

昭和十六年六月二十七日（消印　下谷／16・6・27／0―4）／／下谷区上野桜木町十七より／／赤坂区青山南町五丁目八十一／／**斎藤茂吉**宛（絵ハガキ―一水会発行―松花江〈第四回一水会展覧会〉石井柏亭）一銭

「小説家としての伊藤左千夫」の続稿を二三日前からつづけてをります。一と月あひだをおきましたので、前の分を初めに六号ぐらゐで組んで、まがりなりに完結させるつもりでをります。「文藝」の小説は中途半端ですが、その前の「文藝春秋」（六月号）に『二つの道』と題して、中村彝（ツネ）と中原悌二郎（夭死した天才彫刻家中原悌二郎）とを書きましたものは、ほんの少し自信があります。今年の後半は長編『善き鬼・悪き鬼』（「改造（かいぞう）」不定期レンサイ）を二回ほど書き、出来れば、北斎、司馬江漢を題材にしたものをかくつもりです。

　北斎も、司馬江漢も、あの頃に油絵に関心を持ち、根気よく仕事をつづけたのに興味を持ち、おなじ（少しちがフ）意味で山東京伝（小説とさしえの秀才）も書きたいと思つて居ります。

129

昭和十六年六月三十日（消印　下谷／16・6・30／前8―12）／／東京市下谷区上野桜木町十七より／／福岡市外箱崎町東新町二七八五／／**大塚幸男**宛（官製ハガキ）二銭

『ツルゲエネフ』ありがたう存じます。

　僕はドオデエの『巴里の三十年』の中でもツルゲエネフの出てくるところを最も愛読しましたので、晩年を最も愛読いたしました。おくれながら、お礼申し上げます。

130

昭和十七年三月三十日（消印　下谷／17・3・30／後4―8）／／東京市下谷区上野桜木町十七より／／福岡市外箱崎東新町二七八五／／**大塚幸男**宛（官製ハガキ）二銭

何とも申し訳ありません。つい、多忙のため、忘れてをりましたので、今朝、書留で、林さんあてにお送りいたしました。何とかして、九州へ、せめて福岡まで、と思つて、五六年、たつてしまひました。

　三月三十日

131

昭和十七年四月二十日（消印　下谷／17・4・20／後0―4）／／東京市下谷区上野桜木町十七より／／鎌倉市稲村ケ崎四一三／／**中村光夫**宛
（封書　便箋二枚）五銭

お借りしました御本のお礼とお手紙のお返事おくれまして申しわけありません。

島崎先生は、会で数度お逢ひしただけで、二人でお目にかかつたことがありませんので、御紹介するのもどうかと思ひますし、御紹介してもどうかと思ひます。

それから、人聞きですが、「夜明け前」以前の時代を扱つた長篇にかかつてをられるといふことですから、逢はれるかどうかと思ひます。それに、もう七十二歳といふ御高齢ですし、二度目の外国旅行以来御健康があまりよくないとも聞いてゐます。しかし、亀井君と御一緒でしたら、どんなものでせうか。余計なことですが、亀井君と御一緒でしたら、気がるなところもあるといふ話ですから、簡単にお逢ひ出来るかと思ひます。

そのうち、ゆつくりお目にかかつて、いろいろお話をうかがひたいと望んでをります。

自分のことを申しますと、十七八年前に或る新聞に書きました長篇小説を材料にしまして、書きおろしの長篇を、四五日休養してから、書き出さうかと思つてをります。二三ケ月雑誌の小説を止めにしました。

しかし、一と晩ぐらゐでしたら、いつでも、お目にかかりたい、と思ひます。

とりとめのないことを書きまして、御ハンドク下さい。

四月三十日　　宇野　浩二

中村　光夫様

132
昭和十七年六月十日（消印　下谷／17・6・11／前8－12）／／東京市下谷区上野桜木町十七より／／下谷区上野桜木町二十／／**尾崎一雄**宛（絵ハガキ―芸艸堂・巧藝社・美術工藝会発行―島田黒仙氏筆・第四回文部省美術展覧会出品・塙保己一）二銭

いつも御本をいただきますばかりでお礼を失しまして何とも申しわけございません。

厚くお礼申し上げます。

僕の方はお見せいたすやうなものがございませんので、そのうちそれに近いものができましたら、御笑覧に入れたいと思つてをります。

133
昭和十七年十月一日（消印　下谷／17・10・2／前8－12）／／東京市下谷区上野桜木町十七より／／日本橋区本町　博文館文芸部／／**石光**

葆宛（ハガキ）

それでは他の方を断ります。さうして、まつたく改削（改作に近いものに）するつもりですから、一度印刷にしたものに手を入れますと殆ど誰にも読めないやうなものになりますので、それを、人にたのんで、清書してもらひます。気に入つたものにしたいと思ひますので、他の仕事もありますから、相当に月日がかかります。その代り、まつたく新作（元のものを題材にして書くといふ意味）にしたい、と思つております。

134

昭和十七年十月十日（消印　下谷／17・10・10／前8―12）／／東京市下谷区上野桜木町十七より／／日本橋区本町　博文館出版部／／**石光葆**宛（ハガキ）

葉書で失礼いたします。いつかお話しいたしました長篇『世に出る人』は最初に約束しました出版社との契約書も話し合ひで取り変へる（破棄する）ことにしました。さうして、その前に、八百五六十枚のものを、題材として、書き改めめて、四百五六十枚にするのも、最初の百枚ぐらゐ出来ましたので、それを清書させてをります。唯初めから書くのより却つて骨が折れますので、いつ頃できあがるかはちよつと見当つきませんが、今年ぢゆうには間違ひなく完成するつもりでをります。そのうちお目にかかりました時、いろいろ申し上げます。

135

昭和十七年十一月二十三日（消印　下谷／17・11・23／后0―4）／／東京市下谷区上野桜木町十七より／／大森区新井宿一丁目二三二〇／／**小島政二郎**宛（ハガキ）　二銭

葉書で失礼いたします。長い間お借りしておきましたドオデエの『巴里の三十年』の英訳を、今月の上旬、拙著と一しよに、お返しいたしましたが、もう一度お貸し下さいませんか。

十一月二十三日

136

昭和十七年十二月三日（消印不明）／／東京市下谷区上野桜木町十七より／／大森区新井宿一

ノ二三一〇∥**小島政二郎**宛（封書　便箋一枚）

五銭

さつそく『巴里の三十年』ありがたう存じます。おくれながらお礼申し上げます。

また『眼中の人』ありがたう存じます。思ひ切つた書き方、といふ以上に、面白い小説と思ひながら、読了しました。これも、おくれながら、お礼申し上げます。『眼中の人』は、面白いなかに、僕に、その反対のところも少しありますので、機会がありましたら、どこかで感想を述べたいと思つてをります。

十二月三日　　宇野　浩二

小島　政二郎様

137

昭和十八年一月四日（消印　無印）∥東京市下谷区上野桜木町十七より∥杉並区高円寺四ノ五四九∥**石光　葆**宛（ハガキ）

ハガキで失礼いたします。

『世に出る人』―百枚だけ、なほしましたのを、うつしてもらひましたが、なほすのと写してもらふのとで、二月の中頃までかかります。五百枚ちかくありますから。

それから、御面倒ですが、数年来、博文館の当用日記を使つてをりますが、今年のはどこにも売つてをりませんので、あなたのお計らひで買つていただけませんでせうか。

138

昭和十八年一月十七日（消印　下谷／18・1・18／前8―12）∥東京市下谷区上野桜木町十七より∥杉並区高円寺四ノ五四九∥**石光　葆**宛（ハガキ）

葉書で失礼いたします。たのしき写真ありがたう存じます。

今、あなたのお作「環境」を拝読しつつあります。

二十日すぎに、高鳥君にたのみましたから、あの会を開いて下さるかと思ひますが、その時お目にかかれましたら、いろいろお話を、うかがつたり、したりしたい、と楽しみにして居ります。

139

昭和十八年四月十一日（消印　下谷／18・4・12）／／東京市下谷区上野桜木町十七より／／世田ケ谷区世田ケ谷二ノ一〇六九／／**広津和郎**宛（ハガキ）　二銭

前略。御無沙汰。この頃、人にあふと、君の『芸術の味』の話が出るが、僕に一冊おくつてくれないか。この頃は、たいてい世田ケ谷のお宅にゐるか。これはお返事を乞ふ。

四月十一日

140

昭和十八年四月十八日（消印　下谷／18・4・18）／／下谷区上野桜木町十七より／／世田ケ谷区世田ケ谷二丁目一〇六九／／**広津和郎**宛（ハガキ）　二銭

それでは、足どめするやうでわるいが、二十日の午後四時頃おうかがひする。むろん、別に用事はないが、久しぶりでちよつと逢ひたいと思ふので。

四月十八日

141

昭和十八年四月二十四日（消印　18・4・24）（18・4・26）／／東京市下谷区上野桜木町十七より／／神田区一ツ橋二ノ九　帝国教育会出版部／／**関　英雄**宛（封書　チヨダ用箋四枚）五銭

前略、昨夜の会で申し上げられなかつたことを書きます。

「ふるさと文庫」の執筆者の話が出ました中に、津軽は太宰、信濃は津村、その他といふやうな説が出ましたが、あのやうな事は容易にお決めにならないことを望みます。つまり、もつと適当な土地と執筆者を考へつくまで案を練られなければ失敗した例を僕は知つてゐるからです。

佐渡と新潟は青野君がもつとも適当と思ひますが、小山書店の新風土記叢書の第三篇（昭和十七年十一月発行）が青野君の「佐渡」でありますから、重複するかと思ふからです。たとひ一般（大人）向きと子ども向きの違ひがあつてもです。しかし、青野君は、熱心な人であり、適役ですから、一二年のちに、『佐渡と新潟』をおたのみになつたらいいか、と考へます。

僕がかういひますのは、小山書店の新風土記叢書は、第一篇『大阪』（宇野浩二）第二篇『熊野路』（佐藤春夫）―以上は昭和十一年発行ですが、僕のは近い内に再版作（三十部書き足し）したのが再版で出ます。第三篇が、今申した『佐渡』（青野季吉）第四篇（田畑修一郎）第五篇『会津』（真船豊）第六篇『東京』（鏑木清方）となつてゐまして、第四篇以下はまだ出てゐません。僕の想像では、『第四篇』（『石見出雲』）が出るのがこの秋頃、第五篇も秋頃で、第六篇の『東京』は今年ぢゆうに出ないか、と思ひます。

つまり、佐藤君の『熊野路』と田畑君の『石見・出雲』が題名も変り、大人と子供の違ひもありますが、「ふるさと文庫」は題材が小山書店のと同じといふことになりますから、なるべく小山書店のと顔ぶれを変へ、執筆者も少国民の文学に経験がある人か、少国民の文学に関心を持つてゐる人か、ときめられることを望みます。しつている者で、

「越後」を小川未明先生（これはむつかしいかと思ひますが、なるべく探してたのむこと）「東京」を久保田万太郎君、「九州」を火野葦平君、その他……といふやうなのがよいか、と信じます。

それから、僕のカタカナ書作のさしゑは、与田君と昨夜ちよつと話をしましたが、「赤い鳥」集の経験永いだけに、与田さんは童話に関しては、よく物のわかる方と思ひいたりました。それで、月末か来月初めに、写生旅行さきから帰京する鍋井克之君に依頼することにきまりましたが、「新日本幼年文庫」の装幀とさしゑは、画稿料いくらか、（いつか伺つたのをわすれましたが）お知らせ下さいませんか。それから、さしゑが何枚ぐらゐか、といふことも。

それから、もう一つは耳野卯三郎君にたのむことは前からきまつてをりましたが、僕からも頼みの手紙を出したいと思ひますが、装幀とさしゑの一画稿料と、さしゑが何枚ぐらゐか、をお知らせ下さいませんか。

「ふるさと文庫」については、僕も乗りかかつた船（乗せられた船）を覚悟しましたから、そのうち、あなたと与田さんと三人でお目にかかつて、御相談にあづかつてもよろしうございます。

いつも乱文乱筆御ハンドク下さい。
四月二十四日　　　　　　　　宇野　浩二
関　英雄様

142

昭和十八年四月二十九日（消印　下谷／18・4・29）／／下谷区上野桜木町十七より／／世田谷区世田ケ谷二丁目一〇六九／／**広津和郎**宛（絵ハガキ〈満州国建国十周年慶祝絵画展覧会――北国の春・中沢弘光画〉）

せんだつては御馳走さま。

貴著まだ来ない。

今度奈良へ行かれたら、奈良から、幾日から幾日ぐらゐまでゐるか、（わかつてゐたら）知らしてくれないか。都合ついたらその頃、お邪魔したい。僕も奈良あたりに行きたいから。

菊池君の「新日本外史」はちよつと面白よ。

四月二十九日

143

昭和十八年五月十七日（消印　下谷／18・5・17）／／下谷区上野桜木町十七より／／世田谷区世田ケ谷二ノ一〇八四／／**広津和郎**宛（絵ハガキ〈レモン・雑賀文子画〉）　二銭

本ありがたう。さつそく半分ほど読んだ。面白かつた。いつか聞いたが、今度奈良へ行かれる時、行けるかどうかわからぬが、お知らせを乞ふ。

五月十七日

144

昭和十八年五月二十三日（消印　下谷／□・5・23）／／東京市下谷区上野桜木町十七より／／世田ケ谷区世田谷二ノ一〇六九／／**広津和郎**宛（ハガキ）　二銭

前略、『芸術の味』読了、鍋井がよみたいといふので貸してやつた。275頁の『戦争の一挿話』は『西班牙犬の家』である。

先だつて、斎藤茂吉が便りのついでに、「文藝といふ雑誌の広津氏の随筆興味津々でありました。偶然よんで為めになりました。」と書いて来た。

五月二十三日

145

昭和十八年九月二十五日（消印　下谷／18・9・25）／／東京市下谷区上野桜木町十七より／／大阪府南河内郡野田村丈六／／**織田作之助**宛（官製ハガキ）　二銭

前略

十八日に『馬琴・北斎・芭蕉』といふ本を、お送りいたしましたが、おうけとり下さいましたか。この頃小包が不安心ですから、おたづねいたします。

ついてをりましたら、お返事いりません。

三月二十五日

146

昭和十八年九月二十五日（消印　下谷／18・9・25）／／東京市下谷区上野桜木町十七より／／大阪府南河内郡野田村／／**織田作之助**宛（官製ハガキ）　二銭

葉書で失礼いたします。今朝ランピツの葉書をさし上げました午後、御丁寧なお手紙をいただきまして恐縮いたしました。

『芭蕉』のこと、突然、田中さんから手紙が来まして、織田氏か貴志山治氏かに、と云つて来られましたので、御迷惑とは存じましたが、織田さんに御相談下さいませんか、と返事を出しました。御迷惑ですが、よろしくお願ひいたします。

出来れば、（なるべく）十月末に大阪へ行きまして、お目にかかりたい、と望んでをります。

三月二十五日

147

昭和十八年十月九日（消印不明）／／東京市下谷区上野桜木町十七より／／大阪府南河内郡野田村／／**織田作之助**宛（封書　便箋三枚）　五銭

拝復

いろいろお手数をかけましてありがたう存じます。あの話が田中さんから手紙でありました時、やはり、あなたに云はれたやうな御註文でしたので、一度お断りししたのですが、脚色（のやうなこと）を織田さんか貴志さんに、といつて来られましたので、（この事は前に申し上げましたが、）僕は文句なしに、織田さんにお願ひしていただきたい、と、ひとりぎめで失礼でしたが、田中さんにお返事いたしました。

西鶴の文章のお話がありましたが、おなじことを私はある文章に書いたことがありまして、ある時、必要があつて、西鶴の文章を現代語になほさうとしたら、結局、なほしなほしてゐるうちに、元の西鶴の文章になつた。これと同じことは『源氏物語』にも云へる、といふやうなことを書いたのです。偶然あなたのお説と一致して喜ばしく存じました。

なほ、いつかのハガキに書くのを忘れましたが、これまで何度も御本をいただきながら、気にかかりながら、お礼も申し上げなかつたおワビのつもりで、何か自分の本でもと思ひまして、一ばん近くに出したのをお目にかけましたわけで、放送のためではなかつたのです。

下旬には何とかして御地に行くつもりではをりますが、御承知のとほり、宿のないのに迷つてをります。が、どんな人も奈良ホテルがよいと云ひますので、行けば奈良ホテルと思つてをります。

なるべく（十ノ八ぐらゐ）行くつもりでをります。ありふれた言葉ですが、（それはお目にかかりましたら、おわかりかと思ひますが、）お目にかかるのを楽しみにしてをります。

渡辺君におあひのせつは、失礼ですが、よろしくおつたへ下さいまして、「今度いつたら、ぜひあひたい」と、ついでに、おつたへ下さいませんか。

十月九日　　宇野　浩二

織田　作之助様

もう一つ失礼ついでに、渡辺君に、（交際のひろい人ですから、）気のはらぬ宿屋があつたら御紹介下さるよう、もしお心あたりがありましたら、僕あてにお知らせ下さるよう、おついでに、おつたへ下さいませんか。

148

昭和十八年十月二十五日（消印　東京／18・10・28）／／東京市下谷区上野桜木町十七より／／大阪府南河内郡野田村丈六／／**織田作之助**宛（封書　便箋二枚）　五銭

前略（おくればせに御本ありがたう存じます。厚くお礼申し上げます。）

時候のよい今月下旬（か今月末か）におうかがひすることをたのしんでをりましたが、非常な遅筆のために約束の原稿のできないのが二つ三つありますので、それに十一月一ぱいかかるかと存じます。その代り、それがすみましたら、あとのはみな断つてしまひましたので、かならず（病気でもしないかぎり十中八九）御地にゆくつもりでをります。

ここまで書いてゐましたところへ渡辺君から手紙がまゐりましたので、この手紙を書き終りましたら、渡辺君にも同じやうなわびの手紙を出すつもりでをります。

僕はあなたにお目にかかりましたら、文学（おもに大阪と大阪の文学その他）について、いろいろなことをおうかがひしたり、僕の思つてゐることも聞いていただいたり、したいと楽しみにしてをります。

室生君が、誰かに聞いたのですが、「靴屋は靴をつくり…」と云つてゐる（書いてゐる）さうですが、室生君にはそれが面白いと思はれる独断が多いですけれど、この室生君の言葉には僕は同感してをります。

『武家義理物語』拝読いたしました。いつか申しましたやうに、僕はやりかけて、（なほして行くと原文に戻つてしまひますので、）やめた経験が一度ありますので、そのことでも、面白く拝読いたしました。

十月二十五日　　　　宇野　浩二

織田　作之助様

149　昭和十八年十月二十五日／／**織田作之助**宛（封書　アルス・新日本児童文庫原稿用紙〈22×22〉一枚）五銭　封筒なし

前略、ナンザンの小説は、中止しまして、『高浜虚子』にかかつてゐますが、これも案外ナンザンで、今十五枚です。

◎さて、「藝文」のお約束の長篇ですが、これは、（もつと早くにお断りするべきでしたが、つい忙しくて…）どうしても、初めの意気ごみのやうなものが出来さうにありませんので、逆もどりしましてやはり、随筆風のものになります。随筆風の小説も少しアヤシクなつたのです。それで、題も『大阪の思ひ出』（字面を考へて『大阪の思出』としまして、しかし、やはり、大正初期の大阪の道頓堀界隈のことを、そこに出没する人物を主として、書きたいと存じます。さうして、これも逆戻りして、本名を使ふことにいたします。しかし、一度に（一回に）書き切れませんから、御迷惑でせうが、やはりレンサイとしていただきます。その上、今月一ぱいも少しムツカシクなりましたので、いつまで待つていただけませうか。
◎「新文学」に新人の原稿（小説）を送つても大丈夫でせうか。大丈夫でしたら、河原君がゐませんでしたら、誰にあてたらいいでせうか。
◎「藝文」に北條誠君に小説をおたのみになりませんか。よかつたら僕からたのみ状出します。
◎「藝文」で里見、久保田君などおたのみになりましたら、しかし、小説一枚十円は安いです。
◎筑摩書房創刊の『展望』（思想と文学の□□□□）に荷風の百枚の小説が出るさうです。

十月二十五日　　　　宇野　浩二

織田　作之助様

150
昭和十八年十二月六日（消印　下谷／18・12・6）／／東京市下谷区上野桜木町十七より／／下谷区上野桜木町二十／／**尾崎一雄**宛（官製ハガキ）二銭

お寒い折りにもかかはらず御歓送くださいました長男の守道は、十二月一日に首尾よく入隊いたしまして元気に軍務に精励いたしてをります。これも皆様のおかげと存じますので、お知らせを兼ねて、ハガキで失礼ですが、厚くお礼を申し上げます。

昭和十八年十二月吉日

151
昭和十八年十二月十六日（消印　日本文学報国会／18・12・18／第□号）／／東京市下谷区上野桜木町十七より／／東京市麴町区永田町二丁目一番地／／**社団法人日本文学報国会編輯部**宛（ハガキ）二銭

坂東三百の『兵屋記』欠点はありますが、屯田兵を（その由来を）くはしく書いてあることと、この作者が十年ちかく屯田兵のことを書きつづけてきたことと、それ以上に屯田兵の一族が奮闘することがよく書けてゐることと結局、屯田兵を扱つた長篇として意味あることを認めるのです。

十二月十六日

152

昭和十九年一月十三日（消印　下谷／19・1・13／□□―□）／／東京市下谷区上野桜木町十七より／／杉並区高円寺四ノ五四九／／**石光　葆**宛（ハガキ）

拝復いろいろお手数ありがたう存じます。さて、会のことですが、もつとも簡単なところは、神保町の文房堂のトナリの何とかいふ喫茶店でしたら、米一合持参でやつてくれるさうです。しかし、いろいろなことは、僕も会の一員として、会場さがしその他のことをやらしてもらふつもりですから、渋川君その他のお方にお目にかかられました時、そのこと、御面倒ですが、おつたへ下さいませんか。

153

昭和十九年一月二十九日（消印　□□／19・1・29）／／東京市下谷区上野桜木町十七より／／牛込区矢来町七十一　新潮社「新潮」編輯部／／**楢崎　勤**宛（封書　便箋一枚）　四銭

率直に申します。嘗て「文藝」で青野君と対談会をしました時、原稿料に似たものを送つて来ましたが、「新潮」はそれがないのですか。

申し後れましたが、御本ありがたう存じます。

一月二十九日　　　宇野　浩二

楢崎　勤様

154

昭和十九年二月十三日（消印　下谷／19・2・14）／／東京市下谷区上野桜木町十七より／／都下南多摩郡浅川町一〇八二／／**山野井三良**宛（官製ハガキ）　二銭

葉書で失礼いたします。せんだつては何よりのもの品々ありがたう存じます。

十数年ぶりで引きました風（の神）にたたられまして、その上、三四ケ月持ちこしの仕事のために、ときどき無理をしましたので、無理するたびに、風の神のお叱りをうけて、何度か寝てしまひました。やつと昨日からおきました。但し、まだ風の気が残つてをります。アリガタウゴザイマシタ。

155

昭和十九年二月二十八日（消印　下谷／19・2・28）／／東京市下谷区上野桜木町十七より／／世田谷区世田ケ谷二ノ一〇六九／／**広津和郎**宛（ハガキ）二銭

兄崎太郎二月二十七日朝急死しました。告別式の日は未定。

二月二十八日

156

昭和十九年三月十四日（消印　下谷桜木町／19・3・14／東京都）／／東京市下谷区上野桜木町十七より／／神田区駿河台四ノ二ノ八　国民図書刊行会／／**関　英雄**宛（官製ハガキ）速達　十四銭

前略―『大和めぐり』は何型（旧四六判か前の区別のやうに三六版か）か。次号の（書物の）お考へのやうに叢書として、装幀のテイサイをそろへますか。いちいち違つた装幀にしますか。いちいち違つた装幀にするのでしたら御一報下さいませんか。（折り返し、）さしゑをかいてもらつた鍋井克之君が、展覧会のために上京中ですから、お話したいと云ひますから、それから、宮沢君が退社されたさうですが、僕の本は、御迷惑でも、あなたが係になつて下さいませんか。

157

昭和十九年四月二日（消印不明）／／東京市下谷区上野桜木町十七より／／世田谷区世田谷二ノ一〇八四／／**広津和郎**宛（ハガキ）三銭

兄の崎太郎の告別式の時にいただきましたお供物は、はげしい時局の折柄ですから、勝手ですが、町会を通じて、国防費の一端としていただく事にいたしました。いつも葉書で失礼ですが、右お知らせをかねて、重ねて、厚くお礼を申し上げます。
昭和十九年四月二日　宇野　浩二

158
昭和十九年四月二日（消印　下谷／19・4・2）／／東京市下谷区上野桜木町十七より／／杉並区阿佐ケ谷六ノ一八五／／**関　英雄**宛（官製ハガキ）　三銭

拝復、印税のことなどはどうでもよろしいのです。原稿ひきかへても何でも結構です。が、肝心カナメなことは、今日のお手紙で『大和めぐり』の稿をつづける気もちが、いくらかユルメられたことです。それにはあなたが「ふるさと文庫」の専任でなくても、僕の『大和めぐり』だけは、前からの関係で、雑誌のかたはら、完成するまでせめて専任のやうになつて、御サイソク下さいませんか。さうして下されば、印税は正式決定の時で結構ですが、しかし「いただいた原稿を編輯会議にかけて」といふのでは、もし「編輯会議」に通らなければ用いますから、『大和めぐり』は中止にいたします。それで、今までおとどけいたしました原稿を折り返しお返し下さいませんか。かう書いて来ますと、いくら他の会社に変わつたとて、あまり大橋さんに責任がなさ過ぎますから、いくらか腹が立ちました。それで、印税も与田さんからお話ししてもらふことも辞退いたします。

上林君については、「文藝」で石塚君などと一しよに論じるつもりですが、僕には、上林君が、目立つてゐるところが気に入りません。

昔の『私小説』作家はもつとハラワタをさらけ出しました。このことも「文藝」で書くつもりです。「文藝」の『私小説』論は二三回レンサイのつもり。
◎明日は日曜ですから、又お宅に出します。

159
昭和十九年四月三日（消印　栃木烏山／□・4・7／□□—□）／／東京市下谷区上野桜木町十七より／／栃木県那須郡烏山町屋敷町／／**江口　渙**宛（ハガキ）

拝復＝たのしみにしてゐた吉祥寺のお宅に行けなかつたのは誠に残念。その代りカミナリのない頃に、弁当持参で烏山訪問したい、［傍線部赤字で挿入］さて、率直に申し上げると、先月より二人（兄、永眠、女中、ヒマ出し）になり、配給すくなく、ヤミは封じられ、といふ状態だから、「一と晩」と何とかなるが、現今の大問題たる食料問題が、…といつてワイフがくびをひねつて、心配してゐる。それから、僕のお願ひは、十日頃（すぎに三四日）旅行するヨテイだが、それに関係なく、来られる前に、ソクタツで、二三日前（三四日前）に知らせてくれ、（ぜひ）＝カンはお送りする。

160

昭和十九年五月十三日（消印　下谷／19・5・13）／／東京市下谷区上野桜木町十七より／／栃木県烏山町屋敷町／／**江口　渙**宛（ハガキ）

拝復　筍ありがたうありがたう。うちまでハイタツしてくれた。あれをいただいた時さつそく考へたのは、お礼のシルシは、くひものはゼツタイにないので、朝江さんに本、と思つた。○朝江さん、今何年生何歳か。［傍線部赤字］それで、今日のお手紙にもあつたが、朝江さんが僕の何といふ本を持つてをられるか（その本の題をみな書いて）お知らせを乞ふ、カンと一しよに送る。但し上野桜木町局は午前八時開門十分ぐらゐ前に行つて、すでに十人以上の列につき、しかも一人一箇の小包しか扱はないから、おくれてもゴメン。二人ぐらしなれば郵便局ゆきはもとよりあらゆる使ひを僕がしてゐるカラ。

161

昭和十九年五月二十六日（消印　下谷／19・5・27）／／下谷区上野桜木町十七より／／世田谷区世田谷四ノ七二〇／／**広津和郎**宛（ハガキ　松本城観光記念スタンプ付き）　三銭

前略。折角お知らせ下すつたのに原稿の遅筆のために半月すぎ、誘はれて、といつて、一人だが、十七日から二十一日まで甲府から松本へ行つて、昨日から月末頃まで盛岡とその附近に行つて来る。やはり一人だが、甲府にも、松本にも、盛岡へも知人がゐるからだ。来月の上旬おうかがひしたい。

奥さんによろしく。

・この間は、そのままゐれば、ちよつと□が面白いよ。

五月二十六日

162

昭和十九年十月十四日（消印　下谷桜木町／19・10・14／東京都）／／下谷区上野桜木町十七より／／世田谷区世田谷四ノ七二〇／／**広津和郎**宛（封書　便箋二枚）速達　二十七銭

昨日は失敬。

あのアメは手紙をしらべたらネダンは次ぎのとほり。

一貫は百円、つまり百匁十円
これを世話してくれる人は新発田の住人で買ひ出しに行くのは新潟だから、使賃と手数料（つまりチップ）のやうなものがいるが、これは一割ぐらゐだから大したことはない。送料（カキドメ料）は別。

この世話人は今のところ希望なら、毎月、アメなら一貫目までなら何とかなると云つてゐる。

僕は三百匁申し込むつもりだから、もし君がお望みなら七百匁までだつたら当分（かなりの間）このアメは入手できるかと思ふ。

そこで、この手紙と一しよに、この世話人にこの事を書いて、君から申しこみの手紙が来たら取り計らふやうに云つてやる。世話人の住所姓名は左のとおり

新潟県新発田町三昧
斎藤　熊次
奥様によろしく。
十月十四日
宇野　浩二
広津　和郎兄
・昨日『赤と黒』といつたのは、また読みたくなつたのだが、上巻を人に貸しなくし、下巻だけはあるので、おついでの折り間宮君にもしよかつたら上巻を加納君にでもおあひになつたとき、おわたし下さるよう、たのんでほしい。

163

昭和十九年十一月二日（消印　□□／□・11・2）／／東京市下谷区上野桜木町十七より／／大阪市南区松屋町二十四　全国書房／／**神屋敷民蔵**宛（私製はがき）速達

原稿今日ぢゆうに出来ますが、明日は明治節で郵便局が休みですから、三日の朝のソクタツでお送りいたします。

十一月二日

164

昭和十九年十一月九日（消印　下谷／19・11・10）／／下谷区上野桜木町十七より／／世田谷区世田谷四ノ七二〇／／**広津和郎**宛（絵ハガキ――浅間温泉・薬師堂）　三銭

前略

旅から帰つたのは二十九日だが、原稿を少し書きかけると、ケイホウ、ケイホウでキモノをきかへたりすることが、三四日つづいた。そのうちに、四国の船舶兵になつてゐる子に郵便で送れない軍刀をとどけなければならぬ日が来たので、四国ケンブツをかねて、十一日から五六日旅することになつた。それで、上旬におうかがひ出来なかつたおワビを申し上げる。

オクサマニヨロシク。

十一月九日

165

昭和二十年三月十四日（消印　下谷／□・3・15）／／東京市下谷区上野桜木町十七より／／大阪府南河内郡野田村丈六／／**織田作之助**宛（封書　便箋四枚）　七銭

前略―せんだつては思ひがけない珍重な御馳走になりました上に、その珍重な物をお弁当にまでして、わざわざお持ち下さいましたことを厚くお礼申し上げます。

それらの事よりも、僕はお世辞は好みませんが、あなたにお目にかかれましたこと、お話しをうかがひましたことを嬉しく思ひました。もし、こんど、忘れました兄の『骨（ほね）』を持つて大阪に行けましたら、（今の有様ではちよつとむつかしさうですが、何とかして行きたいと思ひます。）その時は、この前のやうに、座談会などでなく、もつと落ちついてお目にかかりたいと望んでをります。

家に帰りましてから、前にいただきました『夫婦善哉』（田村君の装釘の単行本）を読みなほしましたが、やはり『夫婦善哉』が一番よいと思ひました。さうして、あれがまつたく空想のお作であるといふことに改めて驚きました。しかし、『探し人』をのぞいた他のお作がみな謂はゆる系譜物であることと、文章に西鶴の文章の影響があり過ぎることと、西鶴の文章を巧みに使はれてゐることとに、長所と短所があると思ひました。

　それから、思ひ切つて申し上げますと、西鶴の文章にあるうるほひがあなたの文章にないことを惜しいと思ひました。

　この『夫婦善哉』の前に、帰宅しましたらついてゐました「新潮」の『猿飛佐助』をよみましたが、僕は、あなたがあのやうな作品を書かれるより、やはり大阪の庶民の事を書かれる方が、（今も昔も、西鶴や近松は別として、上司小剣をのぞいて、大阪の庶民を題材にした作家が殆どない中に、あなただけが、上司小剣以上に大阪の庶民を心にくいまでに書いてをられますので、）適当であり、書いて下さることを希望いたしますのは、僕だけでないと思ひます。それと共に、大ゲサに云ひますと、日本の今の文学にぜひなくてはならぬものと信じます。

　それから、これは何でもないやうですが、「二時間経つて」とか「日が経つ」とかいふ字がありますが、（『夫婦善哉』の中だけでなく、他のお作にもありますが、）あれは月日が立つといふのが本当で、それと共に経つ（へつ）より「立つ」の方がフリカナなしに読める点でも都合がよいと存じます。それから、なるべくもう少し漢字をおへらしになる方がよいかと存じます。

　それから、「要用（いり）おまへん」（一六八ペイジ「雨」の中）でも、「入り用おまへん」と書いてほしい、と存じます。

　思はず余計なことを述べましたついでに申しますと、（いえ、ついでではなく申しますと、）あの本の中では、『探し人』が一ばん落ちると思ひます。といふより、あのお作は、（他のお作はたいてい感心いたしましたが、）感心いたしません。——ふと、あれをよんでから、「あとがき」を拝見しますと、「読者層をやや配慮した」とありますので、「なるほど」と思ふと共に、「これはよくないことだ」と余計なことながら、思ひました。

　以上、乱文乱筆で取り止めのないことを長長と述べたてましたが、これは「文藝」の推薦の係りになつてゐました時分とくらべますと、あなたのお作に対する考へが可なり変わりましたので、書きたくなりましたのと、あなたにお目にかかりましてから、失礼ですが、親しみを感じましたからであります。

　なほ、家に帰りましたとき、来てゐる郵便物に気をつけましたが、中山省三郎のあの手紙は僕のところには来てをりませんでした。今も来てをりません。この事をちよつとお知らせいたします。—僕の思つたとほりでせう。

三月十四日　宇野　浩二

織田　作之助様

○封筒の裏に三月七日の「七日」を消して「十四日」としましたのは七日に出すつもりであつたからです。

166

昭和二十年三月二十五日（消印　20・3・26）／／東京市下谷区上野桜木町十七より／／大阪市南区松屋町二十四　全国書房内／／**神屋敷民蔵**宛（封書　アルス・新日本児童文庫原稿用紙一枚）速達

神屋敷民蔵様

昨日、織田君（織田君は、顔を見ますと、以前に逢つたことが分かりました。もつとも、それは織田に云はれてから分かつたのですが、僕の友人の青木大乗君の門下生です）が見えまして、ふと大阪のはなしが出ました。その時、織田君のはなしに、大阪もこんどの空襲でかなりの被害をうけ、全国書房ともレンラクが絶えました、と心配してゐました。

実は、昨日の朝、おくれにおくれてゐました『文学の回想』の五回（十九枚）をカキドメソクタツで送りましたが、「新文学」の三月号がまだつきませんのは、やはりサイナンにあつたのですか。＝このこと折り返しお知らせ下さいませんか。

それから、僕は、前に申しましたやうに、仕事をおちついてするために、松本に行くことに八分どほりきめましたが、実際にゆくのは来月になつてからになるか、と思ひます。

それで、いつか忘れました兄の『骨』を持つて大阪に行くのを、すこし延ばしまして、松本におちついてから、にしようと思ひました。これは大阪の被害の見当がつかないからです。その被害のありましの模様と、全国書房の事と、大阪の宿のこととを折り返しお知らせ下さいませんか。

三月二十五日　宇野　浩二

（注）封筒裏日付「三月十五日」

167　昭和二十年三月二十七日（年推定）／**織田作之助**宛（便箋四枚）　封筒なし

拝復

まづ仰せのとほり近頃の郵便はシビレを切らした足のやうで、二十日づけの速達のお手紙を今日（二十六日）に拝見したしまつであります。

さて、永井荷風の東京は半東京ですが、久保田君の東京こそ、狭くはありますが、まつたくの東京（下町）です。その上、久保田君のよさは心から東京の下町を愛してゐることです。（僕も、東京に長く住んでゐますので大阪を愛する気もちになつてゐます。）

お手紙の中に「なつかしい場所が失はれてしまひました。」とありますが、僕らのやうな「失はれて」しまふまでの大阪をよく知つてゐる者は、「失はれて」しまはなかつた大阪（の町や人や大阪の人の気質）をあくまで書くべきものである、と思ひます。そのほんの一例は、あなたが『五代友厚と大阪』をお出しになつてゐます『随筆大阪』のなかの足立君の『想ひ出の大阪』です。もつともあれは画家の文章ですが。

足立君と鍋井君はほぼ同年（五十七八歳）で、美術学校も同期であつたと思ひます。

◎『猿飛佐助』は、あれはあれとして、御完結なさることを希望いたします。

◎『大阪特輯』は大サンセイです。その時は、僕は今のところ大阪を題材にした小説を書く自信がありませんから、大阪人の気質その他について少し長い随筆風（兼いくらか小説風）の感想（いくらか評論）のやうなものを書きたいと思ひます。

◎くりかへし申します。荷風の「東京惜愛」（もしあるやうに見えましたら）眉ツバ物で、やはり万太郎でせう。それから、他国人の僕などは、他国人として「失はれてしまつた」東京を惜愛する感にたえません。

◎ふたたび僕のことを申しますと、大阪を題材にした文学について、あの座談会でいひつくせなかつたことを書きたいと思ひます。その時は、潤一郎の『卍』や『細雪』や『夏菊』（これは中止）などについても書きたいと思つてをります。秋江のものも。

◎僕はおちついて仕事をするために、もう二年以上もすすめられてゐましたのに耳を傾けませんでした疎開のやうなことをして、仕事とそのもとのからだのために、おちついた所を見つけようと思つてをります。
●今の東京は（配給だけは少なくても日本一ださうですが）何も彼もお話し以上に不自由ですから、おちついた所から、忘れた兄の『骨』を持つて大阪に行きたいと楽しんでをります。ただ心配は宿屋のことです。
◎僕はあの借り物（鍋井君と小出君の文章）の『大阪』でないものを書きたいと思つてをります。なほ、いつか申し上げましたやうに、あの『大阪』に、酒ぎらひのために書き忘れました『酒の都』といふ章を附けました再版を出します。
◎ふたたび僕のことを申しますと、僕は『大和』といふものを書くつもりで、もう少し書いてをります。
◎今年はおちついて勉強したいと思つてをります。さうして、ときどき大阪に行きたいと思つてをります。今は、東京以外のところからの方が、どこに行くにも、旅行がしよいらしいです。
◎無事でをります。
◎お大事にして下さい。
いつもながらの乱文乱筆御ハンドク下さいますと幸ひです

三月二十七日　　　宇野　浩二

織田　作之助様

168

昭和二十年三月三十日（消印　東京都／20・3・30）／／東京市下谷区上野桜木町十七より／／大阪市南区松屋町二十四　全国書房／／神屋敷民蔵宛（封書　便箋一枚）速達

前略
◎二十四日に書留速達で送りました原稿ついたでせうか。
◎大阪も東京と殆どおなじ程度の被害をうけたことを聞きましたが、あなたの方は御無事ですか。
◎織田君からのおたよりに三月号が出るといふことですが、まだつきませんが、どうなつてをりますか。
◎松本へ引つ越す手順が思ひのほか早くつきましたので、原稿料を、松本へ行かないうちに、お送り下さいませんか。
◎「新文学」はケイゾクする自信あるのですか。

右のこと折り返しお返事下さいませんか。

三月三十日　　宇野　浩二

神屋敷　民蔵様

169　昭和二十年四月二十三日（消印　□・4・□）／東京市下谷区上野桜木町十七より／大阪府南河内郡野田村丈六／**織田作之助**宛（封書　SHIRAUME便箋五枚）　速達　十銭

前略

「新文学」三月号の『猿飛佐助』をハイドクいたしまして「新潮」でこの前にハイドクしましたときとの感想がいくらか違ひますので、その事をカンタンに申し上げます。

あのお作の面白さの一つは荒唐無稽の物語であることです。今度の分の三十一頁の下段あたりの脱線（も面白いとは思ひますが）はどうかと思ひますが、作者があれを入れたかつたお気もちは僕には分かります。しかし、もつと傍若無人に筆をすすめられたら、と思ふのです。この場合、「傍若無人」といふのは日本の文学界などに対して、といふ意味です。

さて、人物の言葉はもとより、文章も、言葉の末の末まで、作者は戯作の形で書いてをられますが、その御苦心も分かりますけれど、僕のセンエツな考へでは、あのやうな荒唐無稽な事件を、戯作風に書かずに、普通の文章（妙な言葉ですが）でお書きになつた方が面白かつたかと存じます。

『水滸伝』や『西遊記』（もつとも『西遊記』の原作は日本語で読めるものとは大へん形式がちがふさうですが）、は、荒唐無稽の面白さで、文章が僕のいふ普通の文章で書かれ、筋の変化、人物の怪奇さにかかはらず、作者が無邪気（と思ひます。僕は）に書いてゐるところに、たまらない面白さがあるのではないでせうか。

そのへん『猿飛佐助』の作者はさういふ無邪気さがいくらかないやうに思はれます。

なほ、わたくし事を申しますと、僕が小説を書きはじめましたとき、小島政二郎君が、「ユウモアはあるがペエソスがない」と評し、菊池寛君が「いや、ペエソスも十分にある」と評したことがあります。それに対して、（小島君の言葉に対して、）僕は、文章で相手になるのは馬鹿馬鹿しいと思ひましたので、何にもいひませんでしたが、人にそのことを云はれましたとき、「ペエソスを入れたら実に書きよいが、ペエソスなしのユウモアのある作品なんて実にむつかしいよ。」と云つたものでした。

僕は、この点だけでも、『水滸伝』や『西遊記』を古今の傑作と思ひますと共に、『猿飛佐助』もさういふおつもりで、書いていただきたい、と希望いたします。

なほ、あのお作の中で、目に立ちますのは女（殊にあの楓）の出て来るところが落ちるやうに思ひます。しかし、「新文学」の方はそれがましでしたが、「新潮」のときの女の出るところは可なり落ちると思ひました。

○いつか藤沢君の小説にオウ・ヘンリイの影響があると云はれましたのに、僕ははつきりしたお返事をしませんでしたが、（実はオウ・ヘンリイは僕の二十七八の時分は実に流行し、丸善にも神田の古本屋にもあり過ぎるほど本がありましたので、僕は十冊ぐらゐよみましたが、死んだ片岡君もやはり可なりよんでゐたやうです。そこで、オウ・ヘンリンのあるウマサには可なり感心してゐますので、）なるほど、藤沢君の小説の中で、例えば『新大阪風俗』の二篇などはちよつとオウ・ヘンリイを思はせますが、それはちよつとで、あの作品は、きびしく云ひますと、二つともオトシバナシのやうな味と面白さがあるだけで、当然のことですが、オウ・ヘンリイの才能ある作品とは比べものにならない、と存じます。

◎河原君から「新文学」の大阪特輯に大阪を題材にした小説を、と云つて来られましたが、これはどうしても書けません。おそらく里見君にも川端君にも書けないだらう、と思ひますので、小説でないものを、読まれた方が無事で（原稿がとれるといふ意味もふくめて）却つて面白くはないか、と存じます。僕も書けば、大阪を題材にした文学、あるひは大阪の思出、といふやうなものなら、何とか出来ますが……——かういふ俗なことまで書きましたのは、河原君はいつもニヤニヤ笑つてをられるだけですから、御迷惑とは知りながら、あなたに申し上げる次第です。

四月二十三日　　宇野　浩二

織田　作之助様

○今から三十二三年前に、幼年時代に見聞きした大阪のことを感傷的に浪漫的に書きました、幼稚な本を大阪から出したことがあります。―ちよつと思ひ出しましたので。―但し、その本は、わが家のどこかにあるかと思ふのですが、本のおき方を至つてランザツにするものですから、見あたりません。

170　昭和二十年四月二十四日（年推定）／／**織田作之助**宛（封書　便箋三枚）　封筒なし

追伸―前の五枚は昨日（二十三日）の晩に書きましたが、それを今日出すのを忘れてをりましたところ、『ウワサすれば』のたとへで、河原君から今日の午後ソクタツの手紙が来まして、大阪特輯を六月号とし、僕にどうしても小説を、と云はれます。

しかし、前にかきましたやうに、僕は今のところ大阪を題材にした小説はどうしても書けさうにありません。しかし、あなたがいつかの（一と月ほど前の）お手紙のなかにお書きになりました「大阪のなつかしい場所が失はれました」といふお言葉に心を打たれましたので、僕も、書くならば、失はれた、ほろびた、なつかしい大阪の町（や人、主として町）の思ひ出を述べてみたい、と思ひます。僕はときどき文章のなかに引きます牧水の「ほろびしものはうつくしきかな」といふような牧水流の感傷的なつもりでなく、（それも少しはありますが、）永井荷風がむかし『日和下駄』を書いたときのやうな気持ちで、いや、あれともちがつた、やはり、なつかしむ気もちで、大阪のなにかを書きたいと思ひました。しかし、「新文学」は、今はどの雑誌もさうですが、（しかし、東京の雑誌なら枚数のユヅウはききますが、）枚数の制限のやうなものがありますので、二の足をふんでをります。

あなたは、また、前のお手紙のなかに、たしか、荷風が東京を惜愛する以上に、大阪を惜愛する、と云はれましたが、僕は、さういふ比較なしに、荷風とまつたくちがつた考へ方と感じ方で、東京を惜愛し、大阪を惜愛し、その情の切なるものがあります。それを、僕は、おちついたところに行つて、一日も早く、「新文学」のメイレイなどと関係なく、書きたい、書きたい、と思つております。

織田さん、「大東亜戦争はじまつて以来」などと云はずに、お世辞でなく、（お世辞は、云ふのも、書くのも、大へん好みませんが、）今のところ、あなたのほかには大阪を十分に書ける人はまづゐないのですから、『猿飛佐助』を早く片づけて、『大阪』を、『大阪』を、書いて下さい。

どうかして、おちついた先きから、大阪に行きたいと望んでゐます。たとひ焼け野が原の中の家のなかでも、二三人の（何人かの）方とお目にかかつて、大阪を語りあひたいと望んでゐます。

四月二十四日夜　　　　　宇野　浩二

織田　作之助様

◎おそれ入りますが、河原さんには、もうゆきちがひに手紙も出しました。けれど、「大阪特輯」についての僕の考へを、おついでの折り、河原さんにおつたへ下さいませんか。

◎「大東亜戦争はじまつて以来」などと云ひましたが、玄関さきで一度お目にかかりました杉山平一さんの小説は期待いたします。

171　昭和二十年五月二十三日（年推定）／／**織田作之助**宛（紙二枚）　封筒なし

「新文学」を大事な雑誌と思つてゐるのは、カンジンの発行者や編輯者は口だけで、あなたと僕だけぐらゐなもので、あれを面白くないと云つたのは鍋井克之君で、鍋井君は大正十年ごろ「文章世界」その他に小説を幾篇か書いたことがあるのです。その上、大正四五年頃には詩も作つたことがあるのです。しかし生活派の詩です。

◎『八雲』第三輯はお送りしようと思ひましたが、東京は、一切の小包を出せないばかりでなく、一切の小包をどこからでも送らせない、といふ窮屈なところになりましたので、松本にまゐりましたら、お送りいたします。

◎小説のむつかしさは、誰もいふことですが、（失礼、）僕もつくづくさう感じてをります。去年の四月に、五六枚かいたままのがそのままでまだ形さへ出来ないしまつでございます。

◎『聴雨』は、あなたのお作はたいてい読んでゐるつもりですが、拝読しそくないました。

本は無事ですが、（つまり、焼けなかつたからですが。）松本まで持つて行けませんので、何にもなりませんので、事情がゆるせば、松本―東京を往復して運びたい思つておりますが、これはどうなりますか、今のやうな世中ではむつかしいかと思つてをりますけれど、二十(はたち)時代愛読しました英訳の仏蘭西その他の諸詩人の詩集や詩人の評伝（どうして売つてしまはなかつたのかと思ふの）が残つてをりますので、本にはミレンがあり過ぎて途方にくれてをります。

◎とりとめのない事をかきましたついでに申し上げますと、松本ゆきの切符がやつと買へましたのはあなたのおかげです。といふのは、いつか「文藝」の木村君があなたのために北條誠君から切符を買つてもらつたといふあなたのお話しを思ひ出して、北條君から買つてもらつたからです。

◎北條君に、センエツですが、自分の一存ですが、「新文学」のために、小説をお書き下さるようおたのみしましたら、こころよく承知して下さいました。そのことは河原君にもつたへましたが、河原君におあひの折り、北條さんにときどきサイソクをソクタツでするよう、かたくおたのみ下さいませんか。

今は、何とかして大阪に行つて、『文学談に花を咲か』せたり『咲か』せてもらひたい思ひが山々であります。

五月二十三日　宇野　浩二

織田　作之助様

ソクタツの時間が過ぎましたから、これは松本から出します。

172　昭和二十年五月（年月推定）／／**織田作之助**宛

（原稿用紙二枚）封筒なし

目方のおもい原稿紙にかきましたのは、先月二十三日、松本に立つ日ですが、この追加は六月四日に書きます。

二十三日の夜行で新宿をたち、二十四日の午前に松本につきましたが、あてにしてゐました塩原といふ家(うち)の老婦人（ヤモメ）が違約のやうなことを云い出しましたので、その家の間(ま)を借りることはやめまして、別のをさがしてもらひなどしましたので、二十七日の午後一時ごろ一たん東京に帰ることにして松本を立ちましたが、その日の夕方、あの二十六日の明け方の東京のサイナンのために、汽車が八王子どまりとなりましたので、八王子の近くの友人の家で二た晩もとまるやうな事になり、二十九日（あの横浜にサイナンのありました日）の夕方、名ばかりの東京都（ほとんど見わたすばかりの焼け野が原）の一部を徒歩で、やうやく無事な我が家にたどりつきました。

　ざつとかういふ次第で「新文学」の原稿は『回想の文学』のつづきを三四枚かきましただけで、そのままになつてゐます。松本の郊外に（前の塩原邸のちかくに）貸し間が見つかりさうですから、あらためてそこへ行く準備（前にはカンジンの僕の勉強道具＝たとへば机、組み立て本棚、いくらかの本、うまくゆけば絵、その他＝を少しも送りませんでしたので。）のためと、切符の入手とのために、読書は出来ても、原稿が書けなかつたからです。それらの事どものために、いよいよ松本に行くのは、八九日か、十日か十一日ごろになるかと思ひます。が、「なるかと思ひます」で、この節では、こんなふうに日にちはハツキリきめられませんけれど、なるべく十日前後に、飛騨山脈が近くに望まれるところに越したい、と思ひます。かつて『木のない都』といふ小見出しで「大阪」の一部をかいて、あなたにいくらかハンタイされましたが、『山のない（ほとんど見えない都）』（東京）をはなれて、「山にかこまれた町」に行くのを、むかし武者小路が山の近くに住みたいために奈良に越したのとまつたく違つた気もちで、たのしんでをります。

◎「新文学」の四月号を松本でみましたが、僕のよんだものの中では、山本健吉（本名石橋貞吉―石橋忍月の子）君の『小説随想』と上林君の『現実に即して』とか、別に物あたらしい説ではありませんが、ちよつと面白いと思ひました。が、全体としては「いまだし」以上で、殊に『「生活と陶器」対談』は、ハシにもボウにもかからぬもので、あのやうな天くだり物が一ばん困りものと存じます。

◎杉山さんの『陰影』といふのを、ふるい「大阪文学」でよみましたが、感想小説ともいふべきものかもしれませんが、感心しました。少なくともこれまでよんだ杉山さんのいくつかの詩よりもずつと感心しました。早く杉山さんの小説が「新文学」に出るのを待望いたします。

　間をかりる家がはつきり極まるまでは、コシカケのつもりで、左記にゆきます。

松本市渚町三三三　北沢喜代治方

173

昭和二十年六月二十六日（消印　下谷／□・□・27　他は不明）／／東京市下谷区上野桜木町十七より／／大阪府南河内郡野田村丈六／／**織田作之助**宛（封書　松屋製原稿用紙一枚）　十銭

長いあひだ御無沙汰いたしました。先月二十三日に松本にまゐりましたが、ゆきちがひで都合わるくなりましたので、一たん帰京いたしまして、それから丸一と月のあひだ、ふたたび荷づくり、切符の入手（三度入手して、二度とも準備が出来てゐませんでしたので、ムダにしました）の苦労、その他で、三度目の切符通用の最後の日（二十八日）にいよいよ東京を立ちます。つまり、明日です。この一と月の間のもつとも傷心事は、ある友人にすすめられまして、その友人の家（渋谷代々木）に蔵書の大半をあづけました（つまり、疎開させました）ところ、先月二十六日のアレでその友人の家が丸焼けすると共に、大事の大事の蔵書二三百冊（僕のまづしい所蔵の中の上級）が灰になつたことです。

しかし、これは、古風な言葉ですが、身代りとアキラメ、残りスクナの本どもと、好きな絵数点（この本どもと絵数点の輸送が出来るのは、実にありがたいです）と共に、松本郊外にうつり、おつちいて、よみかきすることが、情勢のいかんに拘らず、僕のやうなものの最大の楽しみと生きてゐるたのしみであります。

秋冷の候（長いさきですが）何とかして大阪に行きたいと望んでをります。

◎全国書房はどうなつたでせうか。

六月二十六日　　　宇野　浩二

織田　作之助様

◎おちつきましたら、明治、大正、昭和の小説その他のことを、思ひ出ふうに書きたい、といふのも一つの仕事にするつもりです。詩歌と共に。

◎早々のためランピツランブン失礼なカキカタおゆるし下さい。

長野県東筑摩郡島立村蛇原（ジャハラ）　岩間松雄方です。

174

（差出し年不明）七月六日（消印　□・7・6／前8―12）／／歌舞伎座七月興行観劇会　寿海後援

文化人の会　発起人より／熱海市天神町一〇
〇七／**広津和郎**宛（往復ハガキ）　往信二円

この度市川寿海（元寿海蔵）が関西一座引連れて上京。寿海襲名披露興行を致しますにつき、知人宇野浩二、鍋井克之の肝入りにて、東京文化人の観劇会を開く事になりました、何卒御誘い合せの上にぎ〳〵しく御観覧御後援下さいますやうに御願申し上げます。

発起人　宇野　浩二
　　　　鍋井　克之
　　　　田近　憲三

期日　七月十八日　夜の部
会費御一名　当日の観覧料（六百五十円）と同額
食事その他は各自御自由のこと座席券は御手許まで郵送いたします。

・先月二十三日から今月一日まで、九州を半分足らず、まはつて来た。
後藤真太郎さんの所わかつたら……

宇野　浩二

175

昭和二十年七月十一日（消印不明）／長野県東筑摩郡島立村蛇原　岩間松雄方より／大阪府南河内郡野田村丈六／**織田作之助**宛（長野三一原稿用紙七枚）

速達の、三伸まで入れますと、七枚ツヅキのお手紙をハイケンしましたのは、先月の二十八日でした。その二十八日の夜おそく松本の渚町の北沢氏宅につきましたが、いろいろな事情で表記にこしましたのは今月四日の夕方です。ここについて、やつと落ちつきましたので、（いかにケイハウの笛が鳴らうとまづジヤマにはなりませんので、）ケイハウ無心配は食物（殊にサカナ、ホシガタ、一切のサカナ）の不自由など何のそのであります。「新文学」用の『回想の文学』を、こんどのは番外といふやうなもので、国木田独歩について、三十三枚かきまして、今朝、（七月十一日朝）五六町もあります郵便局に出しに行きました。三十三枚といふので、「新文学、」編輯子をあまりに長い、といふので眉をひそめさせるでせう。とかきましたが、そんな事を実は心配にしてをりません。

やはり、織田さん、よみかきは一ばんたのしいですね。

　二十七日（先月）に例のランピツの手紙をさし上げましたが、二十八日にこちらにつきまして、まづおどろきましたのは、数多のたまつてゐました手紙のなかの楢崎「新潮」編輯長（もう二十年以上キンゾクの編輯者）＝今、ケイハウの笛が鳴つてをります＝の手紙で、そのなかに、（コノコト内証ニオネガヒイタシマス。⑥①の諸出版社ノコトモ）「牛込も殆ど災害を被り、勤め先の新潮社は焼けのこつて、ぽつんと一軒だけ残つてをりますが、只今のところ、出版印刷の機構の全部といつていいほど失ひまして、半身（いや全身と申す方がいいかと思ひます）不随となりました。そのことで、緊急召集をうけまして、両三度会議をかさねましたが、当分「新潮」発行のことは望めさうにもないとの幹部からの申し伝へがありました。」といふ一節に僕はカンガイを覚えました。しかし、これは東京にあつては仕方のないことですが、牛込（九分以上災害を被りました）と小石川と本郷の災害は古本の非常な損害です。ある古本屋（秋田雨雀老から嘉村礒多、稲垣タルホ、それよりもつと若い人までが売つたり買つたりしてをります古本屋）の主人の話に、（ボクモムロンソノ一人）「古本屋の焼けたのは何でもありませんが、牛込、小石川、本郷、殊に牛込が九分以上も焼けましたのは非常にこたへます。牛込には得意（古本を持ち古本をうる人）が実に多く、その人たちの中には一万冊くらゐ持つてゐるのはザラにあるからです」といふ事です。この数多の本の中の七分ぐらゐは文学書（藝術に関する本）にちがひありませんから、これが僕には、ナイシヨですが、一新潮社より惜しいと思はれるのです。

　さて、ムリヨ（無慮）七十四枚といふ『軽気球』はおどきましたね。僕などは、大阪のナニかを書かうと思ひましても、大阪にゐましたのは、今から三十四五年前以前ですから、そのなかの三十年ぐらゐ前か、東京から（学生時代に）出かけて行きました三十二三年前のことしか書けません。

　その三十二三年前は、文学の自由主義時代で、お手紙の中の茶谷半次郎君たちが、『ギタルラ』（これはイタリイ語で、イギリス語のギタア）といふ同人雑誌などを出し、（むろん高踏派）道頓堀には、キヤバレイ・ド・パノンといふのがありまして、大阪の文学、美術青年（高踏派）が集まり、そこへ東京から同種の青年が行つて、のみあかしたもので、サトウ・ハチロオ君などは、ツカヒハタシて、マドンリンをひきながら、大阪の町を流し歩いて、ソコバクの金を得ては、そのキヤバレイに飲みに行き、終に父の紅緑に見つかつて、耳を引つぱつて連れ戻された、その他等々、といふやうな、誠に、（実は）面白い時代ですが、この時代のことを書きますと、河原義夫スロオ君が、「近頃はケンエツがやましい」といつてゐますので、没書にしさうですから、書く勇気がありません。

◎茶谷君は、のちに「新しき村」のパトロンになつたり、志賀さんにたのまれて、武者小路さんの会計カントクになつたり、晩年の岸田劉生に酩酊されて困つたり、した面白き人物です。僕は、『悲しきチヤアリイ』といふ愚作（大正十三四年頃の「中央公論」新年号所載）の中で、茶谷チヤアリイといふ人物を出して、茶谷君の不興を買つたことがあります。

◎しかし、思ひ切つて、大胆不敵にこの大正初年の大阪の道頓堀界隈（カイワイ）を書けばあなたの『軽気球』に枚数だけは、負けない随筆風小説（あるひは小説風随筆）は書ける自信のやうなものはあります。

◎武田君の家も多分ダメでせう。頼尊清隆（ヨリタカキヨタカ）（何と僕の昔の小説に出て来る人物の名のやうな人）が、手紙をくれました中に、あなたを（大阪に行つて）訪問したら、「織田君のことだから」お酒をのむところを知つてゐると思ひまして、…」といふ意味のことが書いてありました。そのヨリタカキヨタカさんに原稿をたのまれ、ナラザキキヨシにも原稿をたのまれ、（後者は一年以上待つてもらひました）てゐましたが、一つは丸焼け、一つは全身不随のために、僕としては、大いに助かつたわけであります。

◎倉橋仙太郎君のことは、『恋愛合戦』といふ僕の長篇小説の中に大いに書きましたが、倉橋君に鍋井君を僕が紹介しましたのは、鍋井君が、彼の友人と『美術劇場』といふ新劇団（シンゲキダン）（ウゴノタケノコの一つ）をはじめるといふので、紹介したのです。倉橋君が、島村抱月先生の芸術座の技芸員になつて、よろこんでゐた時で、沢田君と「モンナ・ヴアンナ」に出ました。配役は、ナント、松井須磨子、沢田正二郎、倉橋仙太郎の三人です。

◎僕は、こんどもし御地に行けましたら、倉橋君にぜひ会ひたいです。ウゴノタケノコ時分の、新劇団のことを倉橋君はよく、知つてゐる筈です。
◎杉山さんの小説―大ゲキレイして下さい。
◎白石風君は、好な実直な点で、新聞記者らしくない点で、僕の好きな人ですがあの白石君が「織田作之助も知らないなどといふ店」を知つてゐるとは、スミにおけないですね。もつとも、鍋井君と話しがあふくらゐですから、スミにおけないのがあたり前でせう、鍋井君は昔の東京の食ひ物屋はほとんどみな知つてゐる筈で、そのあらゆる食ひ物屋のことを帳面にキチヨウメンにつけたといふ逸話があります。
◎泡鳴先生には大阪のことを書いた文章が三つほどありますが僕の記憶では、みな大阪のことをよく云つてゐなかつたやうに思ひます。
◎これだけ書いてから、「杉山君の小説が五月号にのるさうです」といふお手紙の中のお言葉を発見いたしました。僕には、かういふソソツカシイところが数多あります。
◎「原稿紙」といへば、この原稿紙をごらん下さい。原稿紙を東京の宅にみな忘（ワス）れて来ました（これもソソツカシイ一例）ので、「新文学」の原稿もこれをつかひました。
◎封筒もゴランのごとく手製であります。ノリがありませんので、ゴハンづけであります。
◎「聴雨」―お手紙をよみ終るとすぐ―一気にハイドクいたしました。引かれてよみました。が、例の我流の考へを申し上げますと、かつて川崎君が「八雲」の第一輯に出しました『名人』で、主人公の本因坊に興味を持ち過ぎて、本因坊に感傷的になり過ぎてゐたのが気になりましたが、『聴雨』も坂田三吉に作者が興味を持ち過ぎてゐるところが気になりました。それから、『書きやう』は、よむ者には、あれが、よみよいですが、作者としてはラクな方法であるかと思ひます。やはり、作者の主観をもう少しお出しにならなかつた方が、と思ひました。それから、最後の「さうして硝子窓に当る雨の音を聴いてゐた。」は、山本有三君などがよくやる、芝居の幕切れのやうで、坂田三吉が雨の音を聴くのではなく、作者が坂田三吉に雨の音を聴かしたことになりはしませんか。しかし、『聴雨』はしんみりした好短篇です。
◎小山書店は、三度ぐらゐ災難にあひました上に、センゾクの印刷所と製本屋が全滅しました。（青森県板柳町に一時ひつこんで再起をはかる、）そのために、僕の、『大阪』は出なくなり、『二宮尊徳』も同断、「八雲」も延期となりましたので、僕の『詩歌論』（六七十枚）も書かなくてよいことになりました。
◎僕が偶然手もとに持つてゐましたので、神屋敷さんにわたしました。徳永直、渋川驍、古木鉄也その他の小説は焼かれました。
○筑摩書房も、小山と殆ど同じケイロを取つてゐますが、これは松本に半疎開（七分どほり疎開）することになりましたので、僕の『詩歌論』（五六百枚―単行本）は、やはり、書かねばならぬことになりました。筑摩書房主が一昨日そのサイソクに来ました。
○岩波書店は、四十何人の社員を七人にへらし、富士見にソカイするヨテイですが、これもセンゾクの印刷所と製本屋をみな失ひましたので、今のところ、全身に近い不随です。
○平凡社は、甲府にソカイしましたが、先日の甲府のアレでおそらく丸焼けになつたでせう。
◎「文藝」は、河出書房が丸焼けになりましたが、つづけるやうですが、これも閑人大家に主としてたのむやうな方針ですから、よくありません。もつとも僕はたのまれてゐますが。
◎「文藝春秋」は、これまでセンゾクのやうにたのんでゐました共同印刷（『太陽のない街』）が丸焼けになりました上に、あの移転ですから話しになりません。結局「新文学」だけといふことになりました。
ざつとかういふ状態ですから、あなたに御相談申し上げたいのですが、藤沢君も武田君も殆どアテになりませんから、新人の作はよいものをドンドン出すことにし、あなたや僕がフンパツして、枚数などかまはずに書くことにし、そのほか、杉山さん、その他実力のある人にお願ひするといふ方針にして、今後の「新文学」をやらせることにしたらいかがでせう。

追伸（あなたのマネになりましたが⑦です）
◎石塚君は、だいたい律気な人ですが、小説は、お説のとほり、あれ以上よくなりやうはなく、却つてしだいにわるくなるのではないかと思ひます。あんな理詰めで、常識的で、お説どほり小利口で、退屈な小説は、「鬼にくはれてしまへ」であります。僕はだいたいシツポを出さない人間というものはキラヒです。石塚君はそのシッポを出さない人種の一人でせう。
◎お手紙の中に作品評のことがありましたが、今は、雑誌がなく、小説がありませんので、単行本（それもありませんが）が、明治、大正、昭和の諸作品の代表作詩歌もフクム（といはれるもの＝中にクヅがありますが＝）を片つ端から批評する方が意味があると思ひますし、面白いかと思ひます。これなら、相手にとつて不足なし、材料もあり過ぎるほどありますが……
◎どうも、テンキヨが思ひのほかおくれましたので、僕の原稿は、普通号（は二度も失礼）にも間にあひませんし、「大阪特輯」にも間にあはないやうですが、そんな事などに関係なく、書くつもりです。ところが、輸送はムリにムリを押しまして、たいていはこべさうですが、甲府附近の汽車不通で、不着のものが多く、その中に、ノコリスクナの本がありますので、その本を少しタタミの上にならべまして、（十五畳のヘヤです）「新文学」にかかるつもりです。
◎大阪ゆきの切符は何とかしてとれさうですが、大阪からの切符がとれさうにありませんのでそれが出来ましたら、行きたいです。但し、名古屋のりかへが少し面倒ですが。
○名古屋からむかしの関西急行といふのがありますが、それはどうでせうか。

七月十一日　　　　　宇野　浩二

織田　作之助様

◎窓から飛驒山脈が見えます。その窓のそばに、兄ののこして行きましたカナリヤがゐます。今さへずつてゐます。大阪に行くたびに、山の近いのがうらやましい気がしましたが、もうそのテンでは大阪はうらやましくありません。僕は都会がすきで、生まれてから五十年あまり、都会に住みつづけましたが、今は大阪にも、東京にも、ミレンはありますが、ありません。

176

昭和二十年七月十四日（十六日）（消印　20・7・16）／／長野県東筑摩郡島立村蛇原　岩間松雄方より／／大阪府南河内郡野田村丈六／／**織田作之助**宛（封書　長野三一原稿用紙五枚）

速達　五十銭

　七月七日におかき下さいましたカキドメソクタツと御会の入つたお手紙とゆきちがひに、昨日（十三日）の朝、七八町ぐらゐある郵便局に、六月十五日のお手紙のお返事を出しに行つたところでした。つまり、郵便局から帰つて、三時間ほどすると、七日づけのお手紙がついたのです。その七日づけのと前のお手紙に重複したところがいくらかありますので、昨日（十三日）出しました僕の手紙の中に、七日のお手紙のお返事になることが偶然すこし書いたことになります。たとへば、倉橋君のこと、『聴雨』のこと、『軽気気』のことなどです。

　さて、藤沢君とあなたが今年の上半期の小説を中心に対談会をされても、材料不足でお困りでせう。長篇ではよかれあしかれ、高見君の『東京新誌』と島木君の『礎』ぐらゐもので、あとは、あとは……（と申すと、あなたの作を度外視することになりますが、まづ…）さうでせう。

◎東京の雑誌のことは前便でかいたと思ひますが、「新潮」「早稲田文学」「文藝首都」その他等々はみな出なくなりませう。

　おはなしの『文藝春秋』も、共同印刷が丸焼け、『文藝』も二ケ月に一ぺんがセキのヤマでせう。

◯牧水の歌（「道端の秋草の花語るらく亡びしものはなつかしきかな」）を「想ひだ」されたとありますが、あれはたしか

「かたはらに秋草の花かたるらくほろびしものはなつかしきかな」かと存じます。

KATAWARANI AKIKUSA no HANA
KATARURAKU

とA（ア）の音が十七字の中に十一字つかはれてゐますので、いはゆる牧水調をなすものと愚考いたします。

◎僕は、西欧の小説（殊に短篇小説）にはアタマから感心してゐますが、西欧の人には、（武者小路流は別として、武田流にも、織田流にも、）あまり感心しませんので、小説に書く気になりませんし、小説に書く自信はありません。

　ずつと前から伝記のよく分からない司馬江漢を書きたいと思つてをりますが、これは一朝一夕には出来ませんので、「新文学」には、大阪に関係のない小説を書くつもりでをります。

◎もし大阪を書けば、やはり昔の大阪の思ひ出で、その

中に、大阪で僕のあひました何人かの平凡なやうで一種の奇人を書きたいと思つてゐます。が、その奇人の二人は全国書房にほんのいくらか関係のある人ですから、困つてゐます。

つまり、僕が大阪をかくなら、二十年ちかく大阪に住み、東京に二三年すんでから、大阪で一と月ほど（述べ三ケ月ほど）放浪生活をしました時分に、大阪を見なほした本を書きたいのですが、これは情報局などに色目をつかふ雑誌には出せません（出してくれさうにありませんん）ので、残念ながら、遠慮いたします。

◎文楽―僕は、フラチにも、この時世に、チクオンキを東京都から運び、まだつきませんが、津太夫、古靭、その他（ザンネンながら、津太夫は『堀川』だけで、あとは古靭の『合動』、『反新記』、『野崎』その他ですがの）レコオドをはこびました。それに、文楽の大好者、三宅国太郎君が、（今京都にゐますが、京都がキラヒで）松本に来たい、と云つてをりまして、殊に三宅君が、僕と、「余世を」文学その他を語つてくらしたい、と云つて来てをります。どうです、おもしろいでせう。僕は、極力、松本の知人をゲキレイして、たのんで、三宅君のすまひをさがしてもらふつもりです。

◎虚子は―僕は小学館発行の「作家論」のために『高浜虚子』（七十枚）を書きましたが、それの出る別巻が不急不要のために、原稿のままで持つてをりますが、（しかしもう校正も出てゐたのですが）それは虚子の小説を論じたもので、虚子の文学に対する理解の広さを尊敬する（漱石、三重吉、その他無数を世に出し、外国文学の紹介まで骨折つた人です）と共に、小説がいかに下手であるか、どういふところが下手であるか、を述べ、虚子が常識家であり、俳人でありながら詩人でないことなどを書いたものです。ただ、あなたがおよみになつた『風流懺法』とか『斑鳩物語』とかの空想的なものは、虚子がまだ初心な頃にかいたもので、ケガの功名のやうなものなのです。それから、『温原宿』といふのは、記憶にありませんが、もしそれがやはり初期の『大内旅館』でしたら、ちよつと自然主義風のもので、場所は大阪の北区（新大阪ホテルの川を二つほどこえて東南の方）にありまして、（虚子の『大内旅館』は、宿の名も本名、小説の中味も七分どほり本当ださうです。）全国書房の田中さんの紹介で僕はそのモデルの『大内』にとまつた事がありますが、この作もあまりよくないと思ひます。虚子論は『俳諧論』『続俳諧論』『鶏頭』その他と共に、お目にかかりましたとき、大いに述べかつ論じたいと存じます。ただ、空想が主の虚子（『俳諧論』の一部分と『柿二つ』は写実的なものですが）と丸で空想のない瀧井君と比べて、虚子に孝作より一枚上手に、杉山さんの『子をつれて』の逸話と、（ちがひますが、）ちよつと似たところがあります。妄言多謝。

◎アアサア・シモンズの『象徴派の運動』は本名はたしか『十九世紀の象徴派の運動』といふので、これは僕などくりかへしよんだものですが、あの泡鳴の訳は、奇蹟以上です。あれは、たしか「泡鳴の意見」泡鳴流の意見で、英語（何語でも）棒にホンヤクする法でやつたものです。例えば「私は本をよむ」を「私はよむ本を」といふ流です。

それから、人の名を、例へば、ボオドレエルをボドレル、アアサア・シモンズをアサ・シモンズといふ流儀です。それを、中村武羅夫が「新潮」の名訪問記者時代に、（僕は『文学的散歩』か何かに書いたと思ひますが）『新潮』の「不同調」欄（後のゴシツプ欄）の中で、泡鳴流にいへば、生田チヨーコー（長江）はイクタ・チヨコ、本人のホーメー（泡鳴）はイワノ・ホメといふ名ゴシプを書いたことがあります。

その中村君の話は、あの泡鳴『画象派の運動』は金に困つてウリコミに来たものださうです。

○泡鳴の大阪を論じたもので、いま記憶にありますのは、大阪弁を論じたもの（これは半分けなし、半分ほめたもの）と思ひます）と大阪婦人を論じたもの（これは八分けなし二分ほめ）とですが、他にも二三あつたと思ひます。

◎何とかして、大阪には行けなくても、奈良か京都かに出向いて、文学談に花をさかせたいと熱望してをりますが、軍公伊藤が切符はゼツタイにうらないと聞きまして、ガツカリしました。さうして「ジセツをまたう」といふフガヒないアキラメをしましたが、何とかして何とかして、と思つてをりますが……

あひかはらずの乱文乱筆、―もうおなれになつたと思ひますが、―どうぞ御ハンドク下さい。

七月十四日　　　　宇野　浩二

織田　作之助様

◎タベモノ（ヤサイのほか）は実に不自由をしてをりま

すが、ケイハウに殆どワザハヒされないのが（これも前便にかきましたとほり）なによりです。つまり、おちついてよみかきが出来ることです。
◎「新文学」編輯の河原義夫さんからウンともスンともたよりがありませんが、つづいて、雑誌を出すつもり（自信）があるのでせうか、おあひのせつ、失礼ですが、御デンゴンを――
○倉橋仙太郎君は、僕があひましたら、いろいろアブラをしぼり、いろいろ話させるのに、…と思ひます。
◎ノコリスクナになりました本と、原稿用紙と、その他の必要品（よみかき）の荷物がつきましたら、うんと勉強したいとたのしんでをります。
◎「新文学」の原稿は、出来たとこシヤウブで送るしか法がありません。⑤の下にかきましたやうに河原編輯者から何とも云つてきませんから。

177

昭和二十年七月二十五日（消印　松本川上／20・7・26）／／長野県東筑摩郡島立村蛇原岩間松雄方より／／大阪府南河内郡野田村丈六／／**織田作之助**宛（官製ハガキ）速達　三十銭

ぼつぼつ仕事をはじめましたので、今日ハガキで失礼いたします。◎やつと大阪と大阪人を題材にする小説の案ができましたが、前の『楽世家等』の主人公が大和屋の主人の末弟で、あの作のためにモデルから非常にオドカサれました。今度は、タネをあかします。元金箔商の茶谷半次郎君が中心ですから、実にかきにくく、その上、情報局のお気に召さぬ題材ですから、これ亦かきにくいのです。しかし、何とかして書くつもりですが、例の河原スロオモ君から、まだ何のたよりがないので、ちよつと気がかりです。◎その河原君から僕の居所を聞いたと云つて、奈良市北小路町慈眼寺でひそかに画作勉強中の鍋井克之から、「一度帰宅（池田）するが、八月中頃に又出張する」と云つて来ましたから、何とかして、八月中頃に奈良に行きたいと思つてゐるのですが……

178

昭和二十年七月二十九日（消印不明）／／長野県東筑摩郡島立村蛇原　岩間松雄方より／／大阪府南河内郡野田村丈六／／**織田作之助**宛（封

書　中長[196]原稿用紙三枚）　速達　二十銭

今日はかういふ紙で失礼いたします。昨日ソクタツの手紙を出しに行きまして、（局まで七八町）帰つて来ましたら、河原オクビヤウ編輯者から普通便の手紙がついてをりました。

昨日ソクタツで出しました手紙は一昨日の午前にかいたものですが、一昨日の午後、東京から送つて来ました荷物の中に漱石の全集の残り（焼け残り）がはひつてゐましたので、それを見てをりますうちに、ふと、僕が中学二三年生頃に、大阪道頓堀の本屋で、『吾輩は猫である』と樗牛全集を見つけ、三四年頃（たしか四年生頃に、）漱石の『坊ちやん』全部が「ホトトギス」に出てそれを『坊ちやん号』と称したのをよんだことを思ひ出し、その『吾輩は猫である』（この題は虚子がつけたのです）や『坊ちやん』を世に出した虚子のことを考へ、それより少しのち（中学五年頃）二葉亭の『うき草』を愛読したことを思ひ出しましたりしましたので、これは、「新文学」に、『回想の文学』を中止して、（実はこの月の十一日に送りましたのは、題は『回想の文学』ですが、独歩のことをかいたのです。独歩のことは、独歩の小説が手元にありませんので、三四年前に「俳句研究」にかきましたもの（キリヌキ）を元にして、書きましたので、ダラシナク少し長くなりましたが……。これを機会に、）『作家と作品』（仮題）とでもいふ題で、明治・大正・（それがすめば昭和）の作家と作品について、わざと系統を立てずに、思ひうかぶままに、（たとへば、漱石を思ひ出して書くうちに、ちよつと芥川にうつつたり、漱石が雛罌粟（ヒナゲシ）を『虞美人草』などといふ題にして、メレディスの『イゴイスト』そのままを、日本風の人物にかへて、小説をかいたり、『吾輩は猫である』もホフマンの『牡猫ムル』（本が手元にありませんので題名はちがひます）から思ひついた事がはつきり分かることを思へば、芥川が『今昔物語』からかなりそのまま『芋粥』を書いたのなどはまだ罪が浅いとか、さうなると、二葉亭がゴオリキイの何とかいふ作を『ふさぎの蟲』といふ題ですつかり二葉亭の創作的ホンヤク（これは二葉亭の小説より面白いです）にしたのはえらいとか、ざつとさういふ風に、わざと系統を立てずに、思ひうかぶままに、只十六七から今まで四十年ちかくの間によんできました作品

（小説を主として、時には戯曲、ホンヤク小説など）を、頭(あたま)に残つてゐるもの（頭に残つてゐるものは、よかれあしかれ、よい作です）について、その作品と作家について、書いて行きたいと思ひます。

この『作家と作品』（仮題）は、実は、去年の秋、東京のある一流の出版社（小山書店ではありません）からたのまれまして、いはゆる書きおろしにするつもりでしたところ、その出版社がセンゾク印刷所、製本屋と共に丸焼けになりましたので、それを他の本屋から出す代りに、その一部（全体は五六百枚）でも「新文学」にレンサイしようと思つてゐます。

これは口(クチ)ハバタイことを申しますが、今のところ、おちついた所にをりますので、『詩歌論』と共に、書きのこしておきたいと思ふのです。

さて、河原コハガリ屋氏のその手紙の中に、「七月号からは、多少編輯方針を変へて行かなくては、もう『新文学』も出せなくなるかと思つてをります。何分、今日の情勢ですので、こちらの思ふやうな内容の雑誌も出せません。残念に思ひます。が何とかして休刊せずにつづけて行きたく念じてをります」とあります。

こんな事をマにうけることはないと思ひますけれど、「新文学」は河原義夫田中秀吉を別として、今は大事な雑誌ですから、休刊されるとよろしくないと思ひますので、せつかく思ひ立つて、たのしんでをりました、前便で申し上げました、背景（時代も場所も）を大阪にとり人物も大阪人にとつた小説はそのままにしておいて（あとまはしにして、）他の題材（いつか申したかと思ひますが、）改造の「文藝」のために去年の四月頃五六枚書きかけて、そのままになつてゐますものにしようか、と思つてをりますが……、それは、幼年時代、少年時代（小学生時代、）中学生時代、大学生時代＝としだいに仕方(シカタ)のない人間になつて行つた者（僕の子です）が、こんな人間は仕方がないと思ひましたのと、子などにかまつてゐられない仕事をしてゐますのと、かまつても仕方がないといふ考へとから、何をしてもほつたらかしておいたのが、兵隊になつてから（学徒兵隊になつてから）しだいに人間が変り、たとへば気がしじゆう変つた男が一途になり、ヨクだらけの男がムヨクになり、した、といふ風に、変りましたので、兵隊になつてから初めて僕が子と話らしい話をした、といふやうな事を、土台(ドダイ)にして、小説に作りたいのですが、＝これだけおよみになつてもお分かりでせうが、僕には、実にカキニクイ題材ですから、あまり興味のない題材ですから、そのままにしてあつたのです。さういふ点でも大阪題材の小説より、気のりがせず、骨が折れ、骨をりがひのないものになるにちがひありませんが、「新文学」が出なくなることを思へば、日本文学の問題ですから、これにかへようか、と迷つてをります。

◎それから、河原君にも手紙にかいたのですが、「文藝春秋」が三月号を七日に出すとしても、「新文学」は、たとへば六七月合併号などとしても、なるべく、その月(つき)にちがい号を出したら、と思ひますが、貴意いかがでせう。

以上、河原氏にも同じやうなことをかいて、これに織田さん、藤沢さんに御相談して…と書きましたが、それだけでは、どうもタヨリない気がしましたので、例のランピツで走り書きをしました。

七月二十九日　　宇野　浩二

織田　作之助様

179

昭和二十年八月十日（年推定）／／**織田作之助**宛（封書　小山書店版原稿用紙〈20×20〉四枚）　封筒なし

七月三十一日上京、（東京午後三時着、）八月四日帰松（松本午後七時着―中央線不通のため信越まはり）＝十五畳の部屋にたどりつきましたら、七月二十七日お出しのお手紙が来てゐました。

この汽車往復（超々満員）のため、からだを害し、五日（この日配給の米＝実は米と豆＝をとりに二十町あまり歩いたのもたたり、）六日から半病人になりまして、まだ半病人状態であります。これでは、切符が手にはひりましても（これが又なかなか困難以上です）汽車旅すなはち病気でありますから、二の足をふんでをります。それは上京の車中で、近江の野州(やす)あたりでカンサイキにうたれた人の話を耳に入れたからでもあります。

わが友広津和郎は、一と月ほど前、北海道か、近江の安土か、＝どちらにソカイしようか、と迷つてゐた話を又ぎきしましたが、これが両方とも迷ひにならう、とは、です。

◎さて、『ほろびしものは』は富田君なら、（葛西の『風聞』の主人公）「みちばたに…」とやりさうです。
◎荷風は、僕は激賞派ではありませんが、この頃、初期のものから少しづつ読みかへしてゐますが、やはり、潤一郎などと違つて、稀有の芸術家でせう、潤一郎などと、比較にならぬほど。
◎たとへば「あめりか物語」（明治三十六年夏から四十年秋まで＝作者の二十四五から二十七八までの作品を集めたもの）だけを見ても、後の（四十年程）の作品にまで通じるものがあるだけでも…
◎しかし、杉山さんに、あまり荷風先生にカンシンし過ぎないように、おつたへ下さい。
◎『西鶴新論』は、お出しになりましたとき拝読いたしましたが、僕だけの愚見を述べますと、あまりカタヨリ過ぎてゐたか、と存じます。僕も、あなたのキビにふして、西鶴の小説については前から書きたいと思つてをりましたので、そのうち書きたいと思つてをります。
◎ランボオは特種なかの特種な詩人ですから、僕には、よく分かりませんけれど、（と、ここまで書いて、「アルチユル・ランボオに親し」まれた方に、こんな事を、と思ひましたけれど、僕は僕だけの、と思ひかへしまして、）—もつとも専門諸家にも不可解なものらしく、—翻訳（邦訳）では、僕の知つてをりますのでは、上田敏訳の『酔ひどれの船』は、未定稿ですが、敏流の名訳らしく、小林君の『地獄の季節』もよい訳と思ひますし、三富朽葉の訳詩は、これも部分訳ですが、うまい（これが一番うまい）と存じます。しかし、訳詩では、荷風の『珊瑚集』と光太郎のヴエルハーレンの訳詩と有島武郎のホヰツトマンの訳詩が、大ゲサにいふと、三大名訳と存じます。こんな事はみな仮題『詩歌編』にくはしく書きたいです。
◎「新文学」の小説は、河原義夫編輯子に熱がありません（返事もちつともありません）ので、どうも乗り気になりません。それに、寒さより暑さに弱い僕にはこの数日来の暑さが何よりの敵（サマタゲ）であります。もつとも、僕のいつか申し上げました大阪題材の小説が通過する（河原と情報局）としましたら、どうかして書きたいと存じます。「本当に枚数に制限されなければ、何枚◎◎でも書きますよ。
◎ヨリタカアソン（尊）は、僕への便りには、（「『酒のあるところ』をききに」行つたといふのはエンコツな云ひ方で、）「彼なら酒の飲める所を知つてゐるにちがひありませんから、酒をのみに…」といふ意味の文句がありましたから、「極く小さなコツプ」一杯ではアソン先生もさぞ大不満だつたでせう。

◎僕は、浄瑠璃（ジョウルリ）を聞きますと、いつでも陶酔の涙をながします。

◎茶谷半次郎（元（もと）金紙銀紙、アブラトリ紙商＝そのむかしの耽美派の文学青年）と前川佐美雄とのトリアハセは僕にはちよつと（ちつとも）見当がつきません、いかなる関係か。唯、茶谷君はユウヅウのきく人ですから、その点からなら、よく分かりすぎます。

◎僕は三宅君の芝居と文学に対する情熱に心からの敬意をはらつてをります。

◎関西急行が「一番便利な方法」（附＝ヤヤ安全な方法）としましても、松本―名古屋往復は、アリフレタ言葉ですが、（テツキと関係なく）殺人的なコンザツです。から書くだけでも、目がまはりさうです。

◎「文藝春秋」の三月号は、いつか申し上げたかと思ひますが、実に面白くありません。徳川夢声君のがまだしも（僕には）一ばん面白かつたといふ一事でもおわかりでせう。それから、僕の関係してゐる時分には、これも書いたかと思ひますが、銓衡委員でしたが、今のは推薦委員となつてゐますから、アゲ足をとりますと、銓衡をしないのでせう、（僕はアマリ銓衡し過ぎて、ほとんどいつも予選のとき＝今はヨセンもないらしいです＝芥川賞にガイタウするものなし、と云つて、係りの者にイヤがられましたが）「文藝春秋」の三月号のこの推薦委員たちの評のシドロモドロさに、不快（といふより、）気の毒な気がいたします。うちわを知つてゐますだけに。

◎「五件新文学、まづ小説、枚数制限なくおたのみいたします」といふお言葉は、この手紙の（2）の後半が僕の思ふとほりに行けば、よろこびいさんで、書きたいです。

◎いつか申し上げましたとほり、白石君は僕の愛読する人物です。

八月十日　　宇野　浩二

織田　作之助様

◎僕の手紙はトリトメないことをかくにきまつてゐます

から、そのおわびは以後略さしていただきます。

◎「文藝はどうも出さうに……とオクソクします。くだつて、このアツサに、もう一と月以上（いつか述べましたやうに）ヤサイ、ヤサイ、ヤサイで、もつたいないことですが、顔色が青くなりました。（「顔色が青くなりました。」は形容で、実はほとんど家にゐながら、黒くなりました。―これは信州にかぎらず、東京にゐてもでです。）

◎封筒にこれを入れようと思ひましたら、ゴランのとほり、六日とあります。六日は本文どほり、半病気になりはじめの日です。今も本文どほり、半病気です。

180

昭和二十年八月十五日（消印　松本川上／20・8・15）／／長野県東筑摩郡島立村蛇原　岩間松雄方より／／大阪府下南河内郡野田村丈六／／**織田作之助**宛（封書　新風土社蔵版A号原稿用紙三枚）速達　四十銭

五日づけを九日にお出しになりましたお手紙が十三日の夕方つきました。そのとき、（今月はじめの東京ゆきのタタリと急のアツサその他のために、その日の朝から半病人（以上）のていで床につき、）友人の夫人の医者（女医）に来診してもらつてゐました。かういふアリサマですから大阪題材の小説は、情報局などと関係なく、二十日ごろまでにはどうしても書けません。それは、小説はもとより、いかなる文章も、非常な遅筆であるからです。かつて「中央公論」の編輯長で、（主人＝作者＝がゐてもゐなくても、玄関に座りこむ、といふので有名な）佐藤観次郎君が久保田万太郎君と僕は遅筆の両横綱と称して閉口した程であります。しかし、この面白からざる両横綱は、いかにおくれても（雑誌の発行をおくらせるやうなことがあつても、）スツポカサズに書くといふ点で、妙な信用がありました。その反対に、いつまでも待たしておきながら、ドタンバになつて断るといふので、あらゆる雑誌の記者をテコズラしてゐる大横綱は川端康成君であります。

　さて、かういふ遅筆のわけで、その上、半病人のていたらくでありますから、普通の状態でも一篇の小説に二た月以上かかりますので、もし〆切を今月一ぱいぐらゐに「新文学」がのばしてくれましたら、『大阪の変り種』

（あるひは風変りな大阪人』（仮題）とでもいふ題で、随筆風の小説あるひは小説風の随筆のやうなものなら書けるか、と思ひます。その人々は、㈠相馬政之助（親質（オヤビチ））屋の長男―三高独文在学（大正三年頃）心斎橋筋八幡筋西へ入ル、後に洋行して白樺美術館のために絵を買ふ話をする。不思議な蔵書家＝無口）㈡西村貞（本名西村休次郎―太閤時代からの製金商、丸屋町通に家があり、これも洋行、全国書房より「日本初期洋画の研究」を出した人、大変な変者）㈢浜村付之助といふ素人義太夫の名人貴鳳の孫で、心斎橋筋□□筋の岸の砂糖屋の子、これも後に洋行倉田百三に心酔して、財産をへらす。㈣茶谷半次郎（略）白樺新しい村に関係したおかげ、これも晩年の岸田劉生のために閉口させられる。㈣鍋井克之（略）その他を、本名をつかつて、大正三年頃の日本文学□□□から、今に至るまでの芸術を背景にして、書きたいと思ふのです。これなら、一度にケイサイされない長いものですが、一人か二人づつに就いて書いても、僕にも興味がありますし、大阪の人のみならず、あらゆる人に大阪にもかういふ人物がゐたか、といふ事が知られることも面白いか、と存じます。＝河原カンマン記者は、二三日前にハガキをくれまして、（いくら速達にしてほしいと云つても、決してソクタツにしません、）その中に、自分の家が空襲されたために、すみかを探すために、お返事は二三日後に出します。その「お返事」とは、小説のこと、レンサイ随筆のこと、これからの〆切の月日のこと、会計がルスで稿料を月末におくると云つておきながら、そんな事（会計）と関係なく、稿料も二三日後に…といふやうな事が書いてあります。

◎それで、御迷惑でせうが、今後は「新文学」の原稿のことだけは、半分ぐらゐ河原カンマン先生を無視して、あなたに御相談することにさしていただきたう存じます。

◎楢崎勤君は、ずつと前から新潮社の近くの安城下にをられましたが、（彼も「新潮」記者をしてから二十年ずつと以上でせう）その安城下の家が例のサイナンで丸焼けになり、今は次ぎの所にをられます。

千葉県東葛飾郡旭村中根六十八

ここで、蔵書をことごとく灰にしたことをいたく悲しみながら、文庫本で、小説を、爆音聞きながら、よむのを楽しみにしてゐる、といふケナゲな便りをくれました。

○木村君は京都に帰つてをられないでせうか。北島宗人君も、「改造」があんな風になつてから、編輯長と佐藤積君ともう一人（名忘れました人）と三人名前で、アイサツのハガキをよこされたきりです。
○「寿し□」といふのは鍋井につれて行かれた覚えがあります。『天牛』は僕も、むかし、四五冊の本を買ひましたので、そんなことだけでなく、思ひ出の多い家で、しかも、昨年の秋、あなたに初めてお目にかかりました時、大阪にまゐりました時、あそこで、泡鳴の傑作『放浪』の初版を見つけ、一しよに行つた友人にそれ買つて贈つたことがありました。さすが『天牛』の御主人も、あの珍しい本を書棚にならべずに、下の横づみの中にはふりこんでありましたから、三円ぐらゐでした。
○古本屋といへば、曾根崎新地の、梅田駅から半町ほど南の、東西に通じる細い町の南側（堂ビルの前に通じる通りから四五五軒西にはひつた南側）のコブ屋のトナリに一軒ありましたが、あれも焼けたでせうか。この本屋では西洋の新しい本日本の新しい本などをかひました。

八月十五日　　　　宇野　浩二

織田　作之助様

まだ半病人です。御ハンドク下さい。

河原言語道断先生は半分ムシしませう。
◎河原グス君をムシしまして、「大阪特輯」のための僕の原稿（本文）のシメキリは今月中でよいでせうか。
◎『作家と作品』は漱石から始めようか、荷風から始めようか、とちよつと迷つてゐます。

181

昭和二十年八月二十日（消印　20・8・21）／／長野県東筑摩郡島立村蛇原　岩間松雄方より／／大阪府南河内郡野田村丈六／／**織田作之助**宛（四〇〇字詰原稿用紙二枚）　速達　四十銭

今朝（二十日午前七時頃）下のラデイオで陛下が、燈火をアカルクセヨ、娯楽をタノシマセヨ、とおほせられました由といふのがきこえました。僕は、かういふ成り行きになるとは思ひもいたしませんでしたが、もうかうなつてみれば、高村光太郎さんが「鋼鉄の武器を失へる時、精神の武器おのづから強からんとす、真の美と到らざるなき我等が未来の文化こそ…」とうたつてゐるのに心から同感いたします。『武』の時が去れば『文』の時来たる、とでも云ひませうか。文化といふ言葉は僕にはよくわかりません。

◎さて「新文学」の創作特輯号に僕は、前に申し上げましたのはあとまはしにしまして、創作を書きたい、と思ひ立ちました。僕は、さういふ特輯号が出るとは知らずに、北條誠君にお願ひしまして、『山吹』といふ小説を書いてもらひ、それはもう北條君から河原君にお送りしました筈で、もう一つ「新潮」に出ることになつてゐました佐藤善一君（いつか「新文学」に『死霊』を出した人で、あれはナンですが、今度のはちよつと面白いさうです）の『月と柿と栗』が、これも、楢崎君から云ひつけて、新潮社から河原君に送らせた筈です。出来れば、これらの小説の出る号に、僕の小説を間に合はせたいと存じます。（いつかお願ひしましたやうに、御迷惑でせうが、「新文学」のことは、これからも、まるであなたが編輯なすつてをられますやうに、あなたに申し上げさせていただきたいと存じます、勝手ですけれど。）

◎いつか河原君に小説の稿料を聞いてやりましたら、「八―十円さし上げられるか、と……」といふ返事が来ましたので、「僕は小説で十円以下の稿料をもらつたことはありません。」と、河原君とハンタイに、ハツキリ答へておきました。

◎それから、「新文学」の何月号といふのを、かういふアリサマのトキですから、たとへば、今年になつてから出たものを、一月号、二月号、三月号といふのを、今年からは変でしたら、来年からは第一冊、第二冊…といふやうにして、裏表紙に

> 何年何月何日印刷
> 何年何月何日発行　新文学（第何冊・通巻何十号）全国書房発行

といふやうにしたら如何でせう。さうして、表紙には

新文学

第　　何　　冊

かういふ風に。右の案は、但し、「岩手文藝」のマネでありますマネでも、これはよい方法か、と思ひましたので、御参考までに。

何月何日合併号はアリフレテゐます上に、これは、何月何日発行合併号になりさうですから

◎また、今月はじめからのレンゾクで、四半分ぐらゐ病人の上に、この一週間ばかり、急のアツサのレンゾクのために、身心ともにほんの少し弱つてをりますので、すこし不安ですが、ここに申し上げました小説は何とかして書きたい、と存じます。出来ましたら、あなたアテにいたしませうか、やはり、河原さんアテにいたしませうか。あなたアテにさしていただきたいです。

八月二十日　　　　宇野　浩二

織田　作之助様

◯いつか申し上げました古本屋は

大阪市北区梅田新道　烏城閣　黒崎書店

デンワ　北七四〇八であります。

182　昭和二十年八月二十四日（消印　20・8・25）〃長野県東筑摩郡島立村蛇原　岩間松雄方より〃大阪府南河内郡野田村丈六〃**織田作之助**宛（四〇〇字詰原稿用紙七枚）速達　四十銭

拝復＊二十日づけのソクタツお手紙と、たしか僕が二十日に出しました手紙とユキチガヒになつたらしいです、いや、たしかにユキチガヒになりました。お手紙のはじめの「出口王仁三郎」のことについて、僕もその二十日の手紙に一言かいたからです。

＊欄外「コレデモ、去年ノ秋丸善ノ重役ニタノンデ、ヤウヤク手ニイレマシタ原稿紙デアリマス」

◎「これからは、」といふより、「本当の文学」は、いか

なる時でも、たとひヒロシマに無茶なバクダンが降つた時さへ、日本のどこかに、日本の方々に、「本当の文学」は、(大へんリクツになりましたが、)不断に、生まれかけ、生まれつつある、と僕は信じてゐます。いかなる片隅にあつても、芽を出す(芽が出せる)のが文学のツヨミと信じてをります。

◎『新文学』はどうなるか、「目下のところ情勢はわかりませんが……」といふところは、ちよつと(ホンノちよつと)こたへました。実は、イヤシキハナシですが、数日前、イワシのヒモノを岩手県の友人からおくられ、おなじころ、ニシンのヒモノ(三疋)ハイキユウがありましたので、この一と月あまりのヤサイバラに、そのサカナのやうなものを少し入れましたので、『全健康』にいくらか近くなり、「新文学」のために、いつか申し上げました『大阪の風変り人物』(仮題)の第一回にあたるところを三四枚かきはじめ、どのへんで第一回のところを切らうか、と考へてゐたところであるからです。

数ケ月前、小田急にのるために、新宿駅のプラツトフオオムで列をくんでゐますと、中老の庶民階級の人(二人)の会話にかういふのがありました。「今はイワシがサカナの王さまだよ。」「まつたくさうだね。イワシは今はサカナの王さまだね……」

◎ケイハウの笛は、たびたび申しあげましたやうに、こちらにまゐりましてから一と月あまり、延べ十度ぐらゐ鳴りましたけれど、一度も「よみかき」をサマタゲラレタことはございません。あれが鳴らないと、はじめはちよびつと物足りない気がしましたが、今になりますと、やつぱり鳴らない方が心のそこから、セイセイいたします。

◎山本実彦君の雑誌は、当分、ちよつと読めさうにないと思はれますが、例の円本を出すとき、柳田泉君が相談アヒテの一人になつたとき、柳田さんが、アタマから、「六号三版なんてソンにきまつてゐるよ、」と云ひますと、「でも、十万(、あるひは一万)うれたら、」と山本実彦ガムシヤラ君が答へました。そしたら、三十何万出たといふ古事(フルゴト)を考へますと、今に、雲を待て、アラハレルことも大いに考へられます。さうありたいと待望いたします。

◎木村徳三君は、本当としますと、よい所につとめましたね。と申しますのは、養徳社(実は天野時報社)は、東京のサイクウで焼かれないとすれば、日本出版界で一等（段ちがひの一等）の紙持（カミモ）チであつたからです。それですから、丹波市のどこかに（ヨコアナにでも）長大量の紙を私蔵してゐるかもしれないからです。

僕は木村君のおかげで（文学時散歩）のやうなものでもレンサイしつづけられました上に、木村君とは大へんウマがあひますので、情勢がよくなれば、京都（か奈良＝丹波市でもイトヒマセン）で、あなたと三人で快談したい、と切に思ひます。

◎大阪の新しい作家のことは、作品をほとんど見てゐませんので、（見ましたのはラクダイ）僕にはよく分かりません。また「文藝春秋」がつづいて出せるやうになつても、菊池君が黒幕にゐるかぎり、佐々木茂索君がその番頭であるかぎり、僕は「本当の文学」とますます縁が遠くなるのではないか、と考へます。

◎「こんどの芥川賞の作品」については既に申し上げたかと存じますが、僕が、前のやうに、予選委員兼詮衡委員をしてゐましたら、ヨセンで落とす作品です。僕が、ヨセン委員をしてゐました頃、いつか申しあげましたやうに、「こんどは芥川賞にガイタウするものなし」と云ひますと、「それでは、他の委員たちにまはす（よんでもらふ）作品がなくなりますから、」と、こんなことを二三度も係りの者にいはれて、しだいに（委員に）イヤ気がさすやうになつたのですが、こんどの場合は、作品が問題にならない上に、推薦委員たち（僕の関係してゐました時は詮衡委員）の『芥川賞選評』のシドロモドロさが、醜態であると共に、ナニかに気がねしてゐるところに、（それが醜態といへば醜態ですが）同情のやうなものを感じます。しかし、それ以上申し上げたくありません。

◎吉田栄三は、文五郎とは比べものにならない、大名人と思つてをりますが、僕には、どうも、名人、偉人などを書く興味も腕もありませんので、今ちよつと考へてゐますのも、無名の一詩人を中心に、竹久夢二をその次ぎくらゐにあつかひ、それに、伊藤左千夫、斎藤茂吉、島木赤彦などをあしらひ、ついでに、小川平吉、犬養毅などをちよつと出す、——といふつもりのものです。しかし、首尾よく出来ますか、どうか。

◎「河原君、目下住所不明。」は甚だ困りました。（住所不明でも、全国書房に出房してゐて、そこに、田中房主か会計課がゐてくれればよいのです。これだけでお分かり（お察し）下さいますでせう。
◎七月十一日にカキドメソクタツで送つた原稿料を、これを見しだい、送つてなければ、送ること。
◎こんど小説を送つたら、それがつきしだい稿料を送ること。（この前のやうに、自分の家がセンサイにあつたといふ理由で、四五日待てなど云はないこと。）―以上のやうな意味のことを、昨日（二十三日）ソクタツで書き送つたところです。
◎北條誠君の小説（『山吹』）がついたかどうか。
◎佐藤善一君の小説（『月と栗と柿』）が新潮社（申し上げたかと思ひますが、「新潮」に出る筈のが、当分発行中止のため）からついたかどうか。

＝

ドウデス、コンナニ骨ヲ折ラセルノガ河原ヨシヲさんです。
◎河原その他の小説は、あなたが御らんになつてから、及第ときまれば、サンセイ。編輯者の後記の署名は反対、だいたい後記（編輯）といふものは、楢崎君のやうな人でも、「文藝」の野田君は勿論、「文藝春秋」三月号のでも、ハナモチならぬシロモノと存じます。
◎「大阪文学」出ましたら、随筆（のやうな評論）あるひは論文（のやうな随筆）を書かせていただきませう。
◎スタンダアルは『カストロの尼』『パルムの僧院』のやうなクワンペキな作品より、『赤と黒』殊に『パルムの僧院』がよい、と僕は思ひます。バルザックは、『従兄ポンス』が一番すきですが、『従妹ベット』『ゴリオ爺さん』『絶対の探求』、『コウゼニイ・グランデ』などと数へますと、たまりませんし、僕として、数へ切れません。トルストイは話がかたいさうですが、直木が植村宗一時代に出したものでしたら、『アンナ・カレニナ』はたしか中村白葉君としましたら、これは噴飯でせうか、『戦争と平和』は米川君ですから、「かうしなきやあ」などといふクセがあつたやうに思ひますが、じやが芋飯ぐらゐのところでせうから、『戦争と平和』だけは、まだでしたら、おすすめいたします。ドストイエフスキイは、モウパッサンの『ピエルとジヤン』がもつとも藝術的とすれば、やはり『永遠の良人』がよいと思ひますが、やはり、『カラマゾフの兄弟』『白痴』『悪霊』その他、それから、僕の好みとしては『虐げられし人々』、『貧しき人々』、あまり好きませんが、やはり『罪と罰』それに『死人の家』＝やはり、ドストイエフスキイ、トルストイ、フロオベル、バルザック、などといふ連中にはアタマがさがります。チエホフは、邦訳は、中村君の全集はアクヤクで、秋庭俊彦君の重訳（英訳から）や広津の重訳、小山内薫の重訳の『決闘』などが名訳です。名訳といへば、小山内薫のゴオリキイの『夜の宿』（どん底）か、やはり、重訳ですが、名訳です。つまり、語学の達者より、文学のわかる人の訳の方がよい訳でせう。

しかし、僕は、いつか申しあげましたかと思ひますが、結局、タイセイのスバラシイ小説より、明治、大正（昭和）の日本の小説の方が、面白く、身ぢかなカンがいたしますから、どちらかといへば、ハヤリコトバと関係なく、日本の（近代の）小説、がやはり面白いです。ヒカクにならないほど。

◎『軽気球』は大大サイナンですね。「もう一ぺん」といふのは、失礼ですが、はじめて書くより、むつかしい、（といふより、）イヤな事とお察しいたします。

◎もう「情報局などといふものに気兼ね遠慮」はいらないのではありませんか。絶対にいりませんよ。

◎荷風といへば、筑摩書房で、最近の小説と随筆を去年の秋でしたか、出す（出させてもらふ）約束をしましたのが、例の『不急不要』（あるひは「この時節に以ての外」と中止させられたのか、今度は出せるでせうから、房主（これは、全国書房主とハンタイの、文学的良心のあり過ぎる房主ですが）のヨロコビはもとより、僕らも実にうれしいことと存じます。ついでに、潤一郎の『細雪』の中巻も、このたびの事で、出せるやうになれば、と待ちまうけてをります。

このたびの事、谷崎精二の最近のたよりのうちに、「平和来る。感慨無量。お互の無事を祝したいと思ふ。」とあります。これは精二の小説よりうまいでせう。

◎さて、「新文学」ですが、今のところ、まづ『大阪の風変りな人物』（仮題）を書き、（これは一度に出せませんが、長くて、）次ぎに、『作家と作品』（これはどうしても書きたいです）といふ順にしたいと存じますが、前便で申し上げたかと存じますが、河原ノロ氏がいくらかでもソクタツ氏にちかくなるまで、御メイワクでせうが、当分、あなたのお手もとに原稿送らせていただきます。

河原ヘンシュウから返事も何も来ず、田中房主が房主らしくあるかないか分からずの状態ですから……田中房主に一度テガミ出すつもりです

八月二十四日　　宇野　浩二

織田　作之助様

追伸―⑥までを昨日（二十四日）かきまして、朝ゴハン（豆ゴハン）をすましてから、郵便局（ここから五六町）に出しに行かうと思つてをりましたら、オゼンの上にのつてゐる郵便物のなかに、

◎「文藝」の編輯長（兼小ツガヒ一切）の野田宇太郎君（自宅）のソクタツ便がまじつてゐました。その中に

「……ついで十五日を迎へ、いよいよ『文藝』も多忙を極めてゐます。何しろ人手全くなく一人ですから……（欄外今年の四月頃です）かねてお願ひいたしました『小説』九月十日まで（おそくも）…九月号に組み込みたいと存じますので、五六月号やうやく出来、七・八月号校了となり、来月早々出版予定です、いよいよ文学の問題も表面に出る時が来ました」とあります。

合併号か野田宇太郎（詩人「九州文学」同人）さへかくの如き意気だけはあり、河原義夫に野田宇太郎のツメノアカをのませたきものに候、いかが。

◎七月末頃のお手紙でしたかに、たしか「『文藝』は出さうですか」といふお言葉があつたかと思ひますが、僕のオクソクでは、野田君は、もと小山書店にゐた人（小山店主が小倉の区役所にツトメてゐたのを迎へに行つた人）ですが、わけあつて、小山をやめ、第一書房に行き、第一書房が河出書房に買収されたとき、河出に来た人ですが、相当のイヂハリヤですから、まづ出ると見てよからうと存じます。オクレバセに御一報いたします。さうしてこのさい、おたのまれになつてゐるのは、お書きになつた方が、と愚考いたします。僕も、野田君にちよつと義理がありますので、かくつもりです。『詩歌論』（仮題）の参考書になる詩集数冊をかりてゐるのです。

◎野田君に、もう二三冊詩集をかりたい手紙を出しますから、そのとき、あなたにお書きになることをおすすめした、とかいておきますよ。コレハトリケシマス

コレデモ、去年ノ秋、丸善ノ重役ニタノンデ、ヤウヤク手ニイレマシタ原稿紙デアリマス。

183

昭和二十年八月二十七日（消印不明）／／長野県東筑摩郡島立村蛇原　岩間松雄方より／／大阪府南河内郡野田村丈六／／**織田作之助**宛（四〇〇字詰原稿用紙一枚）　速達　四十銭

たびたび（あまりにたびたびたび）のソクタツ郵便で御メイワクと万々承知してをりますが、◎「新文学」は、出るのでせうか、出すつもりでせうか。（これがハツキリわかりませんと、せつかくの思ひ立ちのものを書く気になりませんし、それをあとまはしにして、他の原稿を書きたいと思ひますので――）

この事、勝手ですが、とりいそぎ、おまかせ下さいませんか

◎ワタクシゴト

◎ゲエテの『フアウスト』をよみかへしたくなりましたので、もし京都の本屋にでもありましたら。それから、大阪に、「文学的散歩」の中にかきましたが、金尾文淵堂（金尾種次郎）なるものがありますが、これも大阪で焼けたと思ひます。この金尾文淵堂から出しました、与謝野晶子の『新新訳源氏物語』（友だちの家で焼かれましたのを、はじめの二冊しかよまないうちに）が、京都で印刷させたさうですが、これがありましたら、お買ひ下さいませんか。

○今日はホンノコレダケデ……

八月二十七日　　宇野　浩二

織田　作之助様

184

昭和二十年九月四日（消印不明）／／長野県東筑摩郡島立村蛇原　岩間松雄方より／／大阪府南河内郡野田村丈六／／**織田作之助**宛（封書原稿用紙一枚）　速達　四十銭

今日（八月四日）はかういふ原稿紙です。

まづ、唯今新文学編輯部河原義夫といふ封筒で、ベンカイをちよつとかいて稿料を入れ、その手紙の中に「新文学今後については、一度編輯会議を開き、新しく出発の予定です。復活（といふ言葉は変ですが）第一号は、

今から予定して十月号になるのではないかと思ひます。決定次第お知らせいたします。」

どうです。これでは話しにも何にもなりませんね。

◎京都での会合（快合）汽車にさへのれれば、大喜びで参会したいと存じます。

◎文学報国会も、美術報国会も、みなみなカイサン、バンザイであります。

◎それでは、栄三をキタイいたします。

◎今日は、これから、ここに来て初めての遠足（友人）に出かけますので、くはしいことは明日申し上げます。（ヘンナモンクですが、＝申し上げることが、たまつて、多すぎるからでもあります。）あわただしい手紙で失礼いたします。

九月四日　　宇野　浩二

織田　作之助様

◎スタンダアル、バルザツク、＝かういふクセモノ大作家には、クセモノらしい、何ともいへぬ、面白味があると共に、「トテモカナハン」といふカンジもさせられます。

◎新潮社から送つた佐藤善一氏の小説、出さないのなら、かへして（至急に）くれとゲンダン下さいませんか。御面倒ですがおしらべ下さいませんか。

185

昭和二十年九月四日（消印不明）／／長野県東筑摩郡島立村蛇原　岩間松雄方より／／大阪府南河内郡野田村丈六／／**織田作之助**宛（原稿用紙二枚）速達　四十銭

追伸（けさ＝九月四日朝、長野駅云々の原稿紙にかきました手紙の追伸）

あの手紙で遠足とかきましたのは、一里あまりですが、実は電車があるのです。それが中止になりましたので、八月三十一日づけのお手紙をみながら、この追伸をかきます。◎河原クンが「今日三十一日正午現在まだ現れません。」とお手紙の初めにありますが、僕のところに今朝つきました彼の手紙の日附が八月三十一日で、その手紙のなかに、「七月二十六日至近弾のため自宅倒壊しまして、（中略）住む家がなく、（中略）やつと友人の家に同居さしてもらひ、（中略）何かと雑用のため、一ケ月ほど会社を休んでしまひました。」とあり、この文句のあとが、先きの手紙に報告したとほりであります。但し、あのあとに「まだまだ家のことで落ちつきませんので、今日はこれで……」といふモンクがあります。
◎これですから、貴言どほり「もう河原君をよして、直接田中氏と交渉の方がよいか、(よいにちがひない、)」と存じます。
◎戦争が終つたことが、すぐでなくても、文学が(本当の文学が)おこること、とは十人が十一人まで云ふやうですし、僕もそれを信じてゐます。その一例は、あの「文藝」(河出)の野田宇太郎君(「九州文学」同人)が、手紙の中に「東京は米機乱舞です。然し、戦争はすでに過去の愚となり、ひたすら『文藝』の仕事に打ちこんでゐます。」と書いてゐるほどです。その野田君に、「文藝」の四月号を、こちらに送つてもらふために、「織田さんが見られたさうですか」と書いてやりましたら、「四月号は、私が九州旅行中に出来、すぐ織田氏へも送るよう申つけておきましたが、その贈呈分をふくめての四百部が、印刷所で盗難にあひましたので、編輯用さへ一部もない不始末」と云つて来ましたから、あなたのお待ちの「文藝」四月号は、中味はいかにペケでも、貴重品となつたらしいです。その「文藝」の三月号はウリキレださうですから、「新文学」も木村君のやうな名編輯者を持て、ウリキレ以上にしたいものですね。
木村君の京都の御住所おわかりでしたら、お知らせ下さいませんか。
◎トルストイの書き方はいはゆる本格ですから、書き方だけでいへば僕はあまり好きではありません。バルザックの数多の小説のなかで、『老ゴリオ』は僕の好きな作品の一つですが、どうぞ、『従兄ポンス』をよんで下さいませんか。
　トルストイはプウシキン系統ですが、プウシキンと反対のゴオゴリは(ツマリ、時代とトルストイよりずつと前の人ですが)、トルストイとは反対ですからゴオゴリをおよみになることをおすすめいたします。殊に『外套』＝ドストエフスキイに『貧しき人々』をかかせるアンジを与へたもの『イワン・イワヰツチ』(イワン・イワノヰツチが喧嘩したお話)『死せる魂』『検察官』(戯曲)その他をおすすめいたします。
◎桑原静雄さんは、やはり京都の、たしか『赤と黒』を訳されました桑原武夫さんとちがひますか。(ちがふら

しいですが）
◎吉田栄三の子供の頃を、のちに大名人になつた人と予想されないで、お書きになつたら、どんなものでせう。＝愚見ですか。
◎いつかのお手紙に、旅行するには、米の配給券（旅行券）を配給所に行つて…とあつたやうに思ひますが、今は、ずつと前から、こちらは、ヒキワリ麦七分米三分ですから、これだけで、宿屋には通用しませんし、京都に行きたくて行きたくてしやうがなくても、当分（以上）旅行（汽車に乗ること）が出来るさうですから、クヤシイです。
　伊吹さんにお目にかかれましたら、フロオベルの小説について、いろいろおうかがひしたいと思ひます。
◎「新文学」発行のこと、御面倒ですが、田中さんにお聞き下さいましてお知らせ下さいませんか。
　八月四日　　宇野　浩二
織田　作之助様
北條誠君の『山吹』（これも前にかきましたが）も河原クンあてに、ついてゐる筈ですから、おねがひいたします。
けさの手紙のなかにお願ひしました、新潮社から送らせました（楢崎君が）佐藤善一君の小説は、前のより面白いですから、やはり、「新文学」に出すよう、田中さんにお話し下さい。『月と柿と栗』

186

昭和二十年九月六日（封筒裏日付　九月一日）（消印不明）／／長野県東筑摩郡島立村蛇原岩間松雄方より／／大阪府池田市北轟木（トドロキ）一ノ二／／**鍋井克之**宛（封書　四〇〇字詰原稿用紙二枚）十一銭

◎谷崎精二のたよりの中に曰く「平和来る、感慨無量、お互ひの無事を祝したいと思ふ。」―これは精二の小説よりウマイだらう。
◎松本―東京は遠いが、―僕の上野の家は、（あの辺だけほんの少し残つた中で〔〕焼け残つたが―遠近に関係なく―今のところ、僕は東京に引き上げる気はない。
◎「大阪駅より南方を眺めると夏草を通して」と貴便にあるが、東京はどこから眺めても、鉄のザンガイばかりで、「外国（グワイコク）の街」どころか、赤い鉄だらけの残骸（ザンガイ）ばかりで、何の味もない。もつたいなくも畏（カシコ）きあたりで、「燈火をあかるくせよ」とのたまふても、これは大阪もさうだらうが、東京にはあかるくする電燈をつけるところが殆どない。貴兄は「早く東京行きの汽車に乗れるようになるのを待つのみ」と云ふが、乗つて来て見てビツクリせん。

○それより、僕は、「早く京都、奈良に行ける汽車に乗れようになるのを」鶴首して待つてゐる。殊に京都にはあの「メオトゼンザイ」こと織田作之助が、ずゐぶん、食ひ物や宿屋のいい所を知つてゐるらしい（ゐるらしい、でなく、ゐるので、）京都に行きたい。彼—織田は京都の三高にゐた上に、三年で出るところを、落第したので、京都に五年ゐたさうだ。落第生が五年ゐたのだから、マジメ生が十年ゐるより、京都のたべ物屋、宿屋その他に通じてゐるわけだ。

○日本文学報国会、美術報国会—報国、軍国、みなカイサンになり、これからも、グンジン、グンジユ、—グンの字のつくものはみな消滅するにちがひないから、君が「あるだけの絵の具を使ひはたす」のが早いか、僕が「あるだけの原稿紙を使ひはたす」のが早いか＝そんな心配は、鍋井君、いらないよ、二年も立てば、絵の具も原稿紙も、いくらでも買へるやうになるよ。

◎東京といへば、横山大観の家も、鏑木清方の家も、石井柏亭の家も、おそらく中川紀元の家も、斎藤茂吉の家も、高村光太郎の家も、里見弴の家も—とならべてゐるより、宇野浩二の家と豊島与志雄の家と…と残つてゐる家を数へる方がラクだらう。牛込カクラザカは三分でやけた。つまり、文士、画家などの家は、貸し屋も、持ち家も、八分か九分は焼けてしまひ、しぜん、数多の（無数の）本も絵（洋画、油絵その他）も、東京にあつたものは八九分は灰と化したらう。—そのため、東京の文士画家の大部分は、遠近その他の国々に転居した者は、東京に帰つても、住む家がないだらう、みな焼けてしまつて。僕の家など、（本その他が残つてゐるので、二た月以上そのままになつてゐるが、）焼けなかつたのが、本人の僕が考へても、誰が考へても、フシギなくらゐだ。出版屋もいつか報告したとほり、印刷所、製本屋が八九分ないので、東京にはあるのは、仮事務所ばかりなり。

◎「東京行きの汽車に乗れるやうに」なつたら、東京の焼け野ケ原を、参考のために、見にくるんだなア。

九月六日

宇野　浩二

鍋井　克之兄

187

昭和二十年九月十日（年推定）／**織田作之助**宛（封書　新風土社蔵版A号〈10×20〉原稿用紙七枚）封筒なし

織田　作之助様

九月十日朝　　宇野　浩二

昨日（八日）と今日（九日）と、昨日は夕方、今日は午後、その原稿紙で七枚かきましたが、そこへ六日づけのお手紙がつきました。ソクタツが、早くて（松本—東京—松本）二日、おそくて三日（松本—大阪—松本）につくやうになりましたのは、これまでイバリクサツテゐた者どもが大失敗をしたおかげの一つか、と思ふと、せいせいしますね。あのイバリクサツテゐた者どもの中には僕の小学中学の同級のヤツが、大将とか、中将とか、いつて（五六人ゐました）、（あるときはヨコスカで、戦争前でも驚くやうな御チソウをして（昨年の秋）くれましたが、さういふ連中が、途方にくれるやうになつて、そのハンタイの文学が（本当の文学が）トキメク時(とき)がくるのが遠くない、と思ふと、僕の部屋の窓から、夜になると、松本の空が、アカリで、戦争前の時分のやうに、あかるい以上のアカルサが感じられます。

今日（九月八日）「文藝」がつきました。僕が七分どほり予想しましたとほり、五六月合併号（通巻第七〇号）となつてゐます。

野田君の『後記』に「四月号はまだ出来上つてゐないのに、五月号の後記を書く。戦時下やむを得ないことである。」とあります。小説は四篇で、井伏、武田、稲垣の三君のは、井伏と武田君のは南の方に行つてゐた時の話、稲垣君のは徴用工で働いてゐた時の話ですから、河原流にいへば、「情勢の変化」でまつたく使へないものでせう。井伏、武田、稲垣の小説、一ととほりの出来で、ツマリません。

◎佐藤君のものはあのままで使へますか、今朝(ケサ)ソクタツで佐藤君から、あれ（『月・柿・栗』）は返して欲しい、と云つて来ましたから、僕のところまで、至急、送つてくれるよう、おつたへ下さいませんか。

北條君のも僕はあれでいいと思ひますから、ちよつとおよみ（ケンサして）下さいませんか。
◎佐藤君のは、右の代りとして、河原流に見ても「情勢の変化」でも、さしつかへのないもの（小説『ふるさとの山』）を今朝のソクタツで、『月・栗・柿』の代りに、送つてきましたから、それを『大阪特輯』のつぎに出すよう、（これはスヰセン出来ますから）河原クンにおつたへ下さいませんか。（これは全国書房河原君あてに送ります。）
◎「新文学」にまづ『大阪の風変り人物』（仮題）を出し、それから『作家と作品』をかくつもりですが、「新文学」はハツキリ出るのでせうか。
◎『作家と作品』は、来年からでも、僕は、いつか申し上げましたやうに、センエツですが、僕の四十年ちかい文学（読書）から、得ましたことを、かきのこす気で、たのしく、かきつづけたいのです。
◎『大阪の風変り人物』は、小説とはいへないものですが、小説風の随筆（あるひは随筆風の小説）のつもりですが、これは、いつか申し上げましたやうに、今のかんがへでは四五人ですけれど、それぞれの人物によつて長短がありますから、一度（一回）に二人かけるときもありますが、僕としては随筆風の小説（つまり、小説にちかいもの）にしたいと思ひますので、一回分でもいくらか長くなります。その一回分は何枚ぐらゐまでいいでせうか。
　この手紙はまるであなたを「新文学」の編輯者あつかひして書いてゐますが、そのつもりですから、（失礼）おゆるし下さい。
◎この〆切は何月何日ですか。
◎原稿料ヒキカへで送るよう、田中秀吉（ヒデヨシ）公にゲンダン下さいませんか。
　これは東京―松本へ荷物（本＝ヤケノコリの本、レコオドなどがありますので）を送るために、大ヤミ代をト（ボ）ラレましたので、貧乏してゐるからです。いかなる程度の貧乏であるかは、お目にかかつたときウチアケますが、一昨年広津の原稿の収入が一年間に四十円であつたことを聞いて、「ヒロツはナマケモノだから、ソンナモノダラウ」と僕はいひました。それで御ハンダン下さい。
　半月ほど前、秀吉ツアンにゲキレイの手紙をかき、その中に河原ナマケ記者のナマケのよくないことも書きましたが、ヘンジくれません。この秀吉も長い戦争時分に、情報局の負などこしらへた男ですから、今はショゲテルのではありませんか。一例、吉川英治、佐藤春夫、菊池寛、火野葦平その他（順不同）は田中秀吉と同断でせう。

◎「文藝」は、あの紙ケンヤクで、普通の雑誌より小形（コガタ）ですが、小説を二段に組み、一段二十行二十三字ヅメですから、一ペイジ四十行四十五字詰ですから、四百字ツメ原稿紙で四枚半ぐらゐはひります。「新文学」もかういふ風にして小説を出来るだけ分量多く出してほしいと思います。すると、「文藝」は小説に四十ペイジ使つてゐますから、百八九十枚（四人ですか）の小説を出してゐるわけです。

◎「文藝」のマネはしなくてもいいわけですが、このくらゐのマネはして、もう一つ、何何月合併号として、『大阪特輯』も『創作特輯』も、「新文学」でやつたらいかがでせう。なお「文藝」は96ペイジです。

「文藝」の大欠点は露伴、富本憲吉、木下杢太郎、向井潤吉（ヘタクソ）衆などをムヤミに採用することです。露伴も、憲吉も、杢太郎も、昔々仕事をした人ですから、

もう一つ編輯の野田君が詩人のため、詩を出しすぎることです。五六月合併号の堀口大学君の詩はナツテキマセン。

◎田中秀吉と、ついでに藤沢桓夫も、ゲキレイして下さいませんか。

◎カミヤシキは、病気をしらぬ健康男で、「新文学」創刊時代に、毎月一度上京して、原稿サイソクに来ましたが、これは実に適役でした。その代り、文学のことはナニもしらないやうです。

◎広津が一昨年四十円しか収入がなかつた、と聞き、三万円で家を（彼の母のたてた家を）売つて、二万円（二た間の家）を買ひ、残りの一万円で三年くらす、と云つたのを聞て、僕は一万円は大金だが、ヤミのたべもの買つたら、一年がアブナイと思ひましたら、はたして、一万円は一年でなくなつたさうです。その年の収入が四十円ですから、

広津もクルシイだらう、と思つてゐますと、ある友人のハナシに、広津が「宇野はどうしてくらしてゐる」と聞いたさうです。コレハ五十歳代の純文学の作家の生活（クラシ）ノ見本です。

◎白川君は、『崖』にはじまつて『崖』にをはつたやう

な作家で、人間はまつたく知りませんが、芸術家でないやうです。北條は、東京交通何とか社にツトメ、佐藤善一は、陸中山田の町長ですが、作品のよしあしは別として、作品の傾向はまつたくちがひますが、僕の知るかぎりアケテモクレテモ小説を考へ、ヒマさえあれば小説のことを思ふところに、トリエがあり、二人とも、一人は都会的、一人は田舎（東北）風ですが、特徴のある作を書くのに僕は見どころがあると思つてをります。この松本にも、女学校の教員で、筑摩書房主と高等学校の同窓で、国文科出て、もう二十年も小説をかいてゐる北沢喜代治君といふ人がゐまして、僕がここに来たのも、来てからも、大へん世話になつてゐますが、小説より教師の方が熱心のため、よい作が出来ません。近いうちに教師を止めて、小説だけに専心すると云つてをります。さうしたら、いくらかものになるでせう。閑話休題。

◎『あどばるん』の御無事をお祝ひいたします。実は昨日の手紙に、河原君の家がやけましたので、僕の『国木田独歩』も、北條、佐藤両君の小説も、河原宅と共に灰になつたか、と心配してゐましたが……『あどばるん』と共に助かつたかと思つてホツとしました。

◎吉川君の『太閤記』は「読売報知」にも出してゐたやうですが、大阪までノサバつてゐるとは知りませんでした。さて、藤沢君のハンタイに新聞記者を考へない純文学の小説を新聞にお書きになるのを待望いたします。

◎ヨリタカキヨタカさんに、実はここに来てから、前に申し上げたかと存じますが、新聞が取れませんので、東京新聞を何とかして送つてほしい、とおたのみしました返事が、今朝（ケサ）ヨリタカさんから、新聞と共に、来ました。その返事の終りの方に「近日中に帰阪しますので、用があつたら織田君に逢つて来ようと思つてゐます。」と書いてあります。

大阪ゆき＝うらやましいな、と思ふと共に、『帰阪』といふとヨリタカ尊者（ヽヽ）は大阪の人であつたのか、と思ひましたが、大阪の人ですか。

この前、新大阪ホテルで、河原記者と二度食事をしましたが、二度とも、めづらしく、給仕が「ウヰスキイをおのみですか」と云ひました。僕はのみませんが、二度とも河原記者にウヰスキイをのましました。

◎ヨリタカ東京新聞記者は、木村君にまけないほどの、熱心記者で、こんな人が「新文学」に半人でもゐれば、と思ひます。お酒をのんでも、河原記者がのむことを思へば、いくら飲んでもよろしいと思ひます。

188

昭和二十年九月十五日（消印不明）／／長野県東筑摩郡島立村蛇原　岩間方より／／大阪府南河内郡野田村丈六／／**織田作之助**宛（封書　新風土社蔵版A号〈10×20〉原稿用紙五枚）　速達　二十銭

前略―今日（十四日）はサンブン的な（用事のやうなものだけの）手紙をかきます。

◎木村徳三君の京都の御住所をごぞんじでしたら、お知らせ下さいませんか。

◎三宅周太郎君は、こちら（松本）に来る筈のところ、今度の妙な平和の一件のために、「居心地のよくないここ（註―京都）にぢつとしてゐる外なく」「一二ヶ月情勢を見た上にしたく」といふ理由で、京都にゐることになりましたから、もし、（もしです、）三宅君が京都にゐる間に、こちらから京都までツツガなく京都に行くことが出来ましたら、（往復の汽車に乗れることがたしかめられましたら、織田、三宅（文学以上に芝居に通であるのは御承知のとほり）、鍋井（少年時代より、絵のつぎに、ときどき絵以上に芝居がすきで、一流の芝居から最下等の芝居その他を欠かさず見てゐます）宇野、その他（人選はあなたにおまかせして）の人々と、一夕あつまつて、座談会を開いてほしいと思ひます。それを筆記して、「新文学」に出しては、とも存じます。座談会が第一、筆記は二の次ぎ。

◎その後の「新文学」のヤウスお知らせ下さいませんか。ハツキリ出るときまりましたら、『大阪の風変りな人物』（仮題）に腰を据ゑてかかりたい、と存じます。

◎東京から、本その他（僕の必需品）のはひつてゐる荷物が、東京の宅のルス番をソクタツ手紙でナダメたりスカシたりして、六分どほり送らせましたが、まだ、のこり少なの本の大部分がつきませんので、お約束しました「八雲」（僕の『島崎藤村』（百二十枚ぐらゐ）の出てゐますの）をお送りできませんが、つきましたら、いつかおすすめいたしましたゴオゴリの『イワン・イワノヰツチとイワン・ニキクオロヰツチが喧嘩をした話』（原久一郎君のホンヤクではマシな方）と一しよにお送りいたします。◎もし、「新文学」が来年もつづいて出るやうでしたら、『作家と作品』をレンサイする前に、『高浜虚子』（◎一昨年、あるところから人が来まして、題は『高浜虚子』ですが、内容（ヘンな言葉ですが）は小説家（写生文家）としての、文学に対する理解の広い虚子を、何人かの作家を出した虚子を、（つまり、俳人としてでない虚子を、）三分半ぐらゐ褒め六分半ぐらゐ貶したもので、これまで書きました作家論のやうなもので、『島崎藤村』のつぎ（とおなじくらゐに）自信のあるものです。）を「新文学」に出したいと思ひます。これは、出来れば、こんどの『国木田独歩』（コレハアマリヨクナイモノデス）の倍ぐらゐの枚数（六七十枚）になると思ひますが、河原君がつづいて編輯長でしたら、河原君にゲンメイして、（つまり、文章のよしあしより枚数をモンダイにする河原クンでありますから、）出すように、その時（出ました時）おキモイり下さいませんか。

◎さきに申し上げました、三宅中心の座談会の筆記は娯楽をシヨウレイする緒方内閣書記官長が辞職しないかぎり、安心して、（又また河原クンです）出せるものと存じます。

◎日本ぢゆうで、奈良と京都が無事に残つた二つといふことは僕らには実にアリガタイことで、十一月から二月までの奈良と京都の寒さと冷たさは相当のものと存じますけれど、行けるとなれば、寒さ冷たさなど、「ナンノソノ」であります。

◎その後『西鶴』（五六百枚）はおすすみですか。僕の『詩歌論』（仮題）はもう四五十枚になつてをります。歌はわが国ドクトクのものですけれど、詩となりますと、八月十五日以前のテキサンにはどうしてもかなはないやうに、テキ（殊にフランス）にはかなはないですが、これは仕様のないことで、いま東京都に随分いりこみ、飛行機を、毎日、乱舞させ、小型自動車を乗りまはせてゐる、さうです、イヤなヤツですね。ところで、アメリカにも、ホヰツトマンといふエラモノと、ポオといふ天才がゐますから、これもかなひません。かなはないでも、エライものはエライのですから、それでシゴク結構と思ひ、『詩歌論』の中で、ほめるつもりでをります。

◎テキサンといへば、紀州田辺で急死しました片岡君からもらふ約束をしてもらへませんでしたのが、そのことを聞いた久米正雄君から、「ぢや、僕が進呈しよう、」と云つて、一昨年の秋もらひました。

HILLS BROS SAN FRANCISKO
CALIRUNIA
といふレッテルのある珈琲（サンフランシスコ　カルフォルニアですから米英（ママ）です）のカンをあけ、加糖粉乳（これは新潟県の人からもらひました）を入れて、この二三日、数年ぶりで、コオヒイをたのしんで、（たのしみながら）原稿を書いてゐます。⑤をかき送りまして、朝の食事をしてをりますと「至急電報」がきまして、シヨウセツスグ　オクリコウ」イサイアト」カハラとありまして、出さきはヒラカタとありますから、河原は三十石で名高い枚方に仮寓したらしいですね。
◎「新文学」の四月号を、河原クンにおあひの折り、送るようゲンメイして下さいませんか。それから、今後出る「新文学」は必ず二冊づつ送るように――これ亦ゲンメイして下さいませんか。

九月十四日　十五日　　　宇野　浩二

織田　作之助様

お上（かみ）は酒、煙草をわづかでも配給したながら、酒・煙草をたしなまない田舎者のたしなむ砂糖の配給をほとんどしませんし、しても、サケ、タバコと比較にならぬほどの少ないものですから、サトウボケがサケ、タバコとダンチガヒの大ヤミでそれもないやうで。

189

昭和二十年十月二日（消印　20・10・2）／／東筑摩郡島立村蛇原　岩間松雄方より／／東京都麹町区内幸町　大阪ビル旧館六〇四　新生社／／**青山虎之助**宛（封書　新風土社蔵版A号原稿用紙〈20×10〉一枚）速達　四十銭

先月二十六日に「シンセイノタメゲンコウオネガヒス」シユザイジユウ」二〇マイ」センサウカイコナドヨロシ」イサイフミス」云々の電報が来ましたので、さつそく「シメキリゲンモツ」とありますので、原稿の案を立て、かきはじめ、今日ぢゆうに出来ますから、明日の午前のソクタツでお送りいたします。イサイフミは待つてゐましたがつきませんから、センサウにほんのちよつと関係のあります「シユザイジユウ」の随筆です。
◎東京からこちらへ二十個以上の荷物をヤミで輸送しましたのと、こちらの食料のヤミなどで、ちよつと貧乏してをりますから、原稿つきましたら、稿料ソクタツカキドメでお送り下さいませんか。

十月二日　　　宇野　浩二

青山　虎之助様

◎東京がおちつきましたら、東京に帰るつもりです。前の家でなく、旧市外に住みたいです。

190

昭和二十年十月二十六日（消印不明）／長野県東筑摩郡島立村蛇原　岩間松雄方より／大阪市南区西賑町二十八　全国書房／**田中秀吉、神屋敷民蔵**宛（封書　原稿用紙一枚）速達

河原さんがおやめになつたさうですから、お二人にあてて書きます。

「新文学」はどうなりますか。

新人を紹介するにも、僕が原稿をお送りするにも、今の「新文学」はたよりなくて、二の足をふみます。

「新文学」の四月号を送つて下さい、と河原君にたのんでも、「送ります」といつて来るだけで、送つてくれません。

全国書房は今後出版をするつもりですか。

その他、近頃の「新文学」の様子を正直にお知らせ下さいませんか。

十月二十六日　　　宇野　浩二

田中　秀吉様

神屋敷　民蔵様

191

昭和二十年十月三十一日（消印　20・10・31）／長野県東筑摩郡島立村蛇原　岩間松雄方より／東京都麴町区大阪ビル一号館　新生／**青山虎之助**宛（封書　原稿用紙一枚）速達　四十銭

今日は月末（十月三十一日）です。切符（往復）待つてゐます。

「新生」の創刊号が面白いにつけて、文学雑誌（創刊号）も「新生」に負けないものを出したいと思ひますので、なるべく早くお目にかかり、愚見を述べ貴見を伺いたいと存じます。お返事待つてゐます。

十月三十一日　　　宇野　浩二

青山　虎之助様

192

（差出し年不明）十一月六日（消印　□・□・□／0―8）／／文京区森川町七十七より／／中央区京橋三丁目十一　三丸産業株式会社内／／**青山虎之助**宛（封書　筑摩書房原稿用紙二枚）

まつたく随分お目にかかりません
「手帖」で長沼弘毅のことを書かれた時、実に長沼といふ人がよく出てゐるのに感心いたしました。しかし、そんな事より初めて「手帖」をいただきました時、さつそくお便りしようと思ひながら、つい忙しかつたりしまして。
　実は、そのうち、あなたのことを書かうと思つてをりました、僕は卒直に申します。終戦後、松本にをりました時、僕だけの思ひを申しますと、あなたのおかげをかうむつた事は終生わすれられないほど、その時も、その後も、今でも、心の中で、本当に感謝してをります。それは言葉につくせません。しかし、そのうち、言葉につくされるだけのことを文章に書かう、と思つてをります。
　青山さん、あの時は本当にありがたうございました。
今日はこれだけ書きました。
　十一月六日　　宇野　浩二
青山　虎之助様
◯僕も「手帖の会」に入れてください。さうしましたら、ほんのお礼のつもりで何か書きませう。
◯この頃ときどき広津にあひますがいつか（ときどき）広津とあなたのお話をしました。
◯来年あたたかくなりましたら、（いや、来年なら、寒いうちで）お目にかかりたいです。

（注）封筒日付けは「十二月六日」。

193

昭和二十年十一月七日（消印　松本川上／20・11・7）／／長野県東筑摩郡島立村蛇原　岩間松雄方より／／大阪府南河内郡野田村丈六／／**織田作之助**宛（封書　アルス・新日本児童文庫版原稿用紙〈22×22〉一枚）速達　三十銭

前略
◎十日に上京いたします。但し、「一〇ヒオムカエニユク」といふ東京からの電報によつて、上京するのですから、十日に何時にムカヒに来るか分かりませんが、十一日にはたしかに東京にゐます。ムカヒに来るのは新生社青山（大阪ビル一号館＝旧館六〇四号 電話 銀座 五一八一）ですから、この新生社に電話をおかけ下さいましたら、上京中の僕のゐどころが分かります。もし東京でお目にかかれましたら、木村君（鎌倉文庫創立事務所、丸ビル六九三 電話丸ノ内五〇九七）と一しよにお目にかかれれば、と存じます。

○僕、仕事のためになるべく早く帰りたいのですが、出来れば十三日頃まで滞京したいと思つてをります。

◎十三日は午後一時からはじまる日本文化人聯盟結成大会に出席したいと思つてゐるからです。しかし、これはどうでもよいのです。

とりいそぎお知らせ迄。

十一月七日　　宇野　浩二

織田　作之助様

194

昭和二十年十一月十日（消印不明）／／長野県東筑摩郡島立村蛇原　岩間松雄方より／／大阪市南区西賑町二八　全国書房／／**神屋敷民蔵**宛

（封書　原稿用紙二枚）速達

お返事ありがたう存じます。

◎一流作家の小説の原稿料は十五円―二十円ぐらゐより下ではむつかしい上に、来年から文学関係の雑誌（小説を出す雑誌）が十ぐらゐ出ますので、よほどサイソクしないと、なかなか手にはひらないと存じます。

◎新人のこと承知いたしましたが、これもスイセン出来るやうな作品をかく人は大抵きまつてゐますので困つてゐます。

佐藤善一氏の『月と柿と栗』は河原君がお持ちかと存じますが、お出し下さいますか。もし、「新文学」でお出しにならなければ、他の雑誌にスイセンしますから、お返し下さい。

◎新年号の〆切は何月何日ですか。今は作家が東京にはとんどをりません上に、方々にをりますから、〆切の日より五日ぐらゐ前に送つてくれませんと間にあひませんから、そのつもりでおたのみになる方がよろしく、またいかなる原稿でも、何号分かのものをたのんでおかれないと、編輯のヨテイがくるひますから、今から、二月、三月号の原稿をいろいろな人にたのみ、原稿料は原稿とヒキカへにお払ひにならないと、なかなか原稿はとれません。
◎(注1)上のやうな雑誌と対抗して、勝つためには、よほどの「覚悟」をされないと負けると思ひます。僕も及ばずながら、創刊号以来かげながら力を入れてゐるのですから、これからは一そうお力ぞへをしたいと思ひますから、僕の愚見をなるべく御採用下さいませんか。
この事を田中さんにもよくおつたへ下さい。そのために、大阪に行つて田中さんなどにおあひして、愚見を述べたいのですが、今は汽車の切符が買へませんし、宿がありませんし、食料がありませんから、思ふやうに行かないのを残念に思つてゐます。
◎海外の文学の紹介も結構ですが、海外の文学を（小説でも、評論でも、何でも）一篇ぐらゐ出すより、日本の古典（はじめは明治大正文学の作家の研究のやうなもの）を、適任の人にたのんで、毎号一篇づつお出しになつた方がよいと存じます。＝これは河原さんも同じ考へをお持ちのやうですから、河原さんにも御相談下さい。
◎僕の「回想の文学」はだいたい何枚ぐらゐまで出せる余裕（枚数）がありますか、お知らせ下さい。「回想の文学」内容を少しづつ変へて行つて、ここで、僕が海外文学と明治大正文学とのことを、研究的でなく随筆風に書きたいと思つてゐます。それで、枚数を今までより少し多くほしいのです。
◎全国書房はむかしどほり出版もされるのですか。
◎「新文学」は僕のほかに

岩手県山田町　佐藤善一
松本市渚町三三　北沢喜代治

両氏に毎号お送り下さい。
◎僕はこの月の十八九日頃に左にひつこします。

松本市今町四三三

十一月十日　宇野　浩二

神屋敷　民蔵様

◎田中さんにくれぐれもよろしく
◎河原さんにも――
お返事ソクタツで下さいませんか。
チリ紙
茶 ｝に実にこまつてをりますが、
いくら高くても結構ですから、お買ひ下さいまして、お送り下さいませんか。

（注1）上欄に次のようにある。
「文藝春秋」「新潮」「文藝」などが再刊され、「人間」「新生」「展望」「藝文」その他五六種の小説や評論や随筆を出す雑誌が創刊されます。

195

昭和二十年十一月十五日（消印20・11・15）／／長野県筑摩郡島立村蛇原　岩間松雄方より／／大阪市南区西賑町二八　全国書房／／**神屋敷民蔵**宛（封書　原稿用紙一枚）速達

昨日は、松本中の銭湯の休みのため、二週間ぶりで風呂にはひるため、浅間温泉に行つてをりました。失礼しました。

お茶（貴重品）ありがたう存じます。

さて、「新文学」の再興のこと、七日のあなたのお手紙（ソクタツ）でやつと知りましたので、新年号のいくつかの雑誌の原稿の約束をしてしまひましたので、僕の原稿は今月一ぱいに出来ませんか。十二月号に、僕が七月十一日に河原君あてにカキドメソクタツでお送りしました『国木田独歩』（「回想の文学」のうち）が出ないやうですが、あれを新年号に出して下さい。

◎新人の原稿で、スヰセンの出来る小説が一つ手もとにありますが、それを送つて出して下さいますか。

◎十日に出しました手紙のお返事をおり返し下さいませんか。

十一月十五日　宇野　浩二

神屋敷　民蔵様

そのうち、切符が手にはひりましたら、「新文学」の今後のことについて、意見を申し上げに、御地に行きたいと思ひます。

○田中さんによろしく。

二十三日から　左記にこします。

松本市今町四三三

○コブ　ノリ　チヤ（みないくら多くても結構で）これもいただきましたが、いくらでもほしいのです。一ケ月に四半打の配給なのです。

◎代金おはらひいたしますから、とろろこぶ買つていただけませんでせうか。なるべく多く。

196
昭和二十年十一月十七日／**織田作之助**宛（封書　アルス・新日本児童文庫原稿用紙一枚）
封筒なし

織田　作之助様
東京ゆきがノビノビになり、今日（十七日）午後七時の汽車で立ちます。それで、東京ではお目にかかれないかと思ひますので。
◎十三日の午後、ルス中に、カミヤシキ来訪。「新文学」新年号のために、『回想の文学』をつづけてくれ、と置き手紙してゆきました。（今月一ぱい＝これは前に送つた『国木田独歩』を出してもらふつもりです。）
◎「新文学」のかへりざき（？）は十二月号で、藤沢、織田、島木、室生、随筆、鍋井、上林の由。すなはち僕の『国木田独歩』（「回想の文学」）は出てゐませんので
─
△たうとう、「藝文」の小説（？）は五日シメキリには絶対に間にあはなくなりました。なんともおわびの申しやうありません。どうしたらよいでせうか。
◎何とかしましたら、京都まで行ける切符は手に入りさうですが、京都の宿、食料その他と、京都から帰り（松本ゆき）の切符は買へるでせうか。
◎「新文学」（全国書房）は大阪がダメのため、京都で印刷その他をする、と云つて来ました。このところ、京都移転ばやりの形ですね。
◎『作家と作品』のかはりに『翻訳文学とその訳者』のことを『作家と作品』のやうな書き方で「藝文」にレンサイすることいかがですか。都合ありますので、否やのお返事をり返し下さいませんか。
十一月十七日　　宇野　浩二
二十二日に　松本市今町四三三に移ります。

197
昭和二十年十一月二十四日（消印不明）／松本市今町四三三より／大阪市南区西賑町二十八　全国書房／**神屋敷民蔵**宛（封書　便箋二枚）速達

拝復
十八日から二十一日まで留守にしました。上京したからです。その上京中に、久米正雄君（「鎌倉文庫」社長

兼新雑誌「人間」の顧問）にあひましたとき、文藝家協会で、小説の稿料を最低三十円、大家は最低五十円ときめたので、「人間」が、紙代のつぎに、稿料に金がかかりすぎるとコボしてゐました。これは、文藝家協会がそんなことを極めない前からの事ですから、この間お知らせしました一流作家の小説の稿料は、たしかまちがひで、五十円が最低です。
◎それから、正宗さんは長野県軽井沢で郵便がとどくでせう。伊藤君は日本にゐないかと思います。
◎創刊の文藝雑誌が十ぐらゐ出来ましたので、作家が忙し過ぎて、注文に応じ切れない有様で、「文藝春秋」の編輯長が、「原稿のあつまりがわるくて困つてゐる、シメキリ前に間に合ふのは、特輯号のためにたのんだ七八人の作家のなかで、三人ぐらゐだから……」とコボしてゐました。
◎そのため、あらゆる文藝雑誌の編輯長は、みな、他の雑誌にまけないために、自分の雑誌にナニカ特長をこしらへようと思案してゐますから、「新文学」はなかなか油断できません。
◎そのため、大阪に行つて、御相談にのりたいのですが、結局、切符の入手コンナンと、方々の雑誌にたのまれてゐます原稿（おもに小説）のために、今年ぢゆう、自分で自分をカンヅメにしなければなりませんが、と閉口してゐます。
◎原稿とりのコンナンは、作者がほとんど東京にゐない上に、日本中の方々にゐるため、といふ事もあります。それから作者がなかなか承諾しないので、ある雑誌は稿料のほかにメリケン粉などを添えてゐるなどといふ話まであるくらゐです。
◎結局、二月号のシメキリまでに書けないかと思ひますが、「新文学」のために、短いものなら、と思ひます。
こちらへ帰りまして（二十一日の夜）引つこしのため、執筆のため、煩多地のため、これで失礼いたします。

十一月二十四日　　宇野　浩二

神屋敷　民蔵様

◎大阪には殆ど町らしい町がないといふ話ですが、宿や食料は大丈夫ですか、大阪―松本の切符かへますか。
◎こんど東京に行つて、そのために困りましたので、念のためにおうかがひいたします。
原稿紙を、高くても、買つていただきたいのですが…

…

今、お茶つきました。代金おはらひしますから、他のものもお願ひいたします。
◎作家の住所は東京新聞の頼尊ヨリタカ清隆君にきかれたら、大抵わかりませう。

198

昭和二十年十一月二十四日（消印　20・11・27）／／松本市今町四三三より／／大阪府南河内郡野田村丈六／／**織田作之助**宛（封書　用箋二枚）　速達　四十銭

◎十八日から二十一日まで留守にしました。その間、上京してゐました。その上京中に木村君（鎌倉文庫）に二度あひましたが、あなたはお見えにならなかつた、と云つてゐました。
◎全国書房のカミヤシキ君から今朝こちらへ速達のハガキ（表と裏にかいたの）が来まして、その中に二月号に「二月号に先生の創作四五十枚ぐらゐのものいただけませんか、一月五日頃迄に。お願ひします」とありました。それから、正宗白鳥と伊藤永之介の住所とを「御存じありませんか」とあり、△「先生のお宿と食料はこちらで都合いたしますから、御都合つきましたら、ぜひ御来阪お願ひ申し上げます。」と云つて来ました。これは、但し、一心寺の焼け跡を見にゆくかも知られないから、大阪に行くかも知れない、宿と食料の見当がついたら、と、僕が手紙のはしに書いておいたからです。
◎鎌倉文庫で、久米正雄君にあいましたら、「人間」に稿料がかかる、とこぼしてゐました。これは文藝家協会で、小説の稿料最低三十円ときめたので、大家にはどうしても五十円以上といふことになる、これでは紙代の次ぎにもつとも高くかかるから、といふわけです。つまり、随筆、評論も、ヤミに近い（ヤミには程遠いですが、出版社としては）稿料になつたからです。
◎『一心寺』をかくために何とかして大阪に行きたいのですが、大阪―松本の切符がかへませんでせうか。
◎カンジンの「藝文」の原稿のおわびがおくれましたが、「人間」の創刊号の原稿に意外の日がかかりました上に、配給とり、引つこしの準備などのために、思ひのほかの日がつぶれたからです。そのために、「文藝春秋」その他の新年号の小説もしだいに、（「藝文」の小説とともに）おくれてしまつたからです。
◎もう、それで、「藝文」の創刊号の原稿は間にあはないと思ひますが、その次ぎの〆切は何年何月何日頃ですか。
◎北沢喜代治氏の小説昨日やうやく出来あがつて、持参せられました。これは「藝文」に出すのと「新文学」に出すのとどちらがいいでせうか［傍線部朱書］
◎大阪へもし行くことになりましたら、お目にかかりたいと存じますが、その時はどうしても京都に行きたいと存じます。しかし、「八雲」の復活の原稿（小説）「人間」のレンサイ物あるひは小説、「展望」（筑摩書房）の第二号の小説、「藝文」の小説、「新生」の小説、——と考へますと、今年はどうしても自分をカンヅメにしなければ、と思つてをります。
◎「藝文」の様子お知らせ下さいませんか。

十一月二十四日　　　　宇野　浩二

織田　作之助様

◎ひつこしと執筆のため、例によつて以上の乱文乱筆御ハンドク下さい。
◎北條誠君から原稿お送りいたしますからよろしく。

199

昭和二十年十一月二十六日（年推定）／**織田作之助**宛（封書　用箋二枚）　封筒なし

前略、
十五日から二十五日まで上京いたしました。長くなりましたのは、ケイカク中からたのまれてゐました「展望」の二月号の小説のために、五六日大宮でカンヅメにされたからであります。
◎かういふわけであなたの雑誌の原稿申しわけないことになりましたが、申しわけないことを、申しわけあるやうにいたしますには、どうしたら、よいでせうか、折り返し御教示下さいませんか。
◎一昨日木村君へあひましたら、あなたに思ひ切つて長いものをお願ひすると、力（リキ）んでゐました。
◎木村君と、何とかして、来月京都に行つて、「オダサクノスケ」にあひ、大いに「ゴチソウさせませうか」とたがひにニコニコしながら、はなしあひました。そつとお知らせいたします。

◎「新生」（新生社に集金によりまして）の小説よろしくお願ひいたします。二月号の原稿は大いに困つてゐましたので、あんな失礼いな手紙をかきましたのです。（実に久しぶりでテツヤ二バンして疲れてゐたのです。
◎そのツカレまだぬけず、その上、今日〆切りの原稿のことがアタマの中にハビコツテゐるからです。その一つに「展望」の小説がまだ未完で、それを今月中に仕上げなければならなくなりさうです。

十一月二十六日　宇野　浩二

織田　作之助様

◎あの手紙といつしよに、茶谷半次郎君へも　同じやうなものをかかされました。
茶谷君のは古□藝報です。

200

昭和二十年十一月二十九日（消印不明）／／松本市今町四三三より／／大阪市南区西賑町二八
全国書房／／**神屋敷民蔵**宛（封書　便箋一枚）
速達

拝復
ソクタツおハガキ拝見
◎『国木田独歩』は河原君がたしかに持つてをられます。
◎新年号に、明日、北沢喜代治の小説お送りいたします。新人ですが、もう二十年以上かいてゐる人で、この人に二三度かきなほしてもらつたもので、その小説だけに三ケ月かかつたものです。よい作品ですから、のせて下さい。新人の稿料はいくらですか。
◎「新文学」をもつともよい雑誌にするために、そのために、藤沢君や織田君や、田中さんやあなたと会議するために、そのついでに、こちらないもの（食料）をかひにゆくために、来月中頃うかがひます。＝日がきまり次第お知らせします。
◎関西線は名古屋ノリカへで、大阪のどこにつきますか。
◎大阪は東京以上に家がないさうですが、その駅におりて、どこへ行つたらよいのですか。
◎二月号の原稿何とかしてかきます。

十一月二十九日　宇野　浩二

神屋敷　民蔵様

御返事下さい。

201

昭和二十年十二月十四日（消印不明）／／松本市今町四三三より／／大阪市南区西賑町二十八
全国書房／／**神屋敷民蔵**宛（封書　便箋二枚）
速達

○北沢氏の原稿をよろしく存じます。
○明日（十五日）午前六時の汽車で（東京のある出版社から切符を送つてくれましたので、それで）上京いたします。
○半分できてゐる小説を、十七日の〆切に間に合はすために、その半分を東京で書いてわたすためです。
◎「新文学」のこの次ぎの〆切は何年何月何日ですか。
○お知らせ下さい。
◎来年の一月の中頃に御地に行きたいと存じます。
◎十九日にこちらに帰つていますから、その頃までに出来てゐる筈の北沢氏の原稿（小説）をお送りいたします。二十一二日頃。
◎おあつめ下さいました食料品、代金お払ひいたしますから、そのネダンがきをそへて、お送り下さいませんか。仕事をするのに、カンジンの自分のための食料に困り切つてをりますので、なるべく早くお願ひいたします。

十二月十四日　　　宇野　浩二

神屋敷　民蔵様

◎国木田独歩おねがひします。
骨折つて書いたものですから

202

昭和二十年十二月二十九日（年推定）／／**織田作之助**宛（封書　便箋一枚）　封筒なし

◎今、「展望」の二月号の小説（東京で書いたものの残り）を、疲労困憊しながら、書きつづけてゐます。
◎僕の「世界文学」に出します『翻訳文学』＝この次ぎの〆切の月日をお知らせ下さいませんか。
◎佐藤善一氏の『月と柿と栗』同封いたします。よろしくお願ひいたします。
◎上京中、新生社が、話をしたかと思ひますが、荷風先生の『腕くらべ』の私家版（荷風先生のところに一冊のこつてゐた原稿によつて）を出す、ことを知りました。この私家版によつて、はじめて、『腕くらべ』の全貌がわかるさうです。
◎来年は何とかして、御地にうかがひます。
十二月二十九日　　　　宇野　浩二
織田　作之助様

203
昭和二十一年一月二日（消印　松本／料金収納／長野県）／／松本市今町四三三より／／大阪市南区西賑町二十八　全国書房／／**神屋敷民蔵**宛（封書　便箋一枚）

◎「新文学」はどうなつてゐますか。
◎僕は、もし「新文学」が無事に出るのでしたら、『大和』といふ題で、大和を（三年ほど前に）歩いてまはりました時のことを、あたらしい歴史をかくつもりで、新しい案内記をかくつもりで、随筆風に書いて、レンサイしたいと存じます。
が、今までのやうな原稿料では困ります。今は、どの雑誌でも、随筆でも二十円以上、小説は四十円以上です。
◎いつか、おねがひしました、食料品（代金をおはらひすることでおねがひしました）をお送り下さる、といふおたよりがありましたが、待つてをります。僕は、サケ、タバコをのみませんので、もし砂糖がありましたら、これも（いくら高くてもいいですから）お世話下さいませんか。それからチリガミ（紙）
一月二日　　　　宇野　浩二
神屋敷　民蔵様

204
昭和二十一年一月十四日（消印不明）／／松本市今町四三三より／／大阪市南区西賑町二十八　全国書房／／**神屋敷民蔵**宛（封書　便箋一枚）
速達

前略
○「新文学」はどうなつてゐるのです。
○僕の『国木田独歩』の出る号もまだ出ないのですか。室生君の本の広告も見ましたが、出たのですか。
○僕の手紙に返事を下さらないので、ハリアヒがありません。
○またお願ひしました、茶、その他も一向おくつて下さいませんが、東京の出版社などは、たのんだものはすぐ送つてくれますが、それもどうなりましたか。「新文学」は結局廃刊になるのですか。お返事下さいませんか。

一月十四日夜　　　　宇野　浩二

神屋敷　民蔵様

○僕はサケもタバコものみませんので、唯アマイもので、疲労を養つてをりますが、もし砂糖が買へましたら、いくら高くても結構ですから、お買ひ下さいませんか。代金お送りしますから。

205

昭和二十一年一月三十日（消印不明）／／松本市今町四三三より／／大阪市南区西賑町二十八全国書房／／**神屋敷民蔵**宛（封書　便箋一枚）

○どうしてをられますか。

(1)◎「新文学」に、『回想の文学』をもつと実（み）のあるものにしてレンサイしたいと思ひます。ただ、これまでの稿料では、ハツキリいひますと、いやです。いまは、どんな雑誌でも、小説は最低、三十円以上、七八十円で、評論随筆は、僕のかいてゐますのは、三十円以上です。

(2)お願ひしましたもの、代金をかならずお払ひいたしますから、お願ひいたしたいのです。

砂糖　茶　コブ。

殊にサトウはいくら高くても結構です。

(3)新人の原稿で、北沢喜代治さんの百三十枚といふよい小説がありますが、それを二度にわけてお出しなさいますか。

○お返事下さいませんか。

一月三十日　　　　宇野　浩二

神屋敷　民蔵様

206

昭和二十一年一月三十日（消印　松本／料金収納／長野県）／／松本市今町四三三より／／東京都内幸町大阪ビル第四号館604号　新生社／／**青山虎之助**宛（封書　便箋二枚）速達

こんどは本当にいろいろ。

二十八日の夜の十時四十分ごろ帰ります。心配したとほり、うちの者は、（僕の上京した二十五日の午後、人事不省におちいり、その時、偶然、東京から俗用でたづねて来ました義妹のために、アブナイところを助かりましたが）その義妹に附きそはれて、寝てゐました。
◎しかし、医者のすすめもありますので、義妹にうちの者がある程度までよくなるまで、ゐてもらふつもりですから、『青春期』（注1）は今日（三十日）の午前九時ごろからはじめてをります。（御安心下さい）、買ひ出しは、テツダヒ人が行きますから、心ゆくばかり机の前に坐つてをられます。
◎しかし、かういふ有様ですから、来月の四日には上京できません。もつとも、うちに病人がなくても、いい気になつて、来月の四日に上京すれば、「女性」の『東西の文学に現はれたる恋愛』（注2）も書けません。その上、上京は執筆の五倍ぐらゐ疲れます。
◎それで、『青春期』は二月一ぱい（おそくとも、三月一ぱい）に五十枚ぐらゐ書き上げ、つづいて、『東西の文学に現れたる恋愛』（十五枚）にかかりますから、おそれ入りますが、遠方（八時間の汽車）おそれ入りますが、原稿うけとりの方をおよこし下さいませんか。その代り、こんどは、お見えになりましたら、その場で、原稿おわたしいたします。四日午前中。そのかはりに、原稿料から、御遠慮なく、お引き下さいまして、サトウ一貫と、アメ（アタミ産、十枚）などをおねがひいたします。（その他お気づきのもの）
◯アメは、僕の原稿かく時だけでなく、うちの者が僕以上の大好物ですから、二十枚お願ひいたします。うちの者の病気は、長い間のスヰミン不足（不眠でなく）と、過労のための、カルイ神経衰弱と、つよくない心臓病です。

一月三十日　　宇野　浩二

青山　虎之助様

酒井さんに、タビ（コイ草色の十文）銀座のヤミ屋に売つてゐます）を五足、一足四十三円かなりわるいものらしく、養生は、おかゆぐらい

（注1）「青春期（一）～（五）」（「新生」昭和二十一年二月一日、四月一日～七月一日発行、第二巻二・四～七号）
（注2）「文学に現れた恋愛」（「女性」昭和二十一年四月一日発行、第一巻一号）

207

昭和二十一年一月三十一日（年推定）／／大阪府南河内郡野田村／／**織田作之助**宛（封書　東京・岡本ノート納陸軍用箋一枚）　封筒なし

二十五日に上京、二十八日に帰りました。うちの者が病気で閉口してをります。

今度は木村君にあへませんでしたが、電話で、「『人間』の創刊号の小説は二十点以下ですね。殊に、林フミ子さんのなどはレイ点といふ者がありますが、同感です。小説をおもにする『人間』があれではダメですね」といひますと、木村君は言下に、例の笑ひをもらしながら、同感しました。

○さういふ僕も、『青春期』は三十点以下、『浮沈』は、せいぜい五十点といふところで、殊に『浮沈』は、もう五十枚ぐらゐ書きませんと、ましになりませんから、その五十枚ぐらゐを、「人間」の四月号あたりに出すつもりです。

◎『翻訳の文学』こんどこそ、まちがひなく、お送りいたします。

◎三島書房の原稿も近いうちにお送りいたします。ナニシロ『青春期』の第二回を二月四日に東京から取りに来るのですから、かなひません。

◎金尾文淵堂といふ出版屋が京都にありますが、その所番地を京都の方にお聞き下さいまして、お知らせ下さいませんか。

◎いづれにしても、「人間」の貴作百枚は驚嘆いたしました。

○上京中に新生社によりましたら、貴作は、おほせのとほり、三月号になるさうです。

○荷風先生の『浮沈』は、例のものですが、今度のものは、「例のもの」よりいくらか変つてゐるやうに思はれました。もつとも、これは前半だけをよんだのですが……

◎「新生」の三月号から荷風先生の戦時中の日記がレンサイされるさうですが、これは大へんたのしみです。

今日はこれで失礼いたします。

一月三十一日　　宇野　浩二

織田　作之助様

◎藤沢君は新生社から出る「女性」にレンサイ小説を出すさうですが、僕は、別に□□きはしませんが、やはり……です。

「改造」の一月号の志賀さんの小説をよんで、高等落語のやうな気がしました。これは、改造社から、サトウを持参して、かいてもらつたといふ話です。

△サトウといへば、僕は、新生社から一貫目もらふつもりで、上京しましたら、荷風先生に、「困つてをられましたから、上げました。」といはれてガツカリしました。

○いつも申しますが、サケタバコのまぬ者はサトウが第一の観があります。呵々。

208

昭和二十一年二月二日（消印不明）／／長野県
筑摩郡島立村蛇原　岩間松雄方より／／大阪市
南区西賑町二八　全国書房／／**神屋敷民蔵**宛
（封書　便箋一枚）

◎「新文学」の新年号まだつきませんが——

◎いつか申し上げましたことのお返事だけ下さいませんか。

◎「新文学」の新年号、二月号などの顔ぶれはダレダレですか。

◎もう少し熱心におやりになつたらどうですか、

◎金尾文淵堂の京都の所、御存じでしたら、お知らせ下さいませんか。

二月二日　　宇野　浩二

神屋敷　民蔵様

◎サトウ、イクラ高くてもいいのですが、一貫ぐらゐおせわ下さいませんか。代金、ありましたら、お知らせ下さい。

◎タンサン、ないでせうか。

（注）封筒裏日付「十一月十五日」

209

昭和二十一年二月四日（消印不明）／／松本市
今町四三三より／／大阪市南区西賑町二十八
全国書房／／**神屋敷民蔵**宛（封書　便箋一枚）
速達

昨夜「フミミタ」カイソウノブンガククツヅキニツキ一三ヒマデニタノム」キタザワシゲンコウイタタギ（ママ）タシ」コヅツミ一ツオクツタ」といふ電報いただきました。

（こんどは電報は至急報（ウナ）でお打ち下さいませんか。）
◎さて、『回想の文学』は、この前は、国木田独歩について書きましたから、こんどは田山花袋（主として、花袋の傑作「田舎教師」について）をかきたいと思ひます。
それとも、広津の『蔵の中』（僕の処女作の題名です）物語のむかうをはつて、処女作をかいた時分の思ひ出をかいてみようか、とも思つてゐます。
◎いづれにしても、十三日にはお送りいたします。但し、ソクタツカキドメでもこの頃の郵便はおくれがちですから、そのおつもりで、
◎今日（四日）の朝日新聞に広告の出てゐました『北斎とドガ』出ましたら、代金はらひますから、お送り下さいませんか、室生君の本は出たのですか。

二月四日　　　　宇野　浩二

神屋敷　民蔵様

210　昭和二十一年二月七日（消印不明）／／松本市今町四三三より／／大阪市南区西賑町二八　全国書房／／**神屋敷民蔵**宛（封書　便箋二枚）速達

拝復
紙のノリありがたう存じます。
砂糖は、いくら高くても結構ですから、お願ひいたします（お手紙の中に『数日中に上京』とありますが）、上京は東京にいらつしやるのですか、東京にいらつしやる途中におよりになるのですか。大体何日頃こちらにおいでになりますか、速達でお知らせ下さいませんか。
◎砂糖は、サケもタバコものまない僕の身心保養の必需品です。
◎お茶もほしいのです。これもサトウのつぎの必需品です。しかし、やはり砂糖お願ひいたします。
お茶は数ケ月のちで結構です。

今はどの雑誌も早く出すのが競争ですから、「新文学」は三四月か、四五月に合併号を出して、毎月―その月のはじめに必ずお出しになるのが必要と信じます。
◎お申しこしの北沢喜代治さんの小説は、大へんによいもので、題は『出立』(注1)―第一章と第二章にわかれてゐて、

第一章が六十枚、第二章が七十六枚ですから、御都合で、二回分載でもよいと思ひますが、北沢さんの全作品の中でいいものですし、新作家のものとしても、かなりすぐれたものですから、おもひ切つて、百三十六枚一度にお出しになることをおすすめいたします。
◎僕の原稿十三日にソクタツカキドメでお送りいたします。

二月七日　　　　　宇野　浩二

神屋敷　民蔵様

◎なにか甘いものがありましたら、これもいくら高くても結構、お買ひ下さいませんか。
◎何月何日ごろいらつしやいますか。
おへんじソクタツで下さい。

（注1）　北沢喜代治「出立」（「新文学」昭和二十一年五月一日発行、第三巻四・五号）

211

昭和二十一年二月十四日（消印　松本／他は不明）／／松本市今町四三三より／／大阪府南河内郡富田林町毛入谷三七一ノ一　竹中国次郎様方／／**織田作之助**宛（封書　原稿用紙〈22×22〉一枚）速達

大へんな御無沙汰をしてをります。

雑事が進まないのと、うちの者の病気がハッキリしませんので、買ひ出しのほかに、半分ぐらゐジスヰをしてゐるからです。
◎さて、（世界文藝）どうなりましたか。
◎僕の原稿が、うちの者の病気のために、まだ出来てゐないのをタナにあげて、言訳ですが…
◎佐藤さんの『月と柿と栗』僕の方にお送り下さいませんか。
◎三島書房の方も気になつてをりますが―気になつてをりますから。
◎「新生」の『青春期』の㈡を牛のアユミで書きつづけ、それが終つたら、「人間」の小説です。
◎レイのランブンランピツ御判読下さい。

十二月十四日　　　　　宇野　浩二

織田　作之助様

追伸、カミヤシキクンに「新文学」の原稿料ネアゲを云つてやりましたら、随筆五円をやつと二十五円といつてくれました。

212

昭和二十一年二月十四日（消印不明）／／松本市今町四三三より／／大阪市南区西賑町二十八
全国書房／／**神屋敷民蔵**宛（封書　便箋二枚）
速達

前略
○「新文学」まだ出ないのですか。心ぼそくて原稿かく気になりませんが、御様子おりかへしお知らせ下さい。
◎「作家と歌人」
自然主義の道
—自然主義
諸作家外観—117

一、自然主義の前派
二、島崎藤村
三、田山花袋
四、国木田独歩
五、岩野泡鳴
六、正宗白鳥
七、真山青果
八、徳田秋声

島崎藤村　126
高浜虚子　86
歌人の散文　100

かういふ本（僕の本）を全国書房でお出しになりますか。みんなで四百二十五六枚です。
田中様　僕は是非出版したいと思います　菅
可　否
他の本屋に話があるのですが、「新文学」といふ雑誌を持つてゐる「全国書房の方」がとおもつて、お聞きしたのですが、おりかへしお返事下さいませんか。もしお出しになりますなら、印税と初版の部数お知らせ下さい。
◎サトウ—待つてをります。小包で送る方法ありませんか。何かに、くるんで分からないようにして。

二月十四日　　宇野　浩二

神屋敷　民蔵様
○〆切何日ですか

213

昭和二十一年二月二十二日（消印　□・2・22）／／松本市今町四三三より／／大阪市南区西賑町二十八　全国書房／／**神屋敷民蔵**宛（官製

はがき）　速達　五銭

明日
二十五六枚の小説カキドメソクタツでお送りいたします。
いつかコブとお茶を送ったといふ電報ありましたがどうなりましたか。

二月二十二日　　松本市今町四三三

宇野　浩二

214

昭和二十一年三月五日（消印不明）／／松本市今町四三三より／／大阪市南区西賑町二十八全国書房／／**神屋敷民蔵**宛（封書　陸軍用箋一枚）

前略
初七日を昨日すまし、明後日遺骨を東京の方にをさめるために、上京しなければならなくなりましたので、小説はどうしても出来ませんから、やはり『回想の文学』の外篇といふやうなもので、

○田山花袋の『田舎教師』をお送りいたします。
◎お茶とコブお願ひいたします。
十一日に帰るヨテイです。

三月五日　　宇野　浩二

神屋敷　民蔵様

◎一心寺のこと至急お知らせ下さいませんか。

215

昭和二十一年三月二十三日（消印　大阪府大阪／21・11・13）／／松本市今町四三三より／／大阪市南区西賑町二十八　全国書房／／**神屋敷民蔵**宛（封書　原稿用紙一枚）　速達

やっと五日がかりで出来ました。

「新文学」一月号が出ただけで、まだつきませんが、やはりこんどは二三月合併号として、そのつぎから四月号、五月号とされてはいかがですか。

お茶代その他をお引き下さいましたのこりの稿料を新円でお送り下さいませんか。

それには郵便為替でお願ひいたします。

新人の三十枚の小説があります。

よろしかつたら、お送りいたします。

『作家の歌人』の原稿つきましたでせう、つきましたら、お返事下さいませんか。

それから、あれはだいたい定価いくらぐらゐで、何部ぐらゐお刷りになりますか。印税いくらですか。

◯一心寺の事務所わかりましたか

三月二十三日　　宇野　浩二

神屋敷　民蔵様

（注）　封筒裏日付「十月十二日」

216

昭和二十一年三月三十日（消印不明）／松本市今町四三三より／大阪市南区西賑町二十八全国書房／**神屋敷民蔵**宛（封書　陸軍用箋一枚）速達

お返事ありがたう存じます。
◎一心寺は焼け跡に仮り健て物をたててゐるさうですが、そこで供養をしてくれませうか、遺骨を持つて行きましても。（おついでの折りもう一度、御面倒ですが、おしらべ下さいませんか。）
◎しかし、今日の新聞によりますと、大阪は発疹チブスの大流行のために映画館も劇場も閉場といふことですが、これでは当分（一と月ぐらゐ）行きたくても、大阪には行けないことになりまして、二ノ足をふんでゐます。
◎さて、「新文学」のこの次ぎの〆切り何月何日ですか。東京の雑誌（たとへば「人間」「展望」「新生」「文藝春秋」その他）は、ソクタツとデンポウで〆切の十日ぐらゐ前から二日おきぐらゐにサイソクして来ます。それで、「新文学」も、やはり、電報、速達で、サイソクする方法をおとり下さい。
◎それから、小説は、室生君があまり多すぎますから、例えば、里見、久保田、井伏、武田、高見、中山義秀、中野重治、武者小路実篤、その他、いろいろな人に、雑誌を送つておたのみになることを希望いたします。
◎それから、『作家と歌人』のこと承知いたしました。
◎それから、新円になりまして、かなり困窮してをりますので、『回想の文学』（この間お送りしました）の稿料を、新円で取れますよう、ソクタツカキドメでお送り下さいませんか。ついでに、北沢喜代治さん（松本町渚町三三三）にも稿料送つて上げて下さいませんか。

◎新人の原稿（新人といつてももう二十年以上かいてゐる人）、二つ手もとにあります。よく（一度よみましたが、もう一度よく）よんで、よかつたら、お送りいたします。

三月三十日　　宇野　浩二

神屋敷　民蔵様

217

昭和二十一年四月六日（年推定）／兵庫県川辺郡小浜村米谷／**織田作之助**宛（封書　Ａ４原稿用紙〈10×20〉四枚）　封筒なし

おもひながら、気にしながら、御無沙汰いたしました。二人ぐらしの一人（妻）が去年の十二月中頃から病みつきまして、二月二十六日に永眠いたしますまで、その看病で身心ともに疲れまして、死後もその疲れが、なかなかとれないばかりでなく、かへつてひどくなりましたのも、御無沙汰の一つの理由であります。それから、その二ケ月以上の看病のために方々の原稿その他がおくれましたので、それらに追はれとほしましたのが御無沙汰のまた一つの理由であります。

さて、今年になりましてから、コンニチまで、予想しましたとほり、いや、予想以上に、多くの出版屋が窮壊（窮壊以上）におちいり、出すつもりの本が出せないのが数多くなつたやうです。その一二の例は、（一二です。）僕の知つてゐますのでは、筑摩書房は印刷所のフズヰに困り、小山書店は紙のフズヰに困つてゐるやうですが、これらは、困つてゐるだけで、何とかするでせうが、何とか出来ない本屋（出版屋）が無数にあるらしいです。しかし、これは僕（ら）には助かりました。

さて、「世界文藝」はその後どういふ状態ですか。—などと申せたギリでないほど、僕の原稿はおくれすぎてをりますが、—失礼ですが、—やはり、この出版社の外部的の不自由のために、「世界文藝」もゆきなやんでをられるのではないか、と案じまして、おたづねする次第でございます。

そのおたづねします一つの理由は、一と月ほど前にカミヤシキ（「新文学」）が来ましたのでて、話のついでに、「織田さんのお友だちが京都で雑誌を出されるのですが、なかなか骨だらうと思ひます」といひますと、カミヤシキ曰く「骨でせうが、それはムリはないので。いろいろの事情で、おくれるのでせう。」と云ひました。

僕はカミヤシキのいふ「おくれる」のではないか。と思つてこの手紙をかいたわけです。

それから、カミヤシキに、その時、あなたの御住所が変つたらしい、と聞きますと、「お変りになりました、タカラヅカの辺といふことですが、ハッキリしたお所はしりません」といひましたので、あなたの御住所をやつと吉田さんに聞きまして、この手紙をかいた次第です。

例（無例）によつて、ながながと前おきのやうなものをならべましたが、僕の一案として、「新文学」を、あなたと僕とで何とかして、生かす方法がないでせうか、いかがでせう。これは、東京で、新人を紹介することをタテマヘにしてゐました虹書房（スバラシク紙をたくはへてゐる本屋ださうですが、それを信用してゐました）の、「新文藝」がどうも出なくなるらしいことが最近わかりましたので、「新文学」を、あなたと僕とで、新人紹介の道具の一つにしたい、と思ふのですが、いかがでせうか。

さて、今、僕は、実は、先月（三月）二十八日シメキリの「新生」レンサイの『青春期』をかきつづけてゐるのですが、一昨日（四日）『コチラミナテガヌケヌ」シツレイデスガ五ヒマデニゲンコウゴジサンヲコフ』といふ電報をうけとりましたので、昨日「六ヒアサゲンコジサンユク」といふ電報をうちかへしましたが、レンジツの疲れ（理由略）のために、八日の朝（あるひは七日の夜）の汽車で、「青春期」第三回（その二）の原稿をたづさへ上京し、十日か十一日に帰るつもりです。それから、カミヤシキタミに調べてもらひまして、一心寺がヤケアトにかりケンチクをしてゐるといふ知らせがありましたが、事ムをとつてゐるかどうかともう一度聞きあはせ、もし事務をとつてをりましたら、兄と妻の遺骨（ノドボトケ）を持つて大阪（一心寺）にゆき、その時は何とかしてお目にかかりたいと存じます。

もつとも、かう申しましても、二た月あまりの原稿その他のセイトンのために、それをはたすのに、早くて今月一ぱい、おそくて来月上旬ぐらゐまでかかりますので、大阪ゆきは、その頃になるかと存じます。
○文藝春秋は、佐々木茂索君が社長となり、たてなほしをするさうなり。茂索君よりの便りの一節に、「大体暖クナル迄まち、日増しに目鼻がついて来ましたから、御安心の上どうか出来るだけ御後援下さい」とあります。結局、今（イマ）はナニガナニヤラ、ムチヤクチヤ時代と存じます。

四月六日　　　　宇野　浩二

織田　作之助様

○くりかへし、おねがひいたします。「世界文藝」の御様子をおり返しお知らせ下さいませんか。

218

昭和二十一年四月六日（消印不明）／／松本市今町四三三より／／大阪市南区西賑町二八　全国書房／／**神屋敷民蔵**宛（封書　原稿用紙〈20×10〉二枚）速達

ありあはせの紙で失礼いたします。

「新文学」はその後どうなりましたか。

三四月合併号もどうなりましたか。

㈠◎「新文学」のその後の様子お知らせ下さい。僕の原稿のこんどのシメキリは何月何日ですか。

㈡◎一心寺は前の所で事務をとりますか。

㈢◎いつかの北斎とドガの本できましたら、お送り下さいませんか。

㈣◎お茶、たかくても結構ですから、何とかなりませんか。
◎サトウはどうですか。

四月六日　　　　宇野　浩二

神屋敷　民蔵様

右　おりかへし　ソクタツでお返事下さいませんか。

219

昭和二十一年四月十五日（消印不明）／／松本市今町四三三より／／大阪市南区西賑町二十八　全国書房／／**神屋敷民蔵**宛（封書　鎌倉文庫原稿用紙一枚）速達

「新文学」の合併号は結構です。その代り、この次ぎからは、順調にお出しになることを希望いたします。
◎『回想の文学』今かきつづけてをります。
◎佐藤善一さんの『月と栗と柿』はやはりいいものと思ひます。一度「文藝」にやつたのですが、「文藝」に僕が約束の原稿をかきませんでしたので、「文藝」から返して来ましたので、「新文学」にお出し下さいませんか。
◎新作家のもの、それと一しよに一つか二つお送りいたします。
◎代金お払ひいたしますから、コブとお茶お願ひいたします。
◎川崎さんと北沢さんに原稿送つて上げて下さいませんか。

四月十五日　　　　　　　宇野　浩二
神屋敷　民蔵様

◎『作家と歌人』のうち、『島崎藤村』と『高浜虚子』とを抜いて、『志賀直哉』『里見弴』『島崎藤村』↓別の藤村論二つとにかへたいと思ひます。それでこの間お送りしました『島崎藤村』と『高浜虚子』とおり返しお送り下さい。
◎『北斎とドガ』おねがひいたします。

220　昭和二十一年四月十八日（消印　本郷川上／21・4・18）（転送／21・4・23）／／松本市今町四三三より／／兵庫県川辺郡小浜村米谷から京都市中京区寄錦通錦ビル　世界文学社内転送／／**織田作之助**宛（封書　鎌倉文庫原稿用紙〈20×20〉三枚）速達　四十銭

こんな紙で失礼いたします。

九日―十三日＝東京に行きましたが、久保田万太郎君の言葉をかりますと、東京の町には「凝視にたへず」です。

しかし、この上京中、正宗白鳥さんと同じ宿の同じ部屋で一泊したり、潤一郎さんと久しぶりで逢つて、夕食を共にしましたことです。殊に白鳥さんとは、まづしいフトンの上にすわりながら、文学談をかはしたり、その翌朝、銀座の町を歩いたりしました。しみじみ長生きはするべきものだと思ひました。

また、先月の末、松本在の田舎のある家で、武者小路さんとコタツをはさんで一泊しましたが、この晩も、その翌朝も文学談をかはしました。

これらのたのしい会合のをりに、心をうたれましたのは、志賀さんも、谷崎さんも、誰さんも、みな生活に困つてをられることです。志賀さんなど、梅原さんの名画を二三点も売られたさうです。

　来月はじめに、里見君が『姥捨』に出てくる上田の近くに来ますので、その頃、軽井沢から正宗さんが上田に出かけ、僕が松本から上田に出かけまして、そこで落あつてから、三人で別所温泉に行くヨテイであります。

貧乏などナンノソノであります。自分のことばかり思はず書いてしまひましたが、「世界文学」がいよいよ出ます由、ありがたくうれしくおもひました。昨日、東京の朝日新聞に広告が出てゐました。『飜訳の文学』は、こんどこそ書きますから、シメキリの一週間ほど前にサイソクのお手紙を下さいますように、柴野さんにおつたへ下さいませんか。

　武田君は惜しいことをしましたが、不養生と、不便な所にをられましたので、医者が間にあはなかつたことを鎌倉の中山義秀君から聞きました。

　印刷は、どこよりも、東京が一番不自由をしてゐるやうです。その証拠に新聞に出てゐるアマタの本は、十の七八まで、出てゐないどころか、印刷にもかかつてゐないさうです。

　大阪でへは、神屋敷さんが、行く日がきまつたら、宿その他の心配をして下さるさうですから、何とかして出かけたいと思ひます。が、なにぶん二た月ちかく病床にゐましたもの、と、二人ぐらしの一人で、看病しましたので、方々の約束の原稿がしだいにおくれにおくれましたので、それをはたすのにはどんなに早くても、来月中頃までかかると思ひますので、都合よく行つて、来月（五月）の二十日ごろになるのではないか、と思ひます。いづれにしましても、一昨年行きましたのに、もう四五年に行かないやうな気がしますので、行きたいおもひが切であります。

　「世界文学」にはいつかの北沢さんの小説が何号かに出ますでせうか。あれは、御承知かもしれませんが、一度「新文学」に送りましたのを、とりかへしたもの、（神屋敷さんにウラマレましたもの）です、どうぞ、よろしくお願ひいたします。

　もつとも、「新文学」に、長いものですが、北沢さんのわりに面白い小説を、（神屋敷さんから代りのものをとせがまれましたので）送りましたが。

　「改造」は東京でちよつと見ましたがまだつきません。不順のをりから、お大事に

四月十八日　　　　　　　　　宇野　浩二
織田　作之助様

221

昭和二十一年四月十九日（消印不明）／／松本市今町四二三より／／大阪市南区西賑町二十八　全国書房／／**神屋敷民蔵**宛（封書　用箋一枚）　速達

東京から帰つて来ましてから疲労のため、二三日半病人のテイでをりましたので、約束の原稿がしだいにおくれまして、『回想の文学』もおくれてをります。
もう二三日しましたら、かならず書いてお送りいたします。
◎それから、いつかの評論集の『作家と歌人』より、どうしても『二宮尊徳』(注1)の方がだんちがいに売れる気がいたしますし、全国書房からはじめて出す本としましても、
◎二宮尊徳（長篇小説＝二百六十枚）の方が、僕の自信のある近作ですから、この方を出したいと思ひます。
田中さんと出版の係りの方にお話し下さいませんか、但し、最後の三十枚の書きたしをするのに十日ぐらゐかかります。

四月十九日　　　　　　　　　宇野　浩二
神屋敷　民蔵様

◎北沢さんに稿料お送り下さいませんか「世界文学」の方の稿料が北沢さんの方についたさうですから。
◎新人の作、そのうちお送りいたします。

（注1）のち『二宮尊徳』を桜井書店より昭和二十二年四月二十五日に発行。

222

昭和二十一年四月二十日（消印　長野県／松本／21・4・20）／／松本市今町四二三より／／大阪市南区西賑町二十八　全国書房／／**神屋敷民蔵**宛（封書　用箋一枚）　速達

◎「新文学」はまだ出ませんか。大阪で、今ではもつともふるい文芸雑誌ですから、どうぞ、ほかの雑誌にまけないで、早くお出し下さいませんか。
◎川崎長太郎氏（小田原市幸）になるべく早く稿料お送り下さいませんか。北沢喜代治氏にも。

◎川崎君の小説(注1)の出てゐる（ずつと前の）「新文学」なんとかして、手にいらないでせうか。あの小説の出てゐる分だけでもいいのです。誰か持つてゐる人がありましたら、お借り下さいませんか。
◎『北斎とドガ』出ましたら、お送り下さいませんか。
○それから、『文学の回想』ギリギリ、いつまで（何月何日）までですか。
◎お茶とコブ（少し高くても結構ですから）。
　代金はむろんお払ひいたしますから、なるべく早くお送り下さいませんか。
◎なるべく早く都合をつけて、（方々の約束の原稿を片づけて）大阪に行きたいと思つてをります。
◎室生君の『山吹』まだ出ませんか。
◎矢野君の『近英文芸批評史』もまだですか。

　四月二十日　　　宇野　浩二

神屋敷　民蔵様

（注1）川崎長太郎「木の芽」（「新文学」昭和二十年二月一日発行、第二巻二号）

223

昭和二十一年四月二十九日（消印　松本／料金収納／長野県）／／松本市今町四三三より／／大阪市南区西賑町二十八　全国書房／／**神屋敷民蔵**宛（封書　便箋　裏表）速達

淡路島からのソクタツ（ハガキ）拝見いたしました。
◎『作家と歌人』は全部組みあがつてしまつて、校正も進んでゐる由＝それでは仕方がありませんから、原稿とりかへはテツカイいたします。
その代り、㈠校正はかならずお見せ下さい。

㈡装幀はどんな風になりますか。（センモンの画家にたのみますか。）

㈢実は鎌倉文庫の川端君から、『島崎藤村』と『高浜虚子』を（二篇を一冊にして）出させてほしい、その代り、「失礼ですが、印税の内金として、五千円は新円でお送りします」と云つて来たのです。

㈣それで、『作家と歌人』の印税の内金として一千円だけお送り下さいませんか。（その一千円の中から、『甘イモノ』と『オ茶』の代をお引き下さいませんか。）
㈤昆布はお手にはいりませんでせうか。
◎僕の原稿ですが、妻の長わづらひのために、方々の約束の原稿が、しだいにおくれてをりますので、それに忙殺されてをりますが、『回想の文学』は面目一新して、かかりたいと思ふのですが、こんどのシメキリの月日をおりかへしお知らせ下さいませんか。
◎「新文学」まだ出ませんか。どうなつてをりますか。出ましたら、北沢さんに、（北沢さんの作の出てる雑誌）三冊送つて上げて下さいませんか。
◎新人の作品別便でお送りいたします。新人といつても、佐藤(注1)さんと及川甚喜(注2)さんのだけで、あとの二つはもう一度よみなほしてから、お送りいたします。

四月二十九日　　　宇野　浩二

神屋敷　民蔵様

失礼ですがウラをごらん下さい。

及川甚喜氏は「文藝首都」のもつとも古い同人で、その幹部であり、農民文学者会の幹事であり「少国民の友」の編輯主刊であります上に、既に十数年、小説を勉強してゐる人で、お送りいたしました作は56枚ですが、それだけ（それ以上）の価値があると信じます。

大阪ゆきはみな原稿が出来てからにいたします

（注）封筒裏日付「七月十七日」
（注1）佐藤善一「年輪」（「新文学」昭和二十一年七月一日発行、第三巻六・七号）
（注2）及川甚喜「火の見櫓の下で」（「新文学」昭和二十一年八月一日発行、第三巻八号）

224

昭和二十一年五月一日（消印不明）／／松本市今町四三三より／／大阪市南区西賑町二十八全国書房／／**神屋敷民蔵**宛（封書　鎌倉文庫原稿用紙一枚）速達

三月一日発行の「新文学」二・三月号が五月一日につきましたが
◎僕の原稿（『回想の文学』）はいつまでにお送りしたらいいのですか。
◎このつぎは、四、五月号でせうか、それはいつ頃出るのですか。

◎お茶、コブ、アマイ物＝お送り下さいませんか。
◎「北斎とドガ」つきました。
◎池田さん(注1)のものを巻頭に出されたのは感心しません。古谷君のものなど、この紙の大切な時に…と思ひました。メレジュフフスキの戦記もカタすぎて、よくないと思ひます。戦記は少しぐらゐまちがつてゐても、日本語になつてゐるもの、よみたいものが一等と存じます。

五月一日　　宇野浩二

神屋敷　民蔵様

◎この間お願ひしました印税内金のことお願ひいたします。

(注1)　池田小菊「東大寺物語愛と死(一)」(「新文学」昭和二十一年三月一日発行、第三巻二・三号)

225

昭和二十一年五月四日（消印　松本／21・5・8）／／松本市今町四三三より／／東京都麴町区内幸町二　大阪ビル旧館六〇四号　新生社／／**青山虎之助**宛（封書　用箋三枚）速達　四十銭

やつと上京の日を十五日ときめました。

こんどは、すこし、保養（目と心の保養）をしたいとおもひまして、十五日の午前六時の汽車で立ちまして、一時半新宿着、それから新橋―新生社の順におうかがひいたしまして、すぐ「新生」の文藝欄の改善策について御相談をしかたがた愚見を述べたいと存じます。＝これが十五日のヨテイです。
◎十六日は、午後鎌倉文庫にまゐりまして、原稿チエンのわびその他の用事をすまし、それから、大森の知人㈠の知人㈡の家に行つて、そこで一泊するつもりです。知人の知人といふのは㈠の知人は松本の人（女学校の教頭で＝この人に食料の買ひ方その他をおそはつてゐます）で、この人が東京見物に十六日の午前六時の汽車で上京して、㈡の知人（この松本の人の友人で、医者で大へんな蔵書家で、博士ですが、滅多にない病気がセンモンですから、開業はしてゐても、ヒマのある人）です。＝つまり、十六日は、午前は、十五日のノコリの「新生」の改善の御相談をし、午後にカマクラ（実はニホンバシ）に行き、それから大森の医者のうちに行つて休養（四時半前に電車にのらないとセイゲン時間に引つかかります）

◎十七日は、午前に早く大森から東京都内に出て、大塚と卯山に行き、午後一時ごろ新生社にお伺ひいたします。そこで、松本の知人と大森の医者を待ちあはし、東京劇場の『助六』ケンブツに行くヨテイです。
◎十七日も大森にとまります
◎十八日は、朝大森を出て、ひる前新生社により、ひる頃、有楽町で松本、大森の知人とおちあひ、どこかでひるめしをたべ、東京ヤケアト見物をかねて、神田神保町に行き一誠堂の一番書次にあつて、イントクの本を見せてもらひ、その中でましなものを強奪的に買ふヨテイです。
　その晩の汽車（十一時三十五分の汽車）で松本に帰ります。
◎この急行旅行は、オンにキセたわけではないですが、『青春期』の「新生」に出す最後の分をなるべく早く完結させるためと、コドモ（二十五歳）がシルシだけの結婚式を松本でするためです。
◎コドモは、復員する兵隊と、南方にゐる日本人を内地につれてくる役をしてをりまして、それを二年ぐらゐやると云つてをります。そのコドモが、二十日から一週間とかヒマをもらつて松本に来まして、二十五六日にカタだけの結婚式をしてほしい、といふのです。つまり、コドモは、新妻を、僕のうちに、家事テツダヒとして、おいて、自分は、あと一年半か二年ぐらゐ、復員船で海の上を往復するさうです。
◎但し、この結婚式なるものは、今テツダヒに来てゐるバアサンとコドモにまかせますから、僕は、式の日だけ出席して、あとは『青春期』その他に没頭するつもりですから、大（たい）して仕事のジヤマになりません。
◎さて、俗のお願ひ＝サカナ大キキンのため、カンヅメを若干お願ひしたいのです。これは、遠慮なく申しますと、僕には、いつかいただきましたとき、重くてヘイコウしましたので、例の中川力（チカラ）もちに、松本まで持つて行つてもらひます。中川力もちはそのため、十八日の夜行で松本に来てくれますから、カンヅメ若干と申しましたが、ふたたび遠慮なく申しますと、多い方が結構です。それで、その上にお願ひですが、出来ましたら、十六七日ごろに、カンヅメおテハイ下さいませんでせうか。
◎それから、例によつて、東京―松本の切符（三等）コンドは、三枚御つごう下さいませんか。

三枚のウチ一枚ハ往復＝これは十七日にほしいのです。

◎「新生」文藝欄の改善案の一つ＝執筆者の顔ぶれを、もう少し広くして、それで、格をおとさず、「新生」の面目をけがさない方法＝これは主として小説、それから随筆。

◎中間の欄（このまえ、荷風、白鳥、茶谷あるひは辰野）を改善すること。

まつたく変へなくても、改善すること。右、僕も考へておきますから、社長さんは、大いに考へておいて下さい。

五月四日　　宇野　浩二

青山　虎之助様

226

昭和二十一年五月七日（消印　松本／料金収納／長野県）／／松本市今町四三三より／／大阪市南区西賑町二十八　全国書房／／**神屋敷民蔵**宛（封書　鎌倉文庫原稿用紙一枚）速達

◎原稿は一昨日（五日）から書きはじめてゐます。今日（七日）中に書き上げまして、明日（八日）の午前にカキドメソクタツでお送りいたします。

◎『島崎藤村』と『高浜虚子』だけを一冊にして本に出したい、且その代り「印税は半分だけ原稿とヒキかへに」といふ鎌倉文庫の申し出を断つたのですから、いつかお願ひしましたやうに、『作家の歌人』（校正カナラズお見せ下さい）の印税の内金を（小包＝まだつきませんが＝のもの代をおひき下さいまして）千円ぐらゐお送り下さいませんか。

◎新人のよい小説一両日中に送ります。

五月七日　　宇野　浩二

神屋敷　民蔵様

227

昭和二十一年五月九日（消印不明）／／松本市今町四三三より／／大阪市南区西賑町二十八　全国書房／／**神屋敷民蔵**宛（封書　原稿用紙一枚）速達

前略

急用が出来ましたので、原稿おくれますが、明日の午前のソクタツで、まちがひなく、お送りいたします。
それから、いつかお願ひいたしました、
川崎長太郎氏（小田原市幸四ノ五八五）
北沢喜代治氏（松本市渚町三三三）
の両氏に原稿料がとどいてゐないやうですが、両氏には、僕が、それぞれ、無理にお願ひし、他の雑誌におくるのを、「新文学」にお送りしたのですから、この手紙つきしだいお送り下さいませんか。（カキドメソクタツで）
それから、『作家の歌人』の印税の内金も、これがつきましたら、カキドメソクタツで、お送り下さいませんか。
○この原稿紙をもらひました鎌倉文庫では電報為替で送つて来ます。
○こんどの「新文学」の巻頭の池田小菊さんの小説は、どうしてあんなものを出したのですか。あれは、僕のやうなものでも、少しよみかけて止めました。
宇野　浩二
五月九日
神屋敷　民蔵様

「山吹」は、初の方のペイジのはしの方が切れてしまつて、よみませんから、もう一冊お送り下さいませんか、これは鎌倉文庫の『無限抱擁』にもありました。
僕の原稿と一しよに、佐藤善一氏の『年輪』お送りいたします
佐藤氏は、勉強家だけに、だんだんうまくなつてゆきます。

228

昭和二十一年五月二十一日（消印　21・5・23）／／松本市今町四三三より／／山形県北村上郡大石田町　二藤部様方／／**斎藤茂吉**宛（封書用箋二枚）十銭

その後はまつたく御無沙汰してをります。去年の七月はじめにこちらへ越してまゐりましたが、なにぶん二人ぐらしでありますし、配給のお米をとりに行くのに往復二里もあるかなければならないやうな不自由をしてをりました。そのうち、在京中に空襲その他のために疲労をしてをりました妻が、昨年の十二月はじめから、気分も

からだもすぐれませず、半病人になつてゐましたのが、今年のはじめから寝つきまして、二月の二十六日の朝はやく永眠いたしました。

　かういふ中で、原稿をかきましたり、買ひ物に行きましたり、よんどころない用事で月に一度上京いたしましたり、いたしました上、なにぶん、二人ぐらしの中で、二カ月以上の看病のために、疲労いたしました上に、約束のいくつかの原稿がおくれおくれいたしましたので、おもひながら、気にかかりながら、御無沙汰してをりました。

　この封筒で御らんのとほり、「四月二十日」にお出しするつもりでをりましたのが、ちやうど一と月のちの今日（五月二十一日）にしたためる次第でございます。

　さて、自分のことばかり申し上げましたついでに申し上げますと、こちらへ参りましてからのことを、『浮沈』といふ題で、九十枚ぐらゐ書きましたのが、今年のはじめで、それは「展望」といふ雑誌に出しましたが、先月の末から、そのつづきの妻が死にますまでのことを『思ひ草』といふ題で、書きつづけてをります。これに、センエツですが、

　　みちのべの尾花かもとの思ひぐさ今さらさらに何かおもはむ

といふ万葉集の歌からも、おもひついた題ですが、なにか、こんどの小説には、『思ひ草』といふ題がつけたかつたのでございます。

　これを今月一ぱいに書き上げて、「人間」といふ雑誌に出すつもりでをりますが、もし無事に出来ましたら、その雑誌を先生のお手もとにお送りいたします。

　東京の前の家は辛うじて焼けのこりましたが、あのまま住んでをりますと、無理に同居人をおかねばなりません上に、半年以上も朝に夕に空襲と警戒の警報におどろかされましたので、このままゐれば、仕事が出来ないばかりか、からだがまゐつてしまふと思ひましたので、前に申し上げましたやうに、去年の七月はじめに、こちらに参りまして、四ケ月ほど松本市外の町の百姓の家の二階をかりてをりましたのが、やつと去年の十月末にこちらに一軒（といつても、下が二た間、二階が一と間）の家にこしてまゐりました。

　しかし、今は、もうこちらになれました上に、東京な

どと比べますと、たべ物などはわりにらくに手に入れられますのと、おちついて読み書きが出来ますのとで、ここで辛抱して勉強するつもりでをります。

　こちらには、先生のお子さんもをられるやうですし、浅間温泉の方には香取さんと石井柏亭さんがほとんど永住のつもりで住んでをられますし、すこしはなれたところ（有明山のふもとへん）に、よく歌におよみになつてをられますやうに、岡先生がお住みになつてをられます。

　とりとめないことを述べましたが、数日前に、長くおわづらひになつたと聞いてをりました先生が全快せられましたことを人づてに聞きましたので、そのおよろこびをかねて、乱筆で述べたてました。

　どうぞお大事に。僕もどうやら丈夫で勉強してをります。

五月二十一日　　　宇野　浩二

斎藤　茂吉先生

（注）封筒裏日付「四月二十日」

229

昭和二十一年五月二十一日（消印不明）／／松本市今町四三三より／／大阪市南区西賑町二十八　全国書房／／**神屋敷民蔵**宛（封書　原稿用紙一枚）速達

おいの上京のためと、子の結婚式（これは一日のうちの二時間ですみましたが）と、かさなる仕事に追はれてゐまして、「新文学」の原稿をおまにあはすこと出来ませんでしたが、この次ぎの〆切の月と日を折り返しお送り下さいませんか。

こんどの「新文学」いつ出ますか。

五月二十一日　　　宇野　浩二

神屋敷　民蔵様

◎北沢さんの稿料おねがひいたします。
◎品々ありがたう存じます。あの代金をお引き下さいまして、『作家の歌人』の印税の内金おりかえしソクタツでお送り下さいませんか。
◎『作家の歌人』の初校かならずお見せ（お送り）下さい。

230

昭和二十一年五月二十七日（消印不明）／／松本市今町四三三より／／大阪市南区西賑町二十

八　全国書房／／**神屋敷民蔵**宛（封書　国民図書刊行会原稿用紙〈20×10〉三枚）　速達

「新文学」なかなか出ないやうですが、どうなりましたか。

北沢さんの稿料おり返しお送り下さいませんか。
子（二十五歳）の結婚式などありました上に、たまつてをります原稿におはれまして、とうとう「新文学」の原稿まにあいませんでしたが、こんどは何月何日のシメキリですか。
○いつかお願ひしました、室生君の『山吹』ペイジのはしが切断してをりますので、よめませんから、もう一回お送り下さいませんか。
◎『作家の歌人』の校正いつ出るのですか。
出ないやうでしたら、『島崎藤村』と『高浜虚子』の原稿お返し下さいませんか。
これは、イヂワルでなく、いくら申し上げましても、お送り下さいました品々の代金をお引き下さいまして、あの印税の内金をお送り下さいませんか、と申し上げても、お送り下さらないからです。それに、いつか申し上げましたやうに、「島崎藤村」と「高浜虚子」の二つだけを一冊にまとめて、鎌倉文庫から出したい、と、川端君から云はれたのを断つたからです。それに「島崎藤村」も「高浜虚子」も、川端君の編輯してゐる雑誌（「八雲」と「人間」）に出したものだからです。

五月二十七日　　宇野　浩二

神屋敷　民蔵様

231

昭和二十一年六月七日（消印　松本／料金収納／長野県）／／松本市今町四三三より／／大阪市南区西賑町二八　全国書房／／**神屋敷民蔵**宛（封書　鎌倉文庫原稿用紙一枚）　速達

「新文学」はどうなつてゐますか。
◎今は、東京が印刷が不自由以上の時ですから、せめて、印刷所の自由のきく大阪の御社あたりはガンバつて下さいませんか。
◎僕の原稿、（故障のためおくれましたが）いつまで（何月何日まで）お待ち下さいますか。（但し、九日の朝のソクタツカキドメで送るつもりです。）

◎北沢さんの原稿料まだつかないさうですが、この手紙ごらんしだい、北沢さんの原稿料と、電報で二度もおねがいいたしました『作家と歌人』の印税の内金をお送り下さいませんか。それから室生君の『山吹』と。
◎そのうち、何とかして、大阪に行くつもりです。

六月七日　　宇野　浩二

神屋敷　民蔵様

232

昭和二十一年六月十三日（消印不明）／／松本市今町四三三より／／大阪市南区西賑町二十八全国書房／／**神屋敷民蔵**宛（封書　原稿用紙一枚）速達

「新文学」四五月号は見事な出来です。が、長い小説を二つお出しになつたのは考へものでした。北沢氏（注1）のを出せば、池田氏（注2）のを次号にするとか、池田氏を出せば、北沢氏を次号にして、短い小説を、川崎君ぐらゐのを二つお出しになつたらと存じます。

古谷君（注3）のものはツマラないと存じます。

やはり川崎君（注4）のものは抜けてゐると思ひます。

それから、長篇のレンサイは、よほどよいものでないと、お止めになることを希望します。他のてんは、一所懸命はわかりますが、くどくて、退屈です。

「回想の文学」は、面目をあらためるために、一回休ませてもらひます。この次ぎは何月何日〆切りですか。必ずかきますから、おり返しお知らせ下さい。

北沢さんに、あの雑誌五部送つてあげて下さいませんか。

それから、川崎、北沢両氏に原稿料すぐ送つて上げて下さい。

六月十三日　　宇野　浩二

神屋敷　民蔵様

◎土田杏村全集は感心しませんが、
◎プラトン全集は大いに感心いたしました。これは代金はらふことにして、お送り下さいませんか。

（注1）北沢喜代治「出立」（「新文学」昭和二十一年五月一日発行、第三巻四・五号）
（注2）池田小菊「愛と死（二）」（同右）
（注3）古谷綱武「人生論の文学」（同右）
（注4）川崎長太郎「野宿」（同右）

233

昭和二十一年六月二十六日（消印不明）／／松本市今町四三三より／／大阪市南区西賑町二十八　全国書房／／**神屋敷民蔵**宛（封書　国民図書刊行会原稿用紙〈20×10〉二枚）速達

前略＝十九、二十、二十一、二十二日と上京してをりましたので、『作家と歌人』の校正おかへしおくれましたが、一両日中にお送りいたします。

◎「新文学」（四五月号）のあとはどうなりましたか、心配してをります。僕は、『回想の文学』をのばして、『晩年の尊徳』といふ小説を「新文学」のためにかくつもりでをります。シメキリの月と日をお知らせ下さいませんか。

◎茶谷君から『文楽聞書』をもらひましたが、あのやうなものをお出しになるなら、広津の『藝術の味』をお出しになつた方がと思ひますが。

◯「新文学」はこの次ぎは六・七月号ですか。そのうちに、合併号でないのをお出しになりませんか。

六月二十六日　宇野　浩二

神屋敷　民蔵様

『作家と歌人』の印税の内、もう千円、（内金として）電報為替でお送り下さいませんか。

234

昭和二十一年七月五日（消印不明）／／松本市今町四三三より／／大阪市南区西賑町二十八　全国書房／／**神屋敷民蔵**宛（封書　国民図書刊行会原稿用紙〈20×10〉三枚）速達

『作家と歌人』と印税内金（一千円）つきました。お礼申し上げます。

さて、自分の原稿をおまにあはせしないのに、恐縮ですが、「新文学」のこんどの号の、小説の作者と顔ぶれと、評論その他の筆者の顔ぶれをおりかへし、お知らせ下さいませんか。

「新文学」は東京のあらゆる文藝雑誌より以前に出した雑誌です。その上、東京に比べると御地の方が印刷の能力もあり、表紙の絵などもよいのですから、（ただ題の字が小さすぎるやうです。あれは誰もさういつてゐます。）内容をなるべくよいものにしたい、（していただきたい、）と希望してをります。
◎織田君にナニカ中間物を書いてもらつてはいかがですか。
◎上林君に小説おたのみになつたらどうですか、との村、渋川驍君にもおたのみになりませんか。
◎一度、御地に行つて、いろいろ申し上げたいのですが、松本—名古屋、名古屋—関西線といふのがタイギな気がします上に、今は、大阪のもつともアツイ時かと存じます。その上、ヤドと食物の心配がありますので、二の足をふんでをります。
◎それで、今お願ひしましたこと、お知らせ下さいませんか。

七月五日　　宇野　浩二

神屋敷　民蔵様

235　昭和二十一年七月七日（年推定）（消印不明）／／松本市今町四三三より／／京都市下京区麩屋町通四条下ル　世界文学社御気附／／**織田作之助**宛（封書　国民図書刊行会原稿用紙〈20×10〉五枚）

前略「□吉田氏」のお手紙実に久しぶりでうれしく拝見いたしました。

実はもう一と月半ぐらゐ、一つの小説をもてあまし、一と月半ぐらゐで、七枚をどうしても突破できないでナヤンでゐるアリサマであります。去年のくれから木村君からたのまれ、一と月一と月と、もう四度ぐらゐ延ばしてもらつた小説です。それで、うつかり吉田さんに「世界文学」のための『飜訳の文学』を十日にとおヤクソクいたしましたが、もう一ケ月おのばし下さいますよう柴野さんにもおたのみ下さいませんか。

いつか申し上げたかと思ひますが、ハイセンのおかげで武者小路さんと一と晩おなじ部屋で寝たり、白鳥先生と、一と月をおいて、おなじ所で寝て、文学を談じたり潤一郎さんと、夕食をたべながら、文学を談じたり、里見君と佐藤君の三人で、別所温泉で、夕方から夜中の二時まで文学論をかはしたりたゝかはしたりしました。これは実に生き甲斐あることをしみじみ感じさせてくれ、文学のアリガタサを今更ながら、感じさせられました。

さて、あなたのお作はたいてい（九分どうり）ハイケンしてをります。が、吉田さんにおことづけしましたやうに、いつもオモシロク拝見しますが、いつもウソを面白く聞かされたカンがいたします。それを本当に、（小説の上でですが）と思はせられ、夢中（ムチユウ）でよませられたら、とイカンに思ひます。

『木のない都』といふ題でしたが、「あのやうな小説を一ダンズンぐらゐ」（フロオベルがモウパツサンに云つたことを、大へん大へん大へんセンエツですが）と希望いたします。
◎松本―名古屋（汽車）―名古屋―大阪（電車）―大阪―京都（電車）□、この道筋で、（吉田さんに教はりまして）なんとかして、方々へ不ギリをしても京大阪は行きたい思ひが切でありますが、大キン物のアツサと、ノリモノ不自由、宿不自由、食不自由、等等等（久しぶりで使ひます）のために、二の足も三の足もふんでをります。
◎僕は、テツダヒ（のたべ物ときる物のせわ）が来てをりますけれど、孤独でありますが、文学で救はれて居ります。しかし、よむことはやさしく、かくことは実につらいです。
今日はこれで失礼いたします。
七月七日　　宇野　浩二
織田　作之助様　（ナントカしてもう少し小説すくなくお書きになりませんでせうか）
フヤマチ四デフサガル＝なんとなつかしい言葉であり町でありませう。「わたしのととさん」とレンサウいたします

236

昭和二十一年七月二十七日（消印不明）／／松本市今町四三三より／／大阪市南区西賑町二十八　全国書房／／**神屋敷民蔵**宛（官製ハガキ）
速達　五銭

「新文学」の原稿失礼してをります。
実は二た月がかりの小説がまだ出来あがらないのです。
そのため「新文学」の方御メイワクかけてをります。
しかし、〆切日をお知らせ下さいませんか。
それから、「新文学」のその後の様子をおしらせ下さい。
『作家と歌人』の印税もおねがひいたします。

237

昭和二十一年七月三十日（消印不明）／／松本市今町四三三より／／大阪市南区西賑町二十八全国書房／／**神屋敷民蔵**宛（封書　原稿用紙二枚）速達

前略

『作家と歌人』の校正（校了）と検印証（一萬）をカキドメソクタツでお送りいたしました。御落手のことと存じます。

あれを校正しながら、『島崎藤村』『高浜虚子』『歌人の散文』は、殊に、自分ながら面白いものと思ひました。これで、全国書房で、僕の本として、はじめて出す本としては、僕としても恥づかしくないとおもひました。

◎それで、ふと装幀のことが気になりましたが、いつも僕の装幀をたのんでゐる鍋井君は写生と避暑をかねて旅行に出たらしいですから、彼にたのむのはまにあはないでせうか。

「新文学」にあれの広告が出てから、方々から手紙できまれます。御都合のつくかぎりなるべく早くお出し下さいませんか。

◎それから、あの印税なるべく早くお願ひいたします。

◎うちに少し重い病人がゐまして、入院させねばなりませんので、なるべくマトメテお送り下さいませんか。できれば電報為替か、小切手でしたら、安田銀行。

◎つぎに、「新文学」のその後の様子をおりかへし、お知らせ下さいませんか。『回想の文学』をすませましたら、「新文学」に少し長い小説（あるひはレンサイの小説）を寄稿しようかとおもひます。いろいろおせわになりましたお礼として。

◎いづれにしても「新文学」今年ぢゅうに、幾冊出ますか、今のところ、どういふカホブレ（小説の作家）がきまつてゐますか、それもおりかへしお知らせ下さいませんか。

◎それから、一心寺の事ム所までどなたかおいで下さいまして、方尚（ホウジヤウ）さんのおともだちの小菅秀直（コスゲヒデナオ）さんの御住所をお聞き下さいまして、お知らせ下さいませんか。

この人の住所わかりましたら、二つの遺骨を一心寺におさめかたがた大阪に行かうとおもひます。

七月三十日　宇野浩二

神屋敷　民蔵様

238

昭和二十一年八月二十七日（消印　21・8・27）／／松本市今町四三三より／／大阪市南区西賑町二十八　全国書房／／**神屋敷民蔵**宛（封書　鎌倉文庫原稿用紙一枚）　速達

十四日から昨日（二十六日）まで東京に行つてゐました。

僕としては、創作をゆるしてもらひますことは実にありがたいです。

「回想の文学」のシメキリの月日をお知らせ下さい。

ただ、「新文学」の原稿料はあまりに安すぎます。いまどき、二十五円とか三十円といふ稿料は、僕には、どこにもありません。

では、「作家と歌人」の印税あと二千円に承知いたしましたが、まだつきません。（二三日とかいふたのが八月十三日で、今日は二十七日です）＝電報カワセでお送り下さい。

及川氏の小説かならずお出し下さい。

あんな小説（新人）はちよつとありません。

八月二十七日　　　宇野　浩二

神屋敷　民蔵様

239

電報　昭和二十一年八月二十八日（消印　大阪東／21・8・28）／／**カミヤシキ　タミゾウ**宛

六二六

一五　マツモト　一四八　コ二・五六

ニシニギ　ワイチヨ二八」

センコクシヨボウ」

カミヤシキ　タミゾウ殿

インゾ　イノコリマチカネ」ウノ

コ九・三六八

240

昭和二十一年九月二日（消印不明）／／松本市今町四三三より／／大阪市南区西賑町二八　全国書房／／**神屋敷民蔵**宛（封書　国民図書刊行会原稿用紙〈20×10〉一枚）　速達　一円十銭

二度も三度も電報でお願ひしましたが、お金とどきません。

いつかのお手紙にありましたとほりのケイサン（新円、フウサ）で結構ですから、新円の分だけ電報カワセでお送り下さい。

「新文学」その後どうなりましたか。

『作家と歌人』いつ頃出ますか。

九月二日　　宇野　浩二

神屋敷　民蔵様

（注）封筒裏日付「九月三日」

241

昭和二十一年九月十日（消印不明）／／松本市今町四三三より／／大阪市南区西賑町二十八全国書房／／**神屋敷民蔵**宛（封書　国民図書刊行会原稿用紙〈20×10〉二枚）三十銭

先月十四日から二十六日まである雑誌の小説のために、上京、タイザイ、カンヅメになつて、書きましたが、それでも完結せず。十二日からまた上京いたします。

それに、『作家と歌人』の印税内金三千円うけとりのお知らせもおくれました。

◎『作家と歌人』いつ頃出来ますか。

◎右のやうな事情のため、『回想の文学』まで手がとどきません。ナニシロ、去年のからの約束の原稿のために、毎月十人くらゐ東京からサイソクに来ますので、その方がしぜん先になります。

◎及川君の小説はやくお出し下さいませんか。どうも「新文学」はウチワの人とか、あまり顔ぶれが変らないのが難点でせう。

また、『回想の文学』の稿料も、今としては、あまり安すぎると存じます。

九月十日　　宇野　浩二

神屋敷　民蔵様

上京中は

本郷区台町九　筑摩書房気附

（注）封筒裏日付「九月九日」

242

昭和二十一年十月三日（消印　大阪東／21・10・5／大阪府）／／松本市今町四三三より／／

大阪市南区西賑町二十八　全国書房／／**神屋敷民蔵**宛（封書　原稿用紙二枚）速達　一円六十銭

先日十二日から二十七日まで、小説をかくために、上京してをりました。

『作家と歌人』ルスちゆうについてゐました。あの装幀については何とも申しません。唯、すこしおソマツすぎたと存じます。

それはそれとして、印税の残余金月末（九月末）までにお送り下さる、とありましたが、まだつきません。印税のなかで、封鎖になるのは、全国書房だけですか。仕方がありせんから、お送り下さい。

それから、御面倒ですが、同封の名刺の人々には、その名刺を扉に入れて、それぞれお送り下さいませんか。

斎藤　山形県北村山郡大石田町　二藤部兵右ヱ門方
加納　東京都渋谷区千駄ケ谷四丁目　小山書店内
木村　東京都日本橋区通一　白木屋三階　鎌倉文庫
谷　東京都下武蔵野町吉祥寺緑ケ丘五二〇
谷崎　東京都世田谷区世田ケ谷四ノ七二〇
辰野　東京都下武蔵野町吉祥寺六〇〇　荻野大蔵方

他の人々はおわかりとおもひます。

それから、『作家と歌人』十部（代金とり）お送り下さいませんか。

及川甚喜氏は

杉並区阿佐ケ谷四ノ四〇二　中村信治郎方です。及川君に小説の出てゐる雑誌三冊おくつてあげて下さい。

『回想の文学』は新年号よりつづけたいと存じます。新年号の〆切月日お知らせ下さい。

すこし寒くなりました時分に、大阪、京都に行き、実に久しぶりで、全国書房をおたずねしたいと思ひます。

プラトン全集まだ出ませんか。

北沢喜代治さんは「今月は学校がほとんど休みになりますから、書きたいことが、少したまりましたから」と云つてをられました。

十年にちかい戦争のために、四十代以下の人に、文学の勉強が今年なかつたのでせう。新作家（真に新らしい作家）がないのは心細いことです。

十月三日　　宇野　浩二

神屋敷　民蔵様
◎「矢島村堂」
◎「日本の文学者」
◎「天平」

243

昭和二十一年十月十日（消印不明）／／松本市今町四三三より／／大阪市南区西賑町二十八全国書房／／**神屋敷民蔵**宛（封書　原稿用紙一枚）

前略
『作家と歌人』の印税の残金をお送り下さいませんし、何のおたよりもありませんが……
同封の名刺（この間お願ひしました、中に、入れるのを忘れました、久保田君のもいれました）の人に、『作家と歌人』お送り下さいませんか。
渋川――杉並区成余一ノ九五
上村――杉並区天沼二ノ三一九
「新文学」の新年号から、『回想の文学』はじめます。
その〆切月日をお知らせ下さいませんか。
いつか、かへしていただきました、北沢氏の佳作『人さまざま』は、実は、織田君から、「世界文学」にたのまれましたので、僕から、送つたのですが、「世界文学」がああいふ雑誌になりましたので、北沢さんにお気の毒におもひまして、織田さんから返してもらふことにいたしました。織田さんから原稿つきましたら、お送りいたします。「新文学」新年号のために、

十月十日　　宇野　浩二

神屋敷　民蔵様

244

昭和二十一年十月十六日（消印　本郷／21・10・18）／／東京都本郷区森川町　帝大正門前双葉旅館内より／／大阪市南区西賑町二十八全国書房／／**神屋敷民蔵**宛（封書　新生社編輯部原稿用紙〈20×10〉二枚）

十五日から、二十五六日まで上京いたしますので、『作家と歌人』の印税残金、左にお送り下さいませんか。
東京都本郷区森川町
帝国大学正門前

双葉旅館内
それから、右の旅館までに、『作家と歌人』十部お送り下さいませんか。
十月十六
宇野　浩二
神屋敷　民蔵様
本の代金は印税よりお引き下さい。

245

昭和二十一年十月十八日（消印不明）／／東京都本郷区森川町　帝大正門前　双葉旅館より／／大阪市南区西賑町二八　全国書房／／**神屋敷民蔵**宛（封書　鎌倉文庫原稿用紙一枚）速達　三十銭

一昨日、こちらに来ました。こちらで、「作家と歌人」のことを聞きますと、どこにも誰のところにも、「作家と歌人」がついてをりません。
これは困ります。どうぞ、いつか手紙に入れました名刺の人々に、「作家と歌人」をみなお送り下さいませんか。
それから、「作家と歌人」の印税は、あとについかというお話し（お手紙）でしたが、あれは、二十六、七日まででしたら、こちらにお送り下さい。
北沢氏の『人さまざま』は、又また改作してお送りするさうですから、よろしくお願ひいたします。
十月十八日
宇野　浩二
神屋敷　民蔵様
（注）　封筒裏日付「十月十日」

246

昭和二十一年十月二十四日（年推定）／／**織田作之助**宛（封書　日章印原稿用紙六枚）　封筒なし

十月十七日のお手紙、新生社の渡辺君から、わたされました。実に久しぶりにいただく（拝見する）お手紙です。

そのお返事のやうなものを、本郷の森川町（手紙のうらにかきました所）で書いてをります。＝二十四日です。

秀英館は、食料はよかつたのですが、はじめてケイケンいたしました（それも、松本に帰つてから、その名を知りました）家ダニに連日なやまされましたので、双葉旅館（と申しましても、半下宿屋）に、十六日の晩から、タイザイしてをります。

この双葉館で、先月（九月）十四日から二十七日まで『カンヅメ』になりまして、木村君のために、（「人間」といふより）小説を書き上げました。五月の末からかかつて、四ケ月かかりました。秀英館に『カンヅメ』になりましたのは、八月のことで、八月は十六日から二十八日まで、双葉旅館三日、あと、ずっと、秀英館で『カンヅメ』でした。この両方の『カンヅメ』はみな「人間」の小説のためです。

○北沢さんの小説は、松本の家で、たしか、十二日ごろ、いただきました。一たん北沢さんにかへして、かきなほしてもらひまして、（これは北沢さんがいはれました）やはり、「新文学」の新年号あたりがよいか、と思ひましたので、書きなほしができましたら、北沢さんからカミヤシキさんに直接送つてもらふことにいたしました。ナガナガ御配慮をおかけいたしました。恐縮いたしました。

ちやうどお手紙をハイケンしました時分、木村君にあひましたので、火の会のことを聞きますと、豊島君、中島君、林さん、森口さん、伊東君（木村代理）は京都にたしかに行つたが、「青野さんはおいでにならないでせう。」といふ木村君の話でした。

その木村君が「あと四十枚」と書かれました、僕の小説は、四十枚がしだいしだいに延びまして、みんなで百六十枚になりました。その終りの方は、木村君が、自動車で、僕の宿にはせつけ、印刷所にはこぶといふアリサマで、それが四五日以上つづきましたから、まるで、木村君と僕とはなかなか勝負のつかないスモウをとつてゐるやうな状態をつづけました。

○あの秀英館にあなたがをられて、あのやうな「なつかしい」お気もちがされることを知りまして、おなじ秀英館でアツサとイヘダニとになやみながら、すすまない小説を、僕が、書いたことを思ひあはせますと、やはり、なつかしく、おもしろい気もちがいたします。

◎潤一郎の『細雪』は、前に自家版を出したときに、もらひましたが、僕はあまり、そんなに、感心できません。

○僕は、京都では、殊に寺町と、カギ屋の思ひ出がありまして、なつかしく思ひます。しかし、祇園先斗町、宮川町、木屋町にも、やはり、妙な思ひ出があります。それはお目にかかりましたとき、申し上げます。
◎大阪には、どうしても、たびたび申し上げましたやうに、一心寺に行かねばなら用事がありますので、大阪—京都とまはりたい、と切望してをります。やはり、織田君、僕にも、大阪はなつかしさ以上であります。
◎東京の家は、すでに、二つも三つも、あつたのですが、それが、みな一と足さきに人に買はれてしまひましたので、今のところ、見当がつきません。それは七八万、といふ大金を出せばすぐにもあるのですが、…かりにさういふ大金があつたとしても、僕には広すぎます、…しかし、結局、いやなことですが、お金のモンダイです。しかし何とかして東京に家を見つけてくれる人が三四人ありますから、どんなこと（どんなムリ）をしても東京に帰りたいとおもひます。ここには、長い間、文学を共にかたり共にやつた友だち（例へば、里見、久保田、広津、青野、豊島、その他）がをりますから。
東京に住むことになりましたら、すぐ大阪京都にいさんで出かけます。その時は……
◎「新生」は、こんど、前に「文藝春秋」にゐた桔梗利一君が編輯長になつて、出なほすさうです。その桔梗君は、僕の考へと同様、エンリヨエシヤクのない文芸批評を、ぜひ、あなたにお願ひしたい、お願ひして下さい」（ママ）と云つてをられました。
◎京都弁、大阪弁のお考へ、まつたく同感であります。また、舟橋君、北條君は、もう仕方がない、と僕は考へてをります。
◎あなたの「小説の数をうんと少なくして、来年は…」といふお言葉に、期待するのは、お世辞でなく、（おせじは僕はきらひです）僕ひとりでは決してありません。どうぞ、さうして下さい。どうぞ、さうして下さい。
◎僕は、今は「展望」のカンヅメですが、「文藝春秋」の担当屋君にも、つかまりまして、やはり、『カンヅメ』になつてくれ、と強制されてゐます。しかし、「文藝春秋」は書けさうにありません。いづれにしましても、僕は、この月一ぱいは勿論、来月四五日ごろまではたしかにこちらにをりますから、それまでに、何とかして御上京なさいませんか。こちらにこられましたら、「宿も大丈夫米も」御シンパイいりません。何とかなります。
◎「S」といふ雑誌は、失礼ですが、聞いたことも、見たこともありません。こちらに、お送り下さいませんか。

◎『翻訳の文学』は、こちらには材料がありませんので、こちらでは書けません。しかし、これは、東京におちついてから、といふことに、あなたから、おつたへ下さいませんか。
◎借金はいくらあつても結構ですが、その借金のために、小説をムリにお書きになることに、かりに、なるとしますと、借金は大敵である、と御心配申し上げます。宿屋ずまひは、僕は、すきで、もう、この三ケ月といふもの、月に半月以上宿屋ずまひですから、御同様ですが、作家には、いかなるものよりも、ナニよりも、からだが大切です。小山書店の加納君が、さきほど来まして、作家は、どんなに弱く見える人でも、一つ、実に、丈夫な「シンに強いところがあります、」と云ひました。これはさうありたいものです。
どうぞ、注射などをなさらないように、一日も早く、おなりになることを、待望いたします。
◎昨晩から中野重治君が、この宿の三階の一室に、やはり「展望」のために、『カンヅメ』になつてをられます。僕は二階です。しかし、僕は、今のところ、「展望」の小説はかきつづけてをりますが、「人間」の木村君の世話で、ここにをります。もつとも、「人間」に、来年の一月号から、『作家と作品』といふものをレンサイする約束が、今年のはじめから、あります。木村君は、なかなか抜け目のない人であります。
どうぞ、文学のために、いろいろなもののために、お大事にして下さい。

十月二十四日　　宇野　浩二

織田　作之助様

247

昭和二十一年十月二十四日（消印　本郷／21・10・24）／東京都本郷区森川町　帝国大学正門前　双葉旅館内より／大阪市南区西賑町二十八　全国書房／**神屋敷民蔵**宛（封書　原稿用紙二枚）速達

前略
少しハラをたててをります。
あまりお返事を下さらないからです。
今月一ぱい（来月二三日ごろまで）表記にをりますから、『作家と歌人』の印税も、表記に、お返事も、表記に＝ソクタツで下さいませんか。
「新文学」の新年号の〆切は何月何日ですか。これも（もしまにあへば）おまにあはせしたいと存じます。

十月二十四日　　宇野　浩二

神屋敷　民蔵様

志賀さんの本その他できてたましたら、こちらにお送り下さいませんか。

248

昭和二十一年十一月四日（消印　本郷森／不明・大阪東／21・11・5／大阪府）／／東京都本郷区森川町　帝大正門前　双葉旅館内より／／大阪市南区西賑（ニシニギハイ）町二八　全国書房／／**神屋敷民蔵**宛（官製はがき）速達　五銭

七日ぐらゐまでここにゐます。
八日か九日松本にかへり、十五日頃ここに来ます。
「作家と歌人」お送り下さいましたか。
印税ののこりまだつきませんが。

十一月四日　東京都本郷区森川町
帝大正門前
双葉旅館内
宇野　浩二

249

昭和二十一年十一月八日（消印不明）／／東京都本郷区森川町　帝大正門前　双葉旅館内より／／大阪市南区西賑町二八　全国書房／／**神屋敷民蔵**宛（封書　新生社編輯部原稿用紙〈20×10〉二枚）

金五千円いただきました。
『作家と歌人』の印税のケイサン書お送り下さいませんか。
『作家と歌人』おねがひしましたところに、みな、お送り下さいましたか。
広津の本と、そのほか、お願ひしました本お送り下さいませんか。
十二三日から十七八日ごろまで、松本にかへります。
「新文学」どうなりましたか。
いつかの書留は、「双葉旅館」がぬけてをりますので、京都へ返送されたのです。

◎京都と、大阪と、全国書房はどちらが本当ですか。
十一月八日　　宇野　浩二
神屋敷　民蔵様

250
昭和二十一年十一月十二日（消印なし）／／文京区森川町　双葉旅館（赤門前）より／／竹内義郎氏御持参／／**尾崎一雄**宛（封書　B4版日章印原稿用紙一枚）

御無沙汰してをります。
共立書房の竹内義郎さんを御紹介いたします。できれば、御近作（傑作）『うなぎやの話』その他を出させて上げて下さいませんか。
十一月十二日　　宇野　浩二
尾崎　一雄様

251
昭和二十一年十一月二十日（消印不明）／／東京都本郷区森川町　帝大正門前　双葉旅館内より／／大阪市南区西賑町二十八　全国書房／／**神屋敷民蔵**宛（官製はがき）速達　五銭

◎前略――二十二日に一と月半ぶりで松本にかへり、それから十二月五六日ごろまで松本にをります。
『作家と歌人』＝辰野、青野、広津、上林、渋川、谷崎精二、木村徳三、加納正吉、斎藤茂吉、鍋井克之、織田作之助、川端康成、その他に、たしかに、お送り下さいましたか。お返事は松本に下さい。
十一月二十日　東京都本郷区森川町　帝大正門前
双葉旅館内
宇野　浩二
「新文学」どうなってゐますか。

252
昭和二十一年十一月三十日（消印不明）／／松本市今町四三三より／／京都市中京区御池通富小路西入　東八阪町五八五　全国書房／／**神屋敷民蔵**宛（封書　新生社編輯部原稿用紙〈20×10〉二枚）速達

昨日（二十九日）四十五日ゐてた東京から帰りました。おほせどほり、小切手は同封いたしますとほり、まちがへてをりました。

　おとりかへ下さいませんか

同封の居所よろしくお願ひいたします

木村伝三　日本橋区通一　白木屋三階　鎌倉文庫

小畑正吉　渋谷区千駄ケ谷四ノ八一六　小山書店

斎藤茂吉　山形県北村山郡大石田町二　二藤部兵右ヱ門方

辰野隆　武蔵野町吉祥寺六〇〇　荻野大蔵方

小山二郎　渋谷区千駄ケ谷四ノ八一六

「新文学」このつぎの〆切りは何月何日ですか。本いろいろありがたう存じます。

来年はかならず、おうかがひいたします。

　十一月三十日　宇野浩二

神屋敷　民蔵様

253

　昭和二十二年一月十日（消印不明）／／松本市今町四三三より／／京都市中京区御池通富小路西入　株式会社全国書房　新文学編輯部　電話本局五五七四番／／**神屋敷民蔵**宛（官製はがき）五銭

お申しこしの泡鳴、秋江、潤一郎、その他といふやうなものは、骨がおれますし、二十枚くらゐに書けるものではありませんから、辞退いたします。やはり、僕は『回想の文学』の形の変つたものにして下さいませんか。

十三日上京します。帝大正門前双葉旅館

北沢氏の『人さまざま』は、北沢氏のものとしても他とくらべても、よいものと存じますが、いつ出るのであらうか。

新年号のカホブレは、少し、ワセダのオモムキが有りすぎるやうにおもはれます。

ことしは京都にゆくつもりです。

254

　昭和二十二年一月二十二日（消印不明）／／東京都本郷区森川町八六　帝国大学正門前　双葉旅館内より／／京都市中京区御池通富小路西入　全国書房／／**神屋敷民蔵**宛（封書　原稿用紙一枚）速達　一円三十銭

前略

ずつと前にお願ひいたしました『作家と歌人』を、お送り下さらなかつたところが、ずゐぶんありますので（東京です）十部お送り下さいませんか。

潤一郎の『鮫人』について、書きたいとおもいますので、お送り下さいませんか。

それから、西村君の『日本の初期の洋画』―のこつてゐるのがありましたら、お送り下さいませんか。これは代金をおとり下さい。

重光さんに、おわび云つて下さいませんかどうしても、織田君のこと、おきにめしません、と。織田君の本が、こちらで、買へなかつたからでもあります。

一月二十二日　　宇野　浩二

神屋敷　民蔵様

255　昭和二十二年二月十三日（消印　22・2・13）／／東京都東本郷区森川町八六　双葉旅館内より／／京都市中京区御池通富小路西入　全国書房／／**神屋敷民蔵**宛（封書　原稿用紙二枚）
速達　一円三十銭

前略、「新文学」の重光さんから十日ごろ上京されるというお手紙（ソクタツ）がありましたが。（実は僕は今月のはじめからクスリの中毒でずつと寝てゐて、昨日―十二日―やつと床をはなれたのですが）十日にはお見えになりませんでした。

「新文学」については、編輯長になられた重光さんに、手紙でも何でも、いふべきですが、やはり、僕には、「新文学」とあなたとは、創刊号の頃からの、御苦労を知つてをりますだけに、あなたに、手紙をかく気になるのです。

さて、「新文学」には、『回想の文学』は、もう、読む人はもとより、書く僕も、気がぬけましたから、こんどは、『回想の美術』（これは、数年―五六年―前に「みづゑ」時代からつづけて、美術雑誌が統制になつてから、「美術」といふ名になるまで、六回ほどレンサイしたものですが、これは、よんで手紙をよこす人なども多く、僕も、書きつづけたい、とおもつてゐたのですが、そののち、他の仕事がいそがしくなつて中止したものです）を、「新文学」に、何月号からか、レンサイしたいのです。この『回想の美術』は、一昨年の秋頃から、中央公論社で出してほしいといつて来てをりますが、今まで書いた分だけでは、僕は気にいらないのです。それで、ながい間、出すン　おこたつてゐました「新文学」に出したいと存じます。

それで、前に御ねがひ申し上げたかと存じますが、

西村貞の「日本初期洋画の研究」

小林太市郎の「大和絵史伝」

小林太市郎の「北斎とドガ」

以上を、参考書の一つとしたいと思ひますので、この三冊は代金をおはらいいたしますから、お送り下さいませんか。

二月十三日　　宇野　浩二

神屋敷　民蔵様

ずつと表記にタイザイするつもりです。

おセジはキラヒですが、ここにやつて来ます、どの出版社の人でも、素人でも、「全国書房はずゐぶんいい本を出しますね。ずゐぶんよい紙をつかつてゐますね。」と云ひます。但し、僕の『作家と歌人』はソウテイも紙も評判よろしくありません。

256

昭和二十二年二月十五日（消印　□□／□・2・16）∥本郷区森川町八六　双葉旅館内より∥日本橋区江戸橋三ノ四　新生社∥**青山虎之助**宛（封書　新生社編輯部原稿用紙七枚）

速達　一円三十銭

前略―やつと、一昨日から床をはなれました。

佐藤さんから、「新生」のハイカンのことを聞きましたとき、僕は、アンゼンとし、泣きたくなりました。

「新潮」は、発行以来、一と月も、トクをしたことはなく、その頃としては、大金である、三千円四千円の損を毎月、つづけてゐたさうです。それでも、新潮社の「新潮」であるために、つづけてゐます。

「中央公論」も、「改造」も、きけば、何度か、社がヒダリマへになつて、出せさうになくなり、その上、御承知のとほり、発行を強制的に、禁じられながら、また立ちあがりました。

あらゆる出版社の人々はいひます。つまり、新潮社の「新潮」、中央公論社の「中央公論」、改造社の「改造」

文藝春秋社の「文藝春秋」―つづけて行きさへすればいつかは花々も実をむすぶのです。

新生社は「新生」で、出発し、「新生」で、人々に知られ、「新生」は人々の注目のマトになつたのです。

お好きにちがひない、文芸雑誌を出さうとさへして、僕に御手紙を下さつたときのことを思ひ出して下さい。その時、僕が、それより、「新生」の半分を、僕におまかせ下さい、と僕なりの熱情をもつて、力説したことを思ひ出して下さい。

「新生」は、終戦後に、一世に目をそばだたせた雑誌ではありませんか。それは、文字どほり、文学の「新生」の感じでありました。ナニモノにもわづらはされず、ふるい歴史のカラをもたない、「新生」の雑誌でありました。

世の人々は、その事を、今も、思ひ出し、その事をおもひ出して、今も、その時の感激を、胸に、頭に、うかべてゐるにちがひありません。僕も、その数万人のなかの、一人であります。

青山さん、「石にカジリついても」といふ言葉もありません。青山さん、あの、焼け跡の中に、ただ一つ、立つてゐる、六階のタテモノの頂上に、「新生社」とヨコガキにかいてあるタテモノを、人々は見て、ああ「新生」社か、とおもつてゐるのです。

それは、正宗先生も、僕も、おなじおもひで、この本郷のわびしい宿（二級旅館）のわびしい部屋で、正宗先生と僕と二人で、いくたび、「新生」は、なくしたくないね、「新生」は、「新生」は、と、なんど、云ひ合つたことでせう。

「新生」がハイカンされるときけば、正宗さんも、泣かれるでせう。僕も、今、これを書きながら、泣いてをります、泣きながら、あなたのお顔が目の前に見えます。

もうこれ以上かけません。

二月十五日　　宇野　浩二

青山　虎之助様

257

昭和二十二年三月三十日（消印　22・3・30）／／松本市今町四三三より／／東京都杉並区阿佐ケ谷六ノ一八五　児童文学者協会／／**関英雄**宛（官製ハガキ）　五銭

すすんで入学いたします。

どうです。小説おかきになりませんか。おかきになりましたら、失礼ですが、いつでもお見せ下さいませんか。

三月三十日

258

昭和二十二年六月十八日（年推定）／／**鍋井克之宛**（封書　新生社編輯部原稿用紙〈20×10〉六枚）封筒なし

ハイフク「新生」原稿紙（オメトメラレヨ）でお返事かく。
◎白昭蟻月夫人を、佐野を東町とマチガへたのはアヤマチだが、ベンカイすると、東町の夫人（松）と佐野の夫人（松）とは同種類だね。まだ、東町の方は、モダンさをいエバ紙をかいたり、会に姿を現したり、するだけ、佐野より、罪がアサイよ。佐野はいつかしれない。
◎「女性」六月号の佐野の「ニユウヨークなど」の絵は白昭蟻月（43）をとほりこして、ミニクイね。
また貴手紙の中の「女性」六月号の菊池の小説のさしゑ（19）などは、アイキヨウも、ブアイキヨウもなにもなく、見ちやゐられないね。

さしゑといふと、白鳥先生は中山ギのさしゑについて、「君、あれはサシヱなどない方がいいですね」と僕に云つた。僕「あんなさしゑあるために、小説をブチコワシますね。すべて『女性』のさしゑみないかんですよ」白鳥「僕はミナキラヒだ」
○中野先生は、石井先生について、「ある先生は、一枚もカキツブシをしない、」と云つたが、中野先生はナンパのシツカリモノ、石柏先生はコウハのシツカリモノだね。その石井先生一昨日の午前十一時頃、僕が郵便局へ行つてゐた間に、ちよつと訪問された。おそらく、「シ、『シンセイシヤ』の「花」の〆切は何日でしたでせう、」との質問のためならん。
○安作夫人は、心配無用、ちやんと日本紙にちかいものを二三枚あはせてつつんだよ。第二夫（オット）の□君は、それをだまつてみてゐて、ときどき、それを途中で、交替して、□□たよ。このオツトあり、このツマありだ。昨日、軽井沢正宗と小諸（俊雄）によつて、松本にまわつて来た本屋の編輯者が、「正宗先生のところによりましたら、先生は東京にいらしつておるすでしたが、奥様は、その本は、きつと出すこと承知しますよ」（これは僕の言葉）と云つた由、これは、白鳥が貧乏してゐることを証明するものなり。
◎僕の童話集は「宇野浩二童話名作選」と改題したが、羽田書店より見本（ワルイ見本）が行つてる筈。『ツバメとヘウタン』より、もつとザツで結構らしいよ。あの見本をサンシヨウされて、テキギにおねがひする。
東京新聞の貴文ハイケン。やはり僕など、フスマ絵の方に親しみをおぼえるね。西洋（ヨウロツパ）の壁画はよいかと思ふが、アメリカ式（貴説）のは、僕など永久にキラヒだね。
◎新生社の「新生」の挿絵（佐藤□夫はましなンだが）「花」の編輯（新島）などの注文は無視される方が却つて先方もよろこぶならん。
○又また石井柏亭先生だが、先生は、結局（松本）に来ることが、画材が豊富で、しあはせだつたと云つてをられるが、絵の方も買ふ人が、豊富らしいから、やはり、いゝ、しあはせならん。＝柏亭先生は、松本にあるいかなる会にも出席されることで評判なり。（君わかる□やろ）
六月十八日　宇野　浩二
鍋井　克之様
僕も、白鳥先生が東京まで、汽車にのつて、集金をかねた商売用（雑誌社出版社訪問）に行くやうに、明日上京する。二三日タイザイ。汽車八時間也。
◎あの「猫」はアレダケでもウンザリするね。保夫はシハキ銀行やめて安新聞小説カキセンモンになつたらしい。
◎幸四郎（七十七才）の助六をみてヒアイを感じたが、こんどのベンケイは、毎日、注射と、ツキソヒの医者がカカリキリの由。（コレハ文士のカンヅメ以上、以上、以上だね）

259　昭和二十二年十一月七日（消印不明）／／松本市今町四三三より／／大阪市南区西賑町二十八
全国書房／／**神屋敷民蔵**宛（私製ハガキ）速達

せんだつてお送りいたしました北沢喜代治氏の原稿（小説）おり返しお送り下さいませんか。（カキドメソクタツで）その代りのものをお送りいたしますから。

十一月七日

松本市今町四三三
宇野　浩二

260

昭和二十三年六月八日（消印　23・6・8）／／東京都文京区森川町七十七より／／大阪府下吹田市千里山一四三　カホリ書房／／**神屋敷民蔵**宛（官製ハガキ）　五十銭

ごぶさたしてをります。表記にこしました。

その後の御活動かげながら喜んでをります。

秋の十一月頃京阪にまゐります。その時おうかがひいたします。

それから、「新文学」にをられましたころ、おあづけしました北沢喜代治氏の「人さまざま」がゆくへ不明のため困つてをります。おさがし下さいませんか。それから、大阪においでになりましたとき、おそれいりますが、一心寺におより下さいまして小菅秀直氏のところをおき下さいまして、おしらせ下さいませんか。御社刊の本がございましたら。

261

昭和二十四年一月十六日（消印　本郷／24・1・16）／／文京区森川町七十七より／／千代田区丸ノ内　丸ビル五九二区　中央公論社出版部／／**長谷川鉱平**宛（官製ハガキ）　二円

せんだつては失礼いたしました。

「文章の研究」の、あの、紀行文（引用）は、その後、いろいろしらべかんがへました結果、谷崎潤一郎の若い時分にかいた紀行文（京都＝関西に行つたことを書いたもの）にしたいとおもひます。ところが、それが手もとにありませんので、なんとか、おさがしくださいまして、お送り下さいませんか。

一月十六日

262

昭和二十五年五月十五日（消印　本郷／25・5・15／前8―12）／／東京都文京区森川町七十七より／／熱海市下天神町一〇〇七／／**広津和郎**宛（封書　岩波書店原稿用紙〈10×20〉二枚）　八円

拝復、さう思ひながら火災のおみまひも出さず失礼。

先月十六日から十日ほど、大阪、おもに、奈良に行つてきた。奈良は六日ほど。その時、東大寺の橋本さんや、あの近くの柳沢さんが、君の火災のことを気にしてゐた。さて、長沼氏はいそがしいだらうが、君なれば、こころよくあつてくれると思ふ。この手紙と一しよに、ききあはせの手紙＝速達を出し、返事きしだい、お知らせする。

『うつりかはり』――山本君などから聞いてゐたが、まだ雑誌こない、恐縮。

奥さまによろしく。文楽のとき、お目にかかつた。

五月十五日　　宇野　浩二

広津　和郎兄

263

昭和二十六年六月八日（消印　本郷／26・6・8／后6―12）／／東京都文京区森川町七七より／／熱海市天神町一〇〇七／／**広津和郎**宛（封書　改造社原稿用紙〈10×20〉二枚）　速達

二十八円

前略。

中央公論社の人から、九州旅行に十五日に立たれる、と聞いたが、東京から途中下車せずに下関に行くのなら、東京を午前十時とか（くはしくは知らぬか）に出る「雲仙」号（急行）とかに乗れば、その汽車は、大阪から寝台になる、といふ便利があるさうだ。しかし、その寝台券をとるにはすくなくとも、五六日前でとれない、といふから、その事をお知らせする。

・それから、その汽車には、特別二等（トクベツ）といつて、普通の急行券より百円多く出すと、その「特別二等」に乗れる由。この「特別二等」といふのは、「ツバメ」についてゐる肘掛（ひじかけ）の下のボタンをおせば、斜めになつて、寝られる仕掛（しかけ）のついてゐる、あれだ。しかし、その「特別二等」のキップも、乗車する日の少（すく）なくとも二三日前に買ひに行かないと、売り切れになる、といふから、その事をお知らせす。

六月八日　　宇野　浩二

広津　和郎様

△「中央公論社」の原稿まだできない。しかし、書きつづけてゐる、まにあはなくても。

僕は、ゆけば、大阪で一度おりて、一日ぐらゐ休みたい。

264

昭和二十六年七月十三日（消印　□・7・14／前8―12）／／東京都文京区森川町七七より／／熱海市天神町一〇〇七／／**広津和郎**宛（封書　筑摩書房原稿用紙〈10×20〉二枚）　八円

このあひだは、思ひがけない写真ありがたう。あの写真は、とるべきところだけとつてゐるところと、およそイヤミのないところとに感心した。あの写真を見ると、どの写真を見ても、ホホエマシクなるところがある。ありがたう。

舟木さんの告別式も、林さんの告別式も、（あの日の六時三十分頃につく汽車で、帰つたので、）出られなかつた。残念であつた。

雲仙は、あそこへ行くまでの景色（大牟田から島原までのレンラク船のあひだ）と、島原から三角（みすみ）に行くレンラク船のあひだの景色がよいぐらゐで、（島原の町はちよつといい、）雲仙そのものは、案外、つまらなかつた。熊本の町のある部分と城がよかつた。一番よかつたのは阿蘇である。あれは、ただ壮大といふだけでもすばらしい。別府は俗な感じだけしかうけなかつた。それで、来年は、博多、長崎、鹿児島、霧島、その他に行きたい。

後藤さんの所ありがたう。

秋に、いつか聞いた（君に聞いた）一日だけ見せる仏像を見かたがた、奈良へお供したい。

七月十三日　　宇野　浩二

広津　和郎兄

265

昭和二十七年六月二日（消印　本郷／27・6・2／後0―6／熱海／27・6・2／後6―12）／／東京都文京区森川町七七より／／熱海市下天神町一〇〇七／／**広津和郎**宛（封書　中央公論社原稿用紙一枚）　速達　三十五円

前略

四日まへに君にお目にかかれると思つたので、奥さまあてに、入場券二枚だけおおくりしたが、今双葉旅館から番頭さんが来て、「十時頃お帰りになつた」と聞いたので、あわてて、入場券一枚同封する。

・六月二日

宇野　浩二

広津　和郎兄

二十六日から毎日――むろん、一昨日も、昨日も、早慶戦をヨソにして『芥川龍之介』かいてゐるが、今八枚のところ。つまり、一日一枚である。

266

昭和二十七年七月二十八日（消印　本郷／27・7・28／後0―6／熱海／27・7・28／後6―12）／／東京都文京区森川町七十七より／／熱海市下天神町一〇〇七／／**広津和郎**宛（封書　筑摩書房原稿用紙〈10×20〉二枚）速達　三十五円

・ちよつとしらべてみたら、五日までに現地に行くのには、佐渡が一ばんよいやうである。佐渡は二た晩どまりでだいたい見られるらしいから、新潟で一と晩、と合せて三晩だ。それには一日の午前十時二十分（特別二等）の汽車で行けば、新潟に午後五時につく。新潟から佐渡までの船は三時間ぐらいの由。そのくはしい事は、こちらでしらべておくが、もし君がそれに御同意なら、特別二等のキツプをとつておく必要があるから、否やを知らせてほしい。

・それで、もし佐渡に行くとしたら、現地へ行く道順がわからないので、その道順は加能越郎君に略図でをしへてもらふことにした。

七月二十八日

宇野　浩二

広津　和郎兄

・今双葉にデンワかけたら、二三日前にお帰りになつたとのこと。

・君の方にも高来郡文化懇談会といふのから手紙が来て、その中に、「加能越郎氏に御案内される」と書いてあるのを読んだと思ふ。

267

昭和二十七年九月三日（消印　本郷／27・9・4／前8―12）／／東京都文京区森川町七七より／／神奈川県足柄郡下曽我村／／**尾崎一雄**宛（封書　二〇〇字詰原稿用紙一枚）十円

拝復、僕の方も大へん御無沙汰してをります。お元気の由なによりとお喜び申します。さて、お心にかけて御本おおくりくださいましてありがたう存じます。実はあの文字どほりの拙文『回想の芥川賞』の続きを書かされることになつてをりますので、あの御本はさつそく役にたつことになり、かさねてお礼申しあげます。それで、お言葉にあまへまして、しばらく拝借いたさせていただきます。

おからだお大事に。奥さまによろしくおつたへください。

九月三日　　宇野　浩二

尾崎　一雄様

268

昭和二十八年十一月十七日（消印　本郷／28・11・17／前8―12／熱海／28・11・17／後6―12）／／東京都文京区森川町七七より／／熱海市下天神町一〇〇七／／**広津和郎**宛（封書　中央公論原稿用紙〈10×20〉一枚）　速達

前略。昨日、新橋の『米村』のおかみ（『思ひ川』の女主人公）から電話がかかつてきて、十一月二十五日の新橋演舞場の東をどりの切符四枚あり、その内、二枚を「広津先生と奥様に……」といつてきた。

これは、第一部で、午前十一時半よりはじまる。まり千代と小くにの出し物は「平家物語」で、「光淋」よりこの方がいくらかおもしろい、といふ。御返事乞ふ。

十一月十七日　　宇野　浩二

広津　和郎兄

・ぼく、今日の日米野球戦みにゆく。

269

昭和二十八年十一月十八日（消印　本郷／28・11・19／前8―12）／／東京都文京区森川町七七より／／熱海市下天神町一〇〇七／／**広津和郎**宛（封書　筑摩書房原稿用紙〈10×20〉三枚）

十円

昨日速達でおしらせした東をどり、もし熱海から直接おいでになるなら、十一月二十五日午前十一時半開演なれば、その頃、新橋演舞場の玄関の階段をあがつた右側に行つて、「米村」がたのんだ宇野のキップ、といつてくれたら、すぐキップおわたしできるようにしてもらつた。

昨日、日米野球試合を六回まで見て、キップがあつたので、新橋演舞場に行つた。まり千代の舞台は、キレイではあるが、踊りは振りつけがよくないのか単調であつた。そこが六時頃にすんだので、銀座まで出るかはりに、ちかくの『米村』に行つて、カンタンな食事をしたところ、新橋演舞場の文学祭の話が出て、その晩に来た火野君に一枚だけキップをもらつたからといつて、夫婦に同伴をさそはれたので、第一部のをはつた時分の時間に、行つてみた。声自慢はもとより、『父帰る』はふるくさく、『鈴ケ森』は久保田君の権八が、ふとつてゐるので、なにかモタモタしてゐて、思つたよりまづく、江戸川君の長兵衛はセリフに勢ひがなく、あれでは権八が江戸に行つてもたよつて行けないやうな長兵衛であつたから、権八は三点半、長兵衛は一点、雲助どもはヘタの面白さで四点ぐらゐ、—結局、つまらなかつた。

廊下ではからず谷崎にあつたが、いきなり久米の話が出て、「僕たちも…」といつたから、僕が、「僕はそんなことはない、」といふと、谷崎は、青野もちかごろ片足が不自由になつて…とこぼしてゐた。谷崎のグチはならないね。

十一月十八日　　宇野　浩二

広津　和郎様

・なるほどモラヴィアの『めざめ』はちよつとおもしろいね。あんなのならまづいいね。

270

昭和二十八年十一月二十日（消印　本郷／11・21／0—6）〃東京都文京区森川町七七より〃熱海市下天神町一〇〇七〃**広津和郎**宛（封書　改造社原稿用紙〈10×20〉一枚）　速達　三十五円

拝復。東踊りの二十五日の切符、速達いただいてから、電話かけたら、「離れた席ならとれますから」といふことなれば、その事もたのんでおいた。だから、二十五日は、その離れた席のつもりで、おいで下さるよう、右お知らせまで。

△「中央公論」小説、いまだに、ナンザンナンザン。これはどうにも仕方のないことのやうだ。

十一月二十日　　宇野　浩二

広津　和郎兄

・来月（十二月）は寿海が上京するので、鍋井がやつてくる。こんどは得意の『少将滋幹の母』を出すらしい。

271　昭和二十九年一月末日（消印　本郷／29・2・3／前8—12）／／東京都文京区森川町七十七番地より／／神奈川県足柄郡下曽我村／／**尾崎一雄**宛（官製ハガキ）

寒中お見舞申し上げます。

昭和二十九年一月末日

いつか御本たくさんありがたう存じます。
また、御教示ありがたう存じます。
御自愛のほど……
奥さまによろしく…

272　昭和二十九年七月三十日（消印不明）／／東京都文京区森川町七十七より／／熱海市下天神町一〇〇七／／**広津和郎**宛（封書　原稿用紙〈10×20〉二枚）

お見舞ひにうかがはうかがはうと話あひながら、先月の二十日頃から二人ともジンマシンにかかり、一人は手当てが早かつたので十日ぐらゐでなほつたが、僕は、はじめ虫にさされたと思つてその薬をつけたために治療が手おくれになり、毎日朝と晩二回静脈と皮下の注射を二つづつしてもらひ、二十五六日頃やつと直つた。それで、一と月以上不快な目にあつた。（そのためおうかがひできなかつた。）

自分のことばかり云つたが、御病気たいへん宜しい由、これは巷説どほり今年（ことし）の悪陽気のためにみんなやられたのだと思ふ。来月末頃には、御全快の由、どうか早くなほつてくれたまへ。

さて、御病中の御執筆の松川事件についての文章。僕は毎回感激して読んでゐる。いつか袴田さんが、君のあれを読んで、われわれの気のつかぬところを突かれてゐる、といつて感心してゐた。

・今年の秋十月頃にはあのパスを又くれるだらうから、

その時は奈良や倉敷などにお供したいと思つてゐる。
奥様によろしく。

七月三十日　　　　宇野　浩二

広津　和郎兄

そのうちおうかがひしたい。
これを書きをはつた時『泉へのみち』とどいた。
ありがたう。

273

昭和三十年一月七日（消印　下谷／30・1・7／後6―12）／／東京都文京区森川町七十七より／／熱海市下天神町一〇〇七／／**広津和郎**宛（ハガキ）四円

謹賀新年
まだ熱海（そちら）にをられることと思ふ。さて、いつか能楽堂で宇野俊夫さんから話があつた新年お歌会はじめはこの一月十二日の筈であるが、もし宮内庁から出席許可の通知があつたら、君は行かれるか。僕はこの寒さのために例の肩の神経痛のために少し弱つてゐるけれど、我慢すれば我慢できるので、宮内庁から通知があつたら推して出かけたいと思つてゐるが、……
それから、いつもお目にかかつた時にいひ忘れたのであるが、去年、鍋井から貴宅におくる絵が少しおくれる、と書いてきたのをつたへるのを忘れたが、もうついたかと思ふが……

一月七日

274

昭和三十年三月二十三日（消印　本郷／30・3・23／前8―12／神奈川・下曽我／30・3・24／後0―6）／／東京都文京区森川町七十七より／／小田原市曽我谷津／／**尾崎一雄**宛（官製ハガキ）速達　一円二十五銭

せんだつては失礼いたしました。
あの後、時候のかはり目か肩と腰の神経痛がおこつて半分寝てをりますので、お約束の原稿もう一と月おのばしくださいませんか。（寝てかきましたので乱筆）

二月二十三日

275

昭和三十年三月二十七日（消印　本郷／□・3・28／前8－12）／東京都文京区森川町七十七より／熱海市下天神町一〇〇七／**広津和郎**宛（便箋一枚）　十円

前略
おかはりないことと思ふ。
さて、鍋井からの便りの中に「広津君にさし上げる油絵（前のとは別に進呈）八号出来てそのままになつてゐる、送つてよい、ジキにお知らせ下されば幸甚也」と書いてある。
それで、御面倒だが、なるべく早く鍋井に右のお返事を出してくれないか。

三月二十七日　　　　宇野　浩二

広津　和郎様

奥さまによろしく。僕ぼつぼつ腰をおちつけて仕事をするつもり。

276

昭和三十年四月二十一日（消印　本郷／30・4・21／後0－6／神奈川・下曽我・30・4・22／後0－6）／東京都文京区森川町七十七より／小田原市曽我谷津　風報社／**尾崎一雄**宛（官製ハガキ）　速達　五円二十五銭

こんどこそ書くつもりでをりましたところ、今朝、一昨年の秋にやりましたのがちよつと出まして、医者に当分ゼツタイアンセイといはれましたので、こんどは直るまでおゆるしくだされたく、お願ひいたします。

277

昭和三十年十二月二十九日（消印　本郷／30・12・29／後0－6）／東京都文京区森川町七十七より／熱海市下天神町一〇〇七／**広津和郎**宛（封書　原稿用紙〈10×20〉二枚）　十円

前略
鍋井から「広津君のところの拙作大きすぎること、初めて伝聞した。（これは鍋井の女弟子兼雑務係りの例の女史に伝言したので）あれは個人の宅では一寸大きすぎやしないかと心配してゐたもので、いつでもおとりかへする。ただし適当に思へるものいつでもあるわけではないから、よい時お知らせする。先日の梅田画廊の個展の時、広津君に見てもらへば好都合だつたが、いづれお知らせする。広津君にどうかよろしく」と云つて来た。

この事おつたへする。

僕、好きな仕事にひつかかり、それにかかつてゐる。

奥さまによろしく。

十二月二十九日　　宇野　浩二

広津　和郎兄

僕、来月八日頃、小説の題材のため、四五日大阪に行くつもり。

278

昭和三十一年五月十九日（消印　本郷／31・5・19／後0—6）／／東京都文京区森川町七十七より／／熱海市下天神町一〇〇七／／**広津和郎**宛（封書　原稿用紙〈10×20〉二枚）　十円

昨日は失礼。

大分よくなられた御様子で、ほツとしました。さて、昨日はなしました鍋井の展覧会は五月二十九日から六月三日までですから、もし行くとしたら、六月一日か二日のハトで行きたいと思ひます。その頃おからだの調子がよかつたら、大阪から奈良ぐらゐにお供したいと思ひます。

五月十九日　　宇野　浩二

広津　和郎兄

279

昭和三十一年七月三日（消印　本郷／31・7・4／前8—12）／／東京都文京区森川町七十七より／／熱海市下天神町一〇〇七／／**広津和郎**宛（絵ハガキ—札幌の時計台）　五円

今年は陽気は実に不順ですが、お体（からだ）の工合はどうですか。

僕、先月の十二日から二十日まで、函館（湯の川）、札幌、定山渓、洞爺湖、登別、——とまはつて来ました。なにしろ、行き帰りが寝台車。北海道では、毎日汽車、自動車、バス、と乗り物ばかりでひどく疲れました。が、ちやうど新緑で、時には寒いくらゐでしたから、それだけは助かりました。こんどは足弱が一しよで、汽車と船に弱く、僕が介抱役になりました。奥さまによろしく。

▲書いてから行儀のわるい書き方になり、失礼。

280

昭和三十一年七月二十四日（消印　本郷／31・7・25／前8―12）／／東京都文京区森川町七十七より／／熱海市下天神町一〇〇七／／**広津和郎**宛（ハガキ）　五円

前略
長崎の本場カステラもらひましたので、失礼ですが、半分おおくりしました。

さて、今日（七月二十四日）の午後五時頃、三四日前から弱つてゐましたネエルが、医者に注射をしてもらつた途端に、なくなりました。心臓マヒださうです。明朝、犬猫専門の寺に送り、墓は別の所にたてることになるさうです。右お知らせいたします。

お大事に。奥様によろしく。

七月二十四日

281

昭和三十一年九月七日（消印　本郷／31・9・7／後6―12）／／東京都文京区森川町七十七より／／熱海市下天神町一〇〇七／／**広津和郎**宛（封書　便箋一枚）　十円

この数日来むし暑さでお体の調子いかがですか。
さて、先日堺君がお見舞ひを兼ねて中国ゆきのことでおたづねした時、今中国に行くのは松川のことを書いてゐるので、……と断られたさうだが、どうです。十月末と云へばまだ二た月つかく先きのことだし、僕も、久保田君と同じで、行つても二週間ぐらゐのつもりです。それに、ペキンにさへ行けばそれからはこちらの好みでどこへ行つてもいいさうですから、思ひきつて出かけませんか。
奥さまによろしく。
九月七日　　宇野　浩二
広津　和郎様
今日のヨミウリ新聞に、福島慶子さんが『谷崎コリイ』といふ題で、潤一郎さんから一対もらつたコリイが八匹の子を生んだと書いてをられたら、御面倒ですが、一疋ほしいのですが、おはなしくださいませんか。もつとも、押すな押すなの貰ひ手があるさうですからあきらめてゐますが。

282

昭和三十一年十一月十二日（消印不明）／／中国北京市新僑飯店より／／日本国　熱海市下天神一〇〇七／／**広津和郎**宛（絵ハガキ　—北京頤和園長廊—中国人民郵政明信片）　航空PAR AVION

十一月六日の午後十二時頃、羽田を飛行機で立ち、七日の午前八時すぎ香港につきました。飛行機は乗つてみると、案外に楽なもので、飛行機さへ行けば乗りたくなるやうになる。さて、香港から汽車にのり、英領と中国の国境を越え、広州（広東）につき、広州（革命の発祥地）で、飛行機の都合で二た晩とまり、十日に広州から武漢を通つて、北京まで飛び、その日は町を見物し、昨日（十一日）孫中山の誕生九十年の式に招待され、周恩来に会つた。実に気がるな人でした。今日（十二日）夜、中国の何人かの作家に逢つた時、ある作家が、君と僕が松川事件に関心を持つてゐること、君が毎月「中央公論」に松川事件を論じる文章を連載してゐることを、中国の作家たちが愛読してゐると喜んで話した。この分では半月のヨテイが二十日ぐらゐになると思ふ。中国に来てよかつたと思つた。

十一月十二日

283

昭和三十一年十二月十一日（消印　本郷／31・12・11／後0—6）／／東京都文京区森川町七十七より／／大阪府下（池田局区内）池田市北轟木一ノ二／／**鍋井克之**宛（封書　便箋四枚　一、北京万寿山之石舫、二、北京故宮的角楼　三、北京前門箭楼　四、北京天壇祈年殿の写真入り）十円

前略

イヤハヤ、まったくヘトヘトだ。なにぶん、十一月六日—十二月三日、と、一と月ちかく、それも、たいてい、午前、午後、夜、—と、見物、招待と、たえまなしの行動のため、老いも若きも、ヘトヘトだ。殊に、一と月のうちに一度か二度しか洋服をきない僕が、朝から晩まで、洋服のきづめ、しかも一と月のうちに芝居か会かのほか

は、イスに腰かけたことのない僕が、朝から晩まで、イスだ。—お察しを乞ふ。しかし、行つて見てよかつたとしみじみ思つてゐる。写真や、絵ハガキや、絵などで見るより、本物を見るにしかず、といふ実感だ。例へば、梅原の紫禁城（？）でも、安井の何とかでも、川端龍子の万里の長城でも、絵ならあれでよいと思ふのだが、実物を見ると、広さと大きさが、まつたく違ふ。又、梅原の一ばんよかつた静浦時代に、シナの西湖をかいた絵（なかなか梅原としては素直なよい絵）があつたが、あれはあれでホントによいが、実物はちがふ。貴兄も一度、西湖（杭州—上海の近く）をごらんになつたら、いくらガンコな君でも、これはまあ絵になると思ふであらう程だ。

一と月ちかくの朝晩（昼だけは洋食にしてもらつたが）の中華料理が、外賓といふので気をきかし、アブラ気（け）をなるべく取つてあつたので、まづ辛抱できた。それに、朝と晩に、日本のおカユに似たのが出るので、これは救はれた。

さて、風流座は、実演とまでは、なかなか参（まゐ）らないがね。今年の文春シバヰは行かなかつたが、やつと出てもらつた石川達三君の持ち前の、ムツツリした宮本武蔵がわりに見られたとの評判。芝居といへば、広州（前の広東）でも、北京でも、上海でも、シナの新旧の芝居を見たが、どれもこれも、京劇風のあの胡弓入りのヒユウヒユウという音楽で終始するのには閉口した。唯たすかつたのは道が開くて、札幌の道の三倍ぐらゐなのと、砥石（といし）のやうに平坦で、北京から八達廟（万里の長城）まで二十里ぐらゐの道を、時速八十キロ（急行列車ぐらゐの早さ）で走つても、少しも揺れないことだ。つまり、まづよかつたのは、道が広くて平坦で、おまけに自動車の数が少ないので、まつたくショウトツの危険性がないのと、盗難がないとのことと、どこへゆくにも最高級の自動車にのせてくれたことだ。それから、その一と月ちかくの間に金（かね）が一文もいらず、もし土産物を買ひ、酒タバコ、菓子その他を買ふとすれば、小遣としてくれた百円（日本の金で、一万五千円）で間にあひすぎたことだ。その上、中国のキソクとして、自分ではたらいたもの（例へば、放送、原稿料、その他）は、自分で働いたものだから、中国で使はずに、日本に持つて帰つてくれ、といふことだ。それで、僕は、放送と原稿料と、中国の雑誌（『訳文』）に、僕の小説（『思ひ草』）の一部を出す（中国語に訳して出す）と、この三つのことで、九万円（日本金）まうけて帰つた。日本むけ北京放送十分で二万円、北京新聞原稿料十枚で二万円、『思ひ草』のせ代四万円と、計日本金で九万円也だ。

さて、広津は先月の末、リヨウマチ（ビツコ）の身を、京都まで乗り出し、松川講演、奈良に、病（ヤマヒ）重い、上司浄海僧を見舞ふために、二三日のヨテイで出かけた由、（広津夫人が、うちの善良夫人に、眉をひそめて、「また松川です」と云つた由）

それから、既に、例の文春の1959年版の手帖が貴兄のところにも届いた筈だが、見たまへ、今年（つまり、来年）から石井柏亭先生が出てゐる、これは僕が進言したのだ。それから、貴便にあつた中川紀元先生が「武蔵野市吉祥寺三九二」と出てゐる。せつかく上京されたのだから、フレイ、フレイ、フレイ、（フルヘ、フルヘ）紀元（次）先生、と云ひたいところだね。

さて、今年は、九州（熊本、宮崎、鹿児島。桜島。霧島）にゆくヨテイであつたが、さすがに中国大旅行で少々まゐつたので、それは来年の五月にのばし、せめて、二三日でも、御地へ、と思つてゐる。これが、きまつたら、お知らせする。大阪くひものなつかしなつかし。

○いつかのキリヌキ珍だつたね。

十一月十一日　　宇野　浩二

鍋井　克之兄

284

昭和三十二年三月六日（消印　本郷／32・3・6／後0－6）／／東京都文京区森川町七七より／／小田原市曾我谷津／／**尾崎一雄**宛（官製ハガキ）　五円

ときどきいろいろな会でお目にかかりながら、失礼してをります。

さて、一昨年の八月号の「風報」に出していただきました『忘れ得ぬ一つの話』の二が入り用なのですが、あれの出てゐる、つまり「風報」の第二巻八号（昭和三十年八月一日発行）がもしありましたら、一部発行所から送らせていただけませんでしようか。又、若し、雑誌がなくて、トヂコミがありましたら、それを送つていただけましたら、うつしておかへしいたしますから、どうぞお願ひいたします。

285

昭和三十二年三月九日（消印　本郷／32・3・9／後6―12）／／東京都文京区森川町七七より／／小田原市曽我谷津／／**尾崎一雄**宛（官製ハガキ）　五円

「風報」早速ありがたう存じます。
「風報」が第四年目とは失礼ですが、驚きながら感心いたしました。
短文承知いたしました。出来しだいお送りいたします。
浅見さんの『鏡里』とか、いつかの田辺さんが野球のことを書かれた文章などには及びもない文章になることを今からおわびしておきます。

286

昭和三十二年三月二十日（消印　本郷／32・3・20／後0―6）／／東京都文京区森川町七七より／／大阪府下（池田局区内）池田市北（キタ）轟木一ノ二／／**鍋井克之**宛（封書　白梅便箋二枚）　十円

前略

なにかと御過労の上に、貴兄の禁物の寒さのためもあつて、白浜で風を引かれ、御帰宅後も御静養とのこと。それを承知で誠に申しにくいが、今、宝文館から、「鍋井先生にいろいろな本の題名を申しあげたので、お迷ひになると失礼だから、先生（宇野）から、題名は『思ひがけない人』ときまつた」と知らしてくれ、と云つて来た。御静養ちゆうと知りながら、誠に申しにくいが……

僕は、これといふ病気はなく、寒さは平気の方だから、毎日いち日机の前に座つてゐる。

「日本文化財」で貴文（画）の『早春の宇治』を拝読。宇治（宇治川の土手）にちよいと行きたくなつた。

最近、丸善から出てゐる「学鐙」といふ滅多に人の見ない雑誌に、中川紀元先生の「本の話」といふのが出てゐたが、いつも云ふやうに、画家としてはこれまで一ばん多く文章を書いてゐながら、あの人は、座談はうまいけれど、文章は、ヘタで、わかりにくく、意味のとれないところもあるね。

三月二十日　　宇野　浩二

美術感想

梅原龍三郎の滞欧風景画展がブリヂストン美術館で開かれていて、梅原芸術の新開花を示すものとして大好評なのは慶賀至極。だが、果して作品の真価が認識された上でのことなのか。材料や技法の日本画への類似性とか、形式的に鉄斎との近似性などを指摘してた位ではとうてい掌握できる代物ではない。

この滞欧作は、モノクローム（単色）で完成された潑墨画をポリクローム（多色）で敢行したことに意義がある。東洋の破墨潑墨画は自然と人間と社会とを肯定の否定で受けとめているが、梅原は肯定だけで描いている。だから梅原が今日的で鑑賞的であるわけだが、しかし、ここからの発展がみものだ。洋画家梅原によって東洋画が創造されるかも知れぬし、その時はじめて世界の梅原になり得るわけで

この辺の論ぬきの礼賛はなんとも心細い。ことに、日ごろ最も進歩的と自負し、現代の不安やヒューマニズムやロジックがないなど唱えていた前向きの評論家たちまでが、最敬礼の礼賛を贈ったのは、心細さを通りすぎて壮観でさえある。実は梅原に対する批評家の弱さにも問題はあるのだが。

（房玄齢）

鍋井　克之兄

上に張りつけたのは、僕などが、素人（しろうと）ながら、云ひたいと思つてゐることが述べてあるので、取つておいたもの也。
○同封のものは、宮地といふ人が独得（とく）の持ち味をもつてゐることの見本也。

第5188号　【新聞定価一カ月朝夕刊(常時16頁)300円・夕

たどんの由来

宮地嘉六（みやじかろく）

西部戦線異状なしという小説の中に停戦で後退する独逸兵とアメリカの兵隊とが道づれになり独逸兵の一人が腸カタルで下痢を続けていると知るや「セメントのコナをのむがいい」とアメリカ兵がいうところがある。それを読んだときセメントのコナが下痢どめに効果があるのかと珍しく感じた。

以来、腸カタルをおこすとセメントのコナを思い出すが、さすがにのむ気になれない。しかし消し炭のコナが下痢どめの薬になることや初期の肺患者がセメント工場で治ったというはなしなど思いあわせてまんざら根のないことでもなさそうには思う。

今はないが、以前、ホシチヤコールという消し炭でつくった売薬がきいて腸カタルがなおったことがある。コナ類、粉末類がカタルに有効な作用をするのかも知れない。と素人考えに考え、そして、あるとき、軽い腸カタルをおこしたので塩センベイを買ってバリバリかみ砕いてくって見た。セメントの代用のつもりで――。

わたしの場合大抵の腸カタルは絶食すればなおるのだが、絶食では栄養がとれないと思い、塩センベイがもしかしたらよいかも知れないと実は工夫創意のつもりでためしたところ、果して効があり下痢が止まったのだから妙。

まぐれあたりかも知れないが、わたしは腸カタルときくと「塩センベイをかんでたべるがいい」とアメリカ兵の口真似ではないがそういうのである。

……●……

初期の肺病がセメント工場でなおるということの真偽はおいてそれに似たはなしを一つわたしは持っている。

炭屋さんに長寿の人が多いということである。統計的にたしかめたわけではないが、五十年間東京生活を続けてきたわたしが最近そう感じているのである。

朝から晩まで炭のコナほこりを吸いこんで鼻の穴をまっ黒けにして働いている炭屋に七十八十の長寿者が多いということは、セメント工場で肺病がなおるというはなしとどこか似ているようにも思われるのだ。

麹町にいた時分のとりつけの炭屋にも八十近いおじいさんがいた。赤坂にいたころの買いつけの炭屋にも七十いくつのおじいさんがいたし、今いる北区〇〇町でも明けて八十のおじいさんとじっ懇になってしまった。

カタ炭一俵とどけてくれませんか……というと、ヘイ、すぐに……といった調子でこのおじいさん四貫俵を軽々と負んぶしてのこのこ持ってきてくれる。お丈夫ですね、というと、おかげさまで……とまっ黒けな鼻をこすりながらいうのである。炭屋という者は炭ほこりの中で働いていても平気で、マスクなどはめてる炭屋を見たことがない。

ほこりに対して神経質のわたしなどとてもがまんできそうもないが、当人にきくと炭のコナなんで却って薬になりますよ。わっしゃ風邪をひいたこともセキが出たこともぜんぜんという。

……●……

わたしが東京生活五十年間に感じていることは炭屋と豆腐屋は勤勉で素ぼくで正直一途の人間のように見えることである。東京人は大抵皆、勤勉であるが中でも豆腐屋と炭屋は特に勤勉に見える。

ある人にそういうと、あれは二宮金次郎と塩原多助の化身ですよといった。なるほど豆腐屋ときたら暗いうち起きて霜朝に笛を鳴らして回る。ちょっと真似のできない商売だ。こういうと牛乳屋を無視したようではあるが、……。

ところであるとき、わたしは炭屋のおじいさんにこう尋ねて見た。「炭団というものはいつ時分からあったんですか」「炭団は塩原多助が発明したんですよ。ご承知のようにホラ、塩原多助どんな炭屋に奉公にゆきましたろう。ところで正直者で勤勉だから主人夫婦に可愛がられたんです。根がリコウ者ですから、炭のコナをムダにせずに大事にためといてはタドンをこしらえたんですよ。それがまた評判をとったというわけです。多助どん多助どんと主人夫婦はよんでいたのが、しまいには多アどんとよぶようになってしまって、それからタドンという名ができて、多アどんを炭団にこじつけてしまったのです。本来は多アどんですよ」と炭屋のおじいさんタドンの古事来歴をひとくさり……。（作家）

287

昭和三十二年六月三日（消印　本郷／32・6・3／前8―12／神奈川・下曽我／32・6・4／後0―6）／／東京都文京区森川町七七より／／小田原市曽我谷津／／**尾崎一雄**宛（官製ハガキ）速達（即日速達）五円二十五銭

今日のハトで大阪に行き七日に帰るヨテイです。五日シメキリでしたら、旅中（車中）で何とかしませう。（しませう）としておいてください。もしかしたらエンピツで書きますから、その時はおゆるしください。

288

昭和三十二年六月八日（消印　本郷／32・6・9／前8―12）／／東京都文京区森川町七十七より／／大阪府下（池田局区内）池田市北轟木一ノ二／／**鍋井克之**宛（封書　文藝春秋特選原稿用紙〈20×10〉九枚）二十円

拝復――僕の方は、今年は、一月下旬にちよいと病気をしたが、それがなほつてからも、ずつと自分で自分をカンヅメにしてゐる。さて、広津について、――ずつと前に、たしか八号とかの貴画を広津に進呈される（これはまちがひかもしれないが）といふ貴信のことを、すぐ広津に手紙を出した、その中に、「この返事をすぐ鍋井君に出してくれ、」と書いたので、それで安心してゐたところ、先先月（四月）の末に、広津が細君と一しよに来たので、その事を聞くと、「いや、まだ鍋井君に手紙を出してない、実は、今、陶器（コツトウセトモノども）などを保管するために、庭をこしらへちゆうで、それが出来たら、「鍋井君に手紙を出すつもりでゐた、」と云つた。――この事、カンヅメのため、お知らせするつもりでそのままになつた。その時、広津は「僕は、足はいいが、肝臓がわるいので、ニンゲンドツクにはひるつもりで、来月（つまり、五月）の初めに、家内（ハマ子夫人）と一しよに入院するつもりだ、家内は心臓肥大症（これは三上と同病）だから、家内と同じ部屋にはひるつもりだ、」と云つた。それ切り、一と月以上たつた。ところが、昨晩（六日の夜、）志賀さんと、（志賀さんから招待券をもらつた六月の夜、志賀さんからもらつた招待券でヨミウリホオで、志賀さんの『荒絹』の舞踊（黛(マユズミ)節子）を見に行つつた時、志賀さんに逢つた。すると、志賀さんが、「広津君は、例の松川応援の講演で新潟へ昨日(きのふ)行つたが、奥さんは病気がはかばかしくないさうだ、」と云つた。――どうも、広津は、いつも、こんな風にヒヤク（飛躍）するので困る。

こんなわけだから、貴個展が九月三十日―十月五日なら、その十日ぐらゐ前に広津のゐる所をつきとめておいてレンラクがとれれば、僕が広津を引つぱつて高島屋に行くつもりだが、貴兄の方からも、その頃、広津の方へお忘れなく御一報を乞ふ。

ここで、珍ニユウス―先月の初め頃、もう四五年逢はない永瀬が、銀座の裏の『ナントカ』といふ高級フランス料理屋のマダム（もと芸者五十五六歳）と一しよに突然やつて来た。用事はそのマダムが自叙伝を中央公論社から出したが、不得要領なので、チエをかりに……といふのだが、簡単に云ふと、永瀬は、その時から三四ケ月前に、新宿御苑で写生をしてゐた少女群の中の一人（これがマダムの娘）にヨウリヨウよく話しかけ、その少女と一しよにそのフランス料理屋に行つたのがはじまりで、まづあの流儀でそのマダムを懐柔し、その少女の絵の教師になり、その縁で、毎日ほどそこへ連れと一しよに行つて無銭飲食をし、ある時、そのマダムをおだてて自叙伝（マダムの過去のノロケ恋愛談）を書かせ、その装幀料として十万円とり、それを元の中央公論社（丸ビル五階）に行つて、そこにゐる篠原敏之といふ元出版部長で今製作部長をしてゐる者（ちよつとした知り合ひ）に逢つてその本（『牡丹くづるる』）を出してもらふことにした。これは、本にする一切の費用を著者が出し、その著者のために、紙、印刷、製本一切の世話をする製作部であるから、このマダムは、製作部に三十万円とかを出し、装幀者の永瀬に十万円出して、五百部の本を出したが、中央公論社では宣伝も広告もしてくれない、と僕にこぼした。それは、中央公論社で出したのではなくて、中央公論社の製作部が出版の世話だけをしたのだから、当然のことであるから、永瀬が便所に行つてゐる時に、僕がそのマダムに「あなたは永瀬にだまされたのでは……」と云ふと、マダムは、「さうです、さうなんです、」と云つた。それから、その翌日になつて、マダムが一人で来て、僕が逢はずに、善良夫人に逢はすと、つぎのやうなことがわかつた。それは、昨夜、永瀬と来たのは、昨日永瀬が娘の授業料（一と月に四日で、二万円）をとりに来たので、ふだん「宇野も広津も僕の親友だ」と永瀬が云つてゐるので、それをたしかめるために、永瀬を僕のところに連れて来たのだ、と云つた。（僕もウカツな男で、前の晩、マダムをつれてきた永瀬がしじゆう落ちつかない様子をしてゐたことを後で気がついたのだ。）＝永瀬は、その時、赤いチヨツキをき、赤いベレをかぶり、僕が聞きもしないのに、「僕の子も五ツになつたよ。」と云つてニヤニヤしてゐた。―平凡なイヒグサだが、僕が知つてゐるだけでも、女学校の女先生からはじまつて、永瀬は七八人の女とナジミになり、それらの女によつて

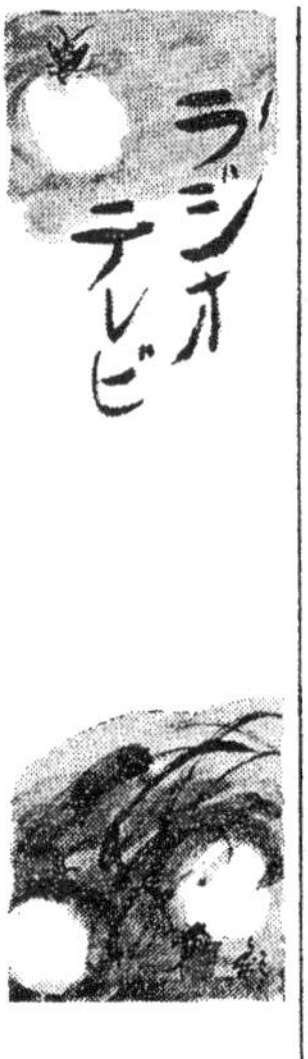

（中川 紀元・画）

（中川 紀元・画）

一生をくらした、といふことになる。これは、『源氏物語』の昔から、『ベラミ』、『赤と黒』、その他いろいろあるけれど、それらの主人公とくらべても、ヤリカタはまつたく違ふけれど、それだけに、永瀬は一種の天才だと云へるネ。
　僕は、故障さへおこらなかつたら、九月の十五日から二十日までの間に、（あるひは九月の十七八日から二十四五日までの間に、）三四日のヨテイで御地に行くつもりである。主な目的は大和の高田に行き一泊してそこで小説の題材をひらふためである。それから、五月にゆくつもりであつた、南九州ゆきを十一月下旬にくはだてるつもり。

　六月八日　　　宇野　浩二

鍋井克之兄

これは、東京新聞のラヂオ欄のカットであるが、おなじ東京新聞のカットでも、おなじ中川でも、一政と紀元とのでは、ヤセテモカレテモかういふ絵になると、紀元の方にウチワをあげたいね。

289

昭和三十二年八月八日（消印　本郷／32・8・8／前8―12）／／東京都文京区森川町七十七より／／熱海市下天神町一〇〇七／／**広津和郎**宛
（封書　便箋一枚）　十円

せんだつては結構なものありがたう。もつとも、卒直に云ふと、性来酒ぎらひの僕には「猫に小判」だが、家人と酒ずきの子供は大よろこびで、いただいた物はもうおなかに入れてしまつたやうだ。
　さて、又、松川の現地調査のための講演に方々をまはられる由、どうぞお大事に。
お礼を申しおくれましたが、『美しき隣人』ありがたう。僕は「文学界」のほかは読んでゐないので、あの中の八篇のうち七篇は未読のものであつたから、読むのに楽しかつた。
奥さまによろしく。
八月八日
宇野　浩二
広津　和郎兄
僕は三月中頃から昨日まで四箇月以上、今秋、文藝春秋新社から出す文学評論めいた本のかきたしと訂正につぶしてしまつた。

290
昭和三十二年十一月八日（消印　天王寺／32・11・8／後6―12）／大阪より／熱海市下天神町一〇〇七／**広津和郎**宛（絵ハガキ―大阪・御堂筋）五円

赤目の絵葉書を出すつもりで書いたが、それをタクシの中に忘れたので、それがつかないかと思ふので、これを書く。

三日に五ケ月ぶりで旅に出て、大阪に来た。

六日に赤目に行つて、一泊、今日（九日）帰京する。

旅は疲れるばかりだが、僕には旅よりほかに運動する法がないので、来月の初めに十日ほどの予定で九州に行くつもり。

奥さまによろしく。

大阪にて　十一月八日

291
昭和三十三年一月十二日（消印　本郷／33・1・12／前8―12）／東京都文京区森川町七十七番地より／熱海市下天神町一〇〇七／**広津和郎**宛（ハガキ）五円

謹賀新年
昭和三十三年元旦
もうおよろしいことと思ふ。ずつと前に鍋井にあつた時、あの絵の交換のことを心配してゐた。個展の時「広津君の気にいつたのを取つてほしい。」と云つてゐた。
（一月十一日）

292
昭和三十三年一月十四日（消印　本郷／33・1・14／前8―12）／東京都文京区森川町七

十七番地より／／杉並区天沼三ノ六九二／／**関英雄**宛（官製ハガキ）　五円

謹賀新年

序での機会にあなたと与田さんと御一しよにお目にかかりたいと望んでゐます。

昭和三十三年元旦

宇野　浩二

293

昭和三十三年一月十八日（消印　本郷／33・1・18／前8―12　牛込／33・1・18／後0―6）／／東京都文京区森川町七七より／／新宿区新小川町一ノ十六　東京創元社　火野葦平選集係／／**知念栄喜**宛（官製ハガキ）　速達　三十円

前略

うつかりしてをりましたが、あのシメキリ日　二十日は、芥川賞の詮衡会の日で、それまでに候補作品を読んでおかねばなりません。（今それらを読んでゐます。）その会がすみますと、二十五日までに詮衡作品の評をかかねばなりません。それから、二十三日には読売文学賞の詮衡会があります。―以上のわけですから、火野さんの選集の月報の原稿はつぎに分におまはしくださいませんか。そのつぎの分の原稿のシメキリは何月何日［傍線部赤字］ですか。それをお知らせくださいませんか。

294

昭和三十三年六月二十四日（消印　本郷／33・6・24／後0―6）／／東京都文京区森川町七十七より／／小田原市曽我谷津「風報」事務室／／**尾崎一雄**宛（官製ハガキ）　五円

拝復

去年の五月に書きかけた（『茂吉と書（簡）』といふ題です。）のを中止した以来ですから、何とかお間にあはせいたしませう。

唯、来月三日までの原稿がありますので、あと二日で書けるかどうかですが。

六月二十四日

295

昭和三十三年六月二十六日（消印　本郷／33・6・27／前8―12）／／東京都文京区森川町七

十七より〳〵小田原市曽我谷津〳〵**尾崎一雄**宛
（官製ハガキ）　五円

拝復—一と月もかかつて三四枚しか書けない状態ですから、どうせ早くて来月一ぱいはかかる仕事のやうですから、こんどは書きませう。それで、来月の初めにサイソクのお葉書をくださいますよう、係りの方におつたへくださいませんか。

こんどは思ひつくままのことをだらしなく書いてみるつもりでございます。

296

昭和三十三年九月二十二日（消印　本郷／33・9・22／後0—6／熱海／33・9・22／後6—12）〳〵東京都文京区森川町七十七より〳〵熱海市下天神町一〇〇七〳〵**広津和郎**宛（封書　便箋二枚）　速達　三十五円

前略

この間のお手紙によつて大へんお忙しいと思ふので書きにくいのだが、鍋井から又また次ぎに抜き写しするやうな手紙が来たので、気がねしながら、お知らせする。

広津君にはいろいろ借りがあるので、もしよろしければ、とつておいた八号を今回、荷物のついでに、東京へ他の出品作と共に送つておく。但し、どれが気に入るか推定しかねるので、個展を見てもらひ、一枚ひきぬき、それをお渡ししてもよろしく、このためには御迷惑でも、三十日（初日）に見てもらふと大変好都合なり。

三十日（初日）とは、誰も見ないうちに、といふ意であらうと思ふ。

もし御無理でなく、御無理だらうとは思ふけれど、三十日に高島屋に行かれるなら、御都合で、僕もお供したい。

九月二十二日　　　　　宇野　浩二

広津　和郎兄

先日、（一週間ほど前に、）「サンデイ毎日」の記者に無理にたのまれて、談話でいいと云はれ、君のことを話した、きまりのわるいものだが…

297

昭和三十四年七月八日（消印　本郷／34・7・8／後0－6）／／東京都文京区森川町七十七より／／熱海市下天神町一〇〇七／／**広津和郎**宛（封書　KOKUYO便箋二枚）　十円

めづらしい物ありがたう。いつか加能君の建碑式のをり金沢の宿で「この辺の名物ですが、それは一と月ほど前がシユンで今は……」と云はれたことを思ひ出した。君は元気でうらやましいね。

僕は、神経痛が肩とか背中とか腰とかを中ぐらゐで体（からだ）ぢゆうをときどき（時間かまはずに）なやますので閉口してゐるが、そのスキマをねらつて、一枚、半枚、……と書いてゐるけれど……

『松川事件』——大詰にちかくなつて、しだいに明かるくなつたやうに思はれるけど、なにぶん相手が相手だからと陰ながら気をもんでゐる。

奥さま、その後いかが。僕の方、一人は不断の神経痛、片方は暑さに人の数倍ほど負ける性分らしく、そのうちおみまひにおうかがひすると申してゐる。

閑談——僕は、五月のパスをふいにしたので、まつたく『トラヌタヌノカハサンヨウ』だが九月十日頃から十月十日ごろまで、十月十五日ころから十一月十五日頃まで、（これは定期、）十一月中頃から十二月中頃まで、およそ九十日ぐらゐの間にまをおいて旅行したいと思つてゐる。

この間、どうしても断れない無名の雑誌にたのまれて、晩年の宮地のことを七八枚かいた。それを書いた動機のやうなものは今年の三月に宮地の生まれ故郷の佐賀市の公園の文学碑にきざまれた、

豆腐屋は近し
手軽な自炊かな
かろく

といふ文句である。

七月八日　　　　宇野　浩二

広津　和郎兄

298

昭和三十五年十月八日（消印　本郷／35・10・8／後0－6）／／東京都文京区森川町七十七より／／熱海市下天神町一〇〇七／／**広津和郎**宛

（ハガキ）　五円

長崎からのおたよりありがたう。又、小城よりの好物ありがたう。

僕も数年かかつて、長崎、雲仙、天草、小倉、阿蘇、宮崎、別府、その他と、一週間つづぐらゐ廻つたが、やはり長崎は何度行つても趣があつて楽しい。

お大事に。

オクサマニヨロシク。家人よりもよろしく。

十月八日

299

昭和三十六年六月二十四日（消印　本郷／□・□・24）／／東京都文京区森川町七十七より／／熱海市下天神町一〇〇七／／**広津和郎**宛（封書　ROCCO原稿用紙二枚）

広津　和郎兄
その後はごぶさた。

今日、長沼さんから、同封のものをおくつてきた。

その長沼さんの手紙のなかに、

「広津氏の御要望の件事務当局に研究いたさせました結果同封のやうな結果と相成りました。これはかなり好意的な取扱と存じますので先づ呑まれたら如何かと存じます、広津氏の御住所不明のため…」

とある。

その僕も君の御新居の所番地、（このあひだ鍋井と一しよの時、御名刺をもらへなかつたので、『不明』ゆゑ、前の御住所にして、）この手紙を出す。


ぼく、雑誌その他の仕事をにげだしかたがた保養するために、近日、松本市外の浅間（アサマ）温泉にでも出かけようかと思つてゐる。

出かけても三四日

おおくりした『思ひ草』、今みると、キユウクツな文章と「かきかた」を痛感、あらためたい、と思つてはゐるが……
六月二十四日　　宇野　浩二
そのうち、お目にかかりたい
電話　小石川(85)五八四九

300

昭和三十六年八月十六日（消印　本郷／36・8・17／後6—12　熱海／36・8・18／前0—8）／／東京都文京区七十七より／／熱海市下天神町一〇〇七／／**広津和郎**宛（ハガキ）　速達
三十円

あれをラヂオや号外で知つた時は、「あツ、」といふ言葉より皆泣いてしまつた。

実は何といふことなく君にあひたかつたのに今日のおたよりを見て、これこそ云ふべき言葉がなかつた。一日も早くよくなつてくれ。大事にしてくれ。そのうち、あひたいね。

八月十六日

301

昭和三十六年九月十三日（消印　本郷／36・9・15／8—12）／／東京都文京区森川町七十七より／／熱海市下天神町一〇〇七／／**広津和郎**宛（封書　便箋三枚）　十円

その後は御無沙汰、お変りないことと思ふ。

『松川裁判』を完結されてほつとされたことと思ふ。足かけ六年丸五年よくやられたね。

さて、先月（八月）二十八日に、文化放送の係りが来て、「友人として見た広津と『松川裁判』」といふやうな題目で、二十分ぐらゐ話をさせて録音に取つて行き、それを三十日の午後三時に、「広津先生の放送」があるからその中に入れる。「これから志賀先生のとこに行く」と云ひながら、その三十日の午後三時の放送に僕のを入れなかつた。僕としてはそれを君と松川の皆さんに聞いてほしかつたので、僕のをオミツトしたことを電話でなじると、その係りがやつて来て、どうしても入れようと思つて徹夜して苦心したが時間の関係でどうしても入れられなかつたと云つたので、僕はすんだことは仕方がないから、その事を広津君と松川の皆さんにつたへてくれ、是非、とたのんだ。

ところが、今月の十一日に大阪の朝日放送の東京支局の人が来て、やはり文化放送の人と殆んど同じ題目で話してくれと云つたので、その人に文化放送の時の話をしてあんな事があるとイヤだから、と断ると、その時、話のついでに、その朝日放送の土井といふ人が、「その事は広津先生はごぞんじないやうです」と云つたので、右の事を書いた。

しかし、朝日放送の人がそんな事はめつたにありません、と云つたから、文化放送に話したのと同じやうな事を話したが、十一日はめづらしくカゼを引いて九度ぐらゐの熱があつたのと、おなじやうな事を二度はなしたので、文化放送の時より力のない話をした。これは、たしか、十六日の午後二時とかに、朝日放送で放送すると云ふので、もしそれを君が聞かれたらと思つて、この事も、例のごとくくどくなつたが、書いた。

それから、鍋井君からの手紙の中に、この月の三十日から十月五日まで高島屋で個展をする。その時、「広津君に進呈の作品を持参するが、どんなのが気に入るや、予測できないので、個展中の作品より選んでもらふのがよいかとも考へ、この件については上京ただちに貴宅に御相談に参上する。今のつもりでは、白浜の黒潮をかいた八号をあててゐる。ガクつき。」とある。

九月十三日　　宇野　浩二

広津　和郎兄

（注）封筒の日付は「十五日」

302

（差出し年不明）五月二十三日／／**大竹憲太郎**宛（松屋製原稿用紙一枚）　封筒なし

大竹　憲太郎学兄

原稿紙で失礼。昨日は失礼。

昨日、あれから、片岡鉄兵、藤沢桓夫の両君と心斎橋筋を振出に、途中で不思議な人に会ひ、阪神国道のダンスホオルを二三ケ所見物させられ、へとへとになつて、宿へ帰つたのは十二時―否―翌日の午前（0（レイ））時二十分だつた。

さて、今日、片岡鉄兵君来訪、君に紹介してくれと云ふ、用事は、と聞くと、「サンデイ毎日」に小説（二十五枚前後＝二十五六日脱稿の予定）を載せてもらひたい、と云ふこと。

それでは、御紹介かたがた、僕も一緒に行かう、といふことになり、電話をかけると、今日はお休とのこと、それでは、と渡辺君にかけると、まだお出にならない、お出かけになつた、といふ返事、二度かけたが、駄目、それで、午後三時過ぎに、二人で訪問したが、やっぱりお留守だつた。
　それで、あきらめて、片岡は甲南荘に、小生は宿所に引上げた。彼は、今彼を合して九人の家族を養はねばならぬ由、その上、長い間の休業（？）の為めに借金をしてゐる由、だから、どうぞ彼の申出をお聞入れ下さるよう、小生より切にお願ひ申上げる。京都から帰つたら電話をかける。どうぞよろしくお願ひ申上げる。
　五月二十三日　　　宇野　浩二
二伸　封筒も有合せのもので失礼。

303　（差出し年月日不明）／／**尾崎一雄**宛（用箋一枚）封筒なし

今秋から三度に分けて原稿とそれに添た手紙をあなたのところへ持たせてやつた使が三度とも間違つてユニオン社の方へ行つてしまつたのです。つまりユニオン社へ十四枚までとどけてしまつたのです。その原稿全部すこしも読み返してゐませんので、必ず校正を見たいのですが、校正いつでますか。御返事下さいませんか。みられましたら速達でお返事下さい。
それから御足労でもユニオン社に行つて、僕の原稿とそれに添へた手紙を読んで下さい。
　　　　宇　野　生
尾崎様
この原稿二十二三枚になるつもりです。

304　（差出し年月不明）十二日／／**尾崎一雄**宛（用箋一枚）封筒なし

この使の帰る時分には十枚を突破してゐると思ひます。もし今日正午が本屋の〆切でしたら、十一時半頃、出きればその原稿を持つて僕は印刷所へ書きに行つてもよろしいです。御教示下さい。
　十二日朝　　　宇野　浩二
尾崎　一雄様

305　（差出し年不明）十一月八日／／東京市下谷区上野桜木町十七より／／牛込区馬場下町四十一早稲田文学編輯部行／／**尾崎一雄**宛（官製ハ

ガキ）一銭五厘
大変すみませんでした。
二十日に注射（サイソク）。
お葉書下さい。
十一月八日夕

306

（差出し年不明）十二月二十日（消印なし）（手渡し）／／東京市下谷区上野桜木町十七より／／**尾崎一雄**宛（封書　用箋一枚）

前略、つまらない本ですが、おとどけしようと思ひながら、そのまま忘れてをりました。ところが、今朝、奥様がお見えになりましたとき、低脳女中が失敬なお返事を申し上げたことをあとで知りました。そのおワビを申し上げるついでに、これをおとどけいたします。二十三日の早稲田文学忘年会に、谷崎が「酒飲みばかりの会だから君には不適当かとも思ふが、御都合よかつたらお出で下さい。」と云つて来ましたけれど、僕は、都合はわるくありませんが、不適当ですから、遠慮するつもりです。

とりとめのないことを書いて、早朝から、失礼いたしました。
まだ、お目にかからず、いぜん御挨拶をしたことがありませんが、奥さまによろしくおわび下さい。
十二月二十日　　宇野　浩二
尾崎　一雄様

307

（差出し年不明）十二月／／**尾崎一雄**宛（便箋一枚）封筒なし

今度の原稿、ごらんの如く乱筆ゆゑ、全く読み返してゐませんから、必ず必ず校正お見せ下さい。
小生出版してもいいといへません。
十二月□日　　宇野　浩二
尾崎　一雄様
いいかわるいか、今年後半期の芥川賞に、宮内、川崎の「早文」の小説スヰセンしておきました。

308

（差出し年月日不明）（消印　下谷）／／東京都下谷区上野桜木町十七より／／杉並区阿佐ヶ谷六ノ一八五／／**関　英雄**宛（官製ハガキ）　三銭

僕としては、「あれだけ書いたのですから」と思ひますが、いづれにしても、前におわたしいたしました『大和めぐり』の原稿一応お返し下さいませんか。その時、僕の考へもお話いたしたいと思ひますから、又、明後日は日曜ですから、お宅に出します。

309

（差出し年不明）十月三十一日（手渡し）／／東京都下谷区上野桜木町十七より／／**楢崎　勤**宛（封書　便箋一枚）

今日一ぱいお待ち下さいませんか。今ずつと書きつづけて居ります。

先月号のを読み返して気恥かしくなり、名誉回復のつもりで書いて居ります。

二十五枚ぐらゐになると思ひます。

十月三十一日　　宇野　浩二

楢崎　勤様

310

（差出し年不明）六月十三日（中央公論社の使ひに託して、手渡し）／／東京都文京区森川町七七より／／**広津和郎**宛（封書　中央公論社原稿用紙〈20×20〉一枚）

前略

足をけがされた由、お大事に。

この品は、子が先だつてやつて来て、君が双葉にをられる、と聞いて、持つて行つたところ、お帰りになられたあとであつたから、失礼だが、中央公論社からお使ひが行く、といふので託した。

足をわるくされたのでは、十五日の九州ゆきは延ばされることと思ふ。僕は、十八日の早立野球戦を見てからにする。

六月十三日　　宇野　浩二

広津　和郎兄

（注）「株式会社　林商会門司工場／宇野守道／門司市大里東町五丁目」の名刺が同封されている。

311

（差出し年不明）八月九日（消印　8―12）／／東京都文京区森川町七七より／／熱海市下天神町一〇〇七／／**広津和郎**宛（封書　筑摩書房原稿用紙〈10×20〉二枚）


六日に双葉旅館にデンワかけたら「昨日おかへりになりました。」といつた。いつかの梅原さんの絵のことで、おたづねしたいと思つたのだ。

それで、笹原が来た時、気になるので、あの絵のハナシをすると、「広津先生は、宇野先生がおかひになるのだつたら…」といふやうなことをいつたので、米山さんに電話をかけた。

それで、米山さんに、あの絵かひたい、といふと、それでは明日（七日）にもう一度きいてみてお返事する、といはれた。
・けつきよく、米山さんが行かれたら、こんどは、八万といつたので、六万五千にした、といはれたので、あれ、買つた。
以上、お礼とおしらせまで。
・僕、ことによつたら、十一日頃から、また、箱根（こんどは塔之沢）に行つて、中央公論のを書くつもりだが、できるかどうか、アヤシキものなり。

八月九日　　宇野　浩二

広津　和郎兄

・十四日以後御上京の時あればおたちよりを乞ふ。

312

（差出し年不明）八月五日（消印　□・8・6）／／文京区森川町七十七より／／千代田区神田神保町一ノ三　昭森社／／**森谷　均**宛（ハガキ）一円

ごぶさたしてをります。ハガキで失礼いたします。小説はみな去年の中頃（あるひは末頃）からの約束のものがまだできてをりませんから、当分かけません。◎小出君の『大切なフンイキ』の残つた本ありましたら、一冊ほしいのです。◎『小出楢重』のかきおろしは大仕事ですから、これも当分おゆるし下さい。◎それより、ずつと前におヤクソクしました『回想の美術』（大下さんの雑誌レンサイ＝ただし百七八十枚）がありますが、あれ

はどうですか。（ただし、あれを出したい、といつて、あのキリヌキを原稿紙にうつしてくれた出版社がありますけれど、）

◎裕芽子さんの御住所おわかりでしたら、おしらせ下さいませんか。あの人はそのご小説をやめられたのでせうか。

宛名人名索引

青山虎之助（出版人） 189 191 192 206 225 256
石光葆（小説家） 133 134 137 138 152
江口渙（小説家・評論家） 1 3 〜 5 83 159 160
大竹憲太郎（文芸記者） 302
大塚幸男（仏文学者） 10 85 87 108 117 129 130
沖本常吉（郷土史家） 6
尾崎一雄（小説家） 88 〜 97 102 〜 107 118 132 150 250 267 271 274 276 284 285 287 294 295 303 〜 307
織田作之助（小説家） 145 〜 149 165 167 169 〜 173 175 〜 185 187 188 193 196 198 199 202 207 211 217 220 235 246
神屋敷民蔵（出版人） 163 166 168 194 195 197 200 201 203 〜 205 208 〜 210 212 〜 216 218 219 221 〜 224 226 227 229 〜 234 236 〜 245 247 〜 249 251 〜 255 259 260
久米正雄（小説家・劇作家） 86
小島政二郎（小説家） 135 136
斎藤茂吉（歌人） 126 128 228
笹本寅（小説家・ジャーナリスト） 15 84
社団法人日本文学報国会編輯部 151
関英雄（作家・児童文学者・編集者） 141 156 158 257 292 308
田中直樹（編集者） 12 〜 14 16 〜 68 70 〜 82
田中秀吉（出版人）・神屋敷民蔵 190
知念栄喜（作家・詩人） 293
中村光夫（批評家・劇作家・小説家） 131
鍋井克之（画家） 186 258 283 286 288
楢崎勤（小説家・編集者） 121 153 309
長谷川鉱平（評論家） 261
浜本浩（小説家） 124
一橋新聞部 111
広津和郎（小説家・評論家） 7 〜 9 11 69 139 140 142 〜 144 155 157 161 162 164 174 262 〜 266 268 〜 270 272 273 275 277 〜 282 289 〜 291 296 〜 301 310 311
藤沢桓夫（小説家） 113 〜 116
藤森成吉（小説家・劇作家） 122 123 125
舟木重信（小説家） 2
松下英磨（編集者） 120
宮崎丈二（詩人・画家） 119
森谷均（編集者・出版人） 98 〜 101 109 110 112 127 312
山野井三良（不明） 154

あとがき

本書には、宇野浩二の書簡三百十一通、電文一通、計三百十二通を収録することが出来た。三百十二通の所蔵先とその書簡番号を記すと、次の通りである。

神奈川県立近代文学館　百六十九通

書簡番号、2、7～9、11～14、16～82、88～107、109、110、112、118、122、123、125、127、131、132、135、136、139～144、150、155～158、161、162、164、174、250、257、262～282、284、285、287、289～292、294～301、303～308、310～312

関西大学総合図書館　六十二通　電文一通

書簡番号、120、121、126、128、163、166、168、189～191、194、195、197、200、201、203～206、208～210、212～216、218、219、221～234、236～245、247～249、251～255、259、260

大阪府立中之島図書館　四十通

書簡番号、113～116、145～149、165、167、169～173、175～185、187、188、193、196、198、199、202、207、211、217、220、235、246

日本近代文学館　十七通

書簡番号、1、3～6、15、83、84、111、124、133、134、137、138、152、159、160

個人蔵　二十三通

書簡番号、10、85～87、108、117、119、129、130、151、153、154、186、192、256、258、261、283、286、288、293、302、309
それら書簡の収録と本書の刊行を心よく許可して下さった、御遺族の宇野和夫氏、並びに、所蔵先の、神奈川県立近代文学館、関西大学総合図書館、大阪府立中之島図書館、日本近代文学館、田中登氏に心から御礼を申し上げ、感謝致します。

本書収録の書簡は、大正七年十一月から昭和三十六年九月までの長い期間にわたっている。宇野浩二の文学研究だけでなく、当時の時代や社会、文壇状況をうかがうことが出来、貴重な資料となるものと信じる。

書簡の配列順序は、発信年月日順とした。書簡番号174と192の二通は年代に疑問があるが、所蔵先の整理に従った。但し、差出し年不明のもの十一通は、一番最後にまとめて収録した。記載項目は、書簡番号、発信年月日（消印）、発信地住所、宛名住所、宛名人、封書・はがきの別、使用の用紙、郵便切手額などである。なお、消印は切手がはがれていたり、インクがかすれていたりして、判読出来ないものもあった。判読しがたい箇所には、□印をつけた。また、本人の書き間違いも数々あるし、明らかに誤植と思われるような表記もみられるが、それについても、あえて原物を尊重し、そのまま翻刻した。従って誤植ではないことを断っておく。

水上勉は、『宇野浩二伝』（昭和48年4月15日発行、中央公論社）の「六十」で、「元来、浩二には、友人知己、出版社へ、手紙や葉書を速達で出す癖があって、この癖は晩年までなおらなかったものである。桜木町の郵便局は、浩二の家から三町ほど歩かねばならなかったので、浩二はこの郵便局ゆきに、へとへとになった」と記しているが、宇野浩二は、実に多くの書簡を出した。書簡魔と言われるぐらい、手紙を書くことを厭わなかった作家である。宇野浩二の書簡は、いうまでもなく本書に収録したものだけで全てではない。まだまだ多くの貴重な手紙が出てくるであろう。今後も、宇野浩二書簡の収集に努めたいと思う。宇野浩二の書簡を収蔵されている方、あるいは収蔵先を御存知の方はお教え頂ければ、大変有難い。

本書における書簡の閲覧に大変お世話になった、神奈川近代文学館の細川、藤野の両氏、また、閲覧を許可して下さった宇野浩二書簡受け取り人の御遺族、木村澪子氏（鍋井克之氏御長女）、尾崎松枝氏（尾崎一雄夫人）、関曠野氏（関英雄御子息）にも御礼を申しあげます。

御指導頂いた浦西和彦先生をはじめ、吉田永宏、山野博史、堀部功夫の諸先生、また、本書の刊行を快諾して下さった、和泉書院社長の廣橋研三氏、及び編集スタッフの皆様方に、謝意を表します。

八月吉日

増田周子

〈編者略歴〉

増田　周子（ますだ・ちかこ）

一九六八（昭和43）年九月　福岡県北九州市生まれ。
一九八二（平成４）年三月　関西大学国文学科卒業。
一九九七（平成９）年三月　関西大学大学院博士後期課程単位取得退学。
同　　　年四月　徳島大学総合科学部専任講師就任。

宇野浩二の他に河野多恵子の研究論文がある。

作家の書簡と日記シリーズ　1

宇野浩二書簡集

二〇〇〇年六月二〇日　初版第一刷発行©

編者　増田周子
発行者　廣橋研三
発行所　和泉書院

〒543-0002　大阪市天王寺区上汐五-三-八
電話　〇六-六七七一-一四六七
振替　〇〇九七〇-八-一五〇四三

印刷　亜細亜印刷／製本　渋谷文泉閣

装訂　倉本　修

ISBN4-7576-0011-9　C0395